예지몽으로 히든랭커 31

2023년 6월 16일 초판 1쇄 인쇄
2023년 6월 21일 초판 1쇄 발행

지은이 이현비
발행인 강준규

기획 이기헌 왕소현 임동관 박경무 강민구 조익현
책임편집 백승미
마케팅지원 이원선

발행처 (주)로크미디어
출판등록 2003년 3월 24일
주소 서울시 마포구 마포대로 45 일진빌딩 6층
Tel (02)3273-5135 **Fax** (02)3273-5134
홈페이지 rokmedia.com **E-mail** rokmedia@empas.com

값 9,000원

ISBN 979-11-408-0571-6 (31권)
ISBN 979-11-354-9382-9 04810 (세트)

예지몽으로
히든랭커

이현비 게임 판타지 장편소설 ㉛

CONTENTS

오행 던전

이틀 후 오후, 타이탄과 기가스를 낙찰받은 이들을 대상으로 교습을 끝낸 전사들을 만나 아니테라로 돌려보낸 가온은 에보른 시티의 후계자인 에반을 만나서 네 시티 측이 보내온 던전에 대한 정보를 받았다.

"다들 경매에 내놓을 수량을 궁금해하고 있습니다."

"알파급 타이탄 20기와 기가스 200기씩 준비했다고 들었습니다."

"온 훈 경이 직접 거기에 가시는 건 아니지요?"

"당연하지요. 그쪽 특사는 기가스 전사단장인 반 게롬 경입니다."

특사 얘기를 해 두었고 자신에 대한 관심을 분산시켜야만 했다. 그리고 외모와 체형을 바꾸는 건 일도 아니다.

"하면 그렇게 연락을 해 두겠습니다. 앞으로 연락은 이걸로 하겠습니다."

에반이 내놓은 것은 일전에 메를렌이 준 목걸이와 동일했는데, 두 개였다.

"영인의 후인, 그것도 피가 짙은 후계자만이 영력을 사용해서 의념으로 대화를 할 수 있어 비밀 유지에 아주 적합한 아이템입니다."

"알고 있습니다."

가온은 한 개를 받아서 메를렌이 말한 대로 자신의 영력을 펜던트에 소량 주입한 후 에반에게 돌려주었다.

"역시 아니테라에서도 사용하는 아이템이었군요."

에반이 고개를 끄덕이더니 자신의 영력을 주입한 목걸이를 건네주었다.

그 목걸이를 받은 가온은 아이테르 차원의 의뢰를 완수하기 전에 영인을 꼭 한번 만나 보고 싶었다. 영인의 능력도 궁금했지만 그들이 영인이 될 수 있게 만들어 준 아르테미인들이 너무나 궁금한 것이다.

무엇보다 예지몽을 통해서 아르테미인들이 이미 지구로 건너와서 차원 융합을 막을 수 있도록 돕고 있다는 사실을 알고 있기에 더욱 궁금했다.

"그럼 열흘 후에 다시 들르도록 하겠습니다."

에보른 시티와는 열흘 간격으로 두 번 더 경매를 진행하기로 했다.

"그럼 다시 뵙지요."

가온은 에반의 인사를 받으며 빠르게 달려서 성을 빠져나갔다.

다음 날 아침, 가온은 에보른 시티만큼이나 거대한 성에 도착했다.

'이곳이 라움 시티로군.'

날고 있는 상태에서 라움 시티를 확인한 가온은 카오스를 비롯한 정령들을 소환해서 미리 받은 정보에 언급된 던전의 정확한 위치를 찾아 달라고 부탁을 했다. 물론 공간 이동 능력을 가진 마누는 해당하지 않았다.

정령들이 던전의 정확한 위치를 찾는 동안 가온은 라움 시티를 내려다보았다.

'강을 통한 운송업과 목재, 광업, 과일 농업이 발달했다고 하더니 거대한 호수를 끼고 있었군.'

다른 시티와 달리 반원 형태인 라움 시티는 도시의 수백 배 크기에 달하는 거대한 호수가 있었는데 어로 작업이나 수송용으로 보이는 크고 작은 배 수백 척이 보였다.

거대한 호수 곳곳에는 여섯 개의 시티가 있었고 호수와 강으로 연결되었지만 제법 멀리 떨어진 곳에도 시티들이 보였다. 호수를 중심으로 제대로 된 마차로만 건설한다면 주위에 있는 이삼십 개에 달하는 시티의 중심이 될 수 있을 것같았다.

호숫가 한쪽에는 제련소와 제철소로 추정되는 건물도 있어서 타이탄은 몰라도 기가스를 생산할 재료는 충분히 공급할 수 있을 것으로 보였다.

가온은 통신기를 이용해서 에반에게 아니테라의 다른 특사가 내일 아침에 라움 시티에 도착한다는 사실을 알렸다.

−알려 주셔서 감사합니다. 안 그래도 글렌 그 친구가 언제 아니테라의 특사가 오는지 하루에도 서너 번씩 통신을 해서 아주 귀찮았습니다.

아마도 라움 시티에서도 경매를 무척 기대하는 것 같았다.

가온은 라움 시티가 궁금하기는 했지만 할 일이 있었다.

'이곳에 마족이 보스로 추정되는 던전이 있다고 했지.'

그 밖에는 총 36개의 던전이 있었다. 물론 라움 시티에서 조사한 것으로 말을 타고 한 달 거리 내에 있는 던전들인데, 최소한 오크 이상이 서식하는 던전이었다.

그중에는 등급이 높은 것들도 있었지만 이제 마법사단의 합류로 인해서 전사단은 트롤은 물론이고 오우거가 보스인 던전까지는 별다른 피해 없이 공략할 수 있으니 그쪽은 신경을 쓸 필요가 없었다.

'보스인 마족이 한 명이 아니라 다섯 명이나 되는 특이한

던전이라고 했는데 사실인지 모르겠네.'

그 던전은 마나가 무척이나 짙고 생명력이 강해서 다양한 영초와 영물 들이 서식하는데 전사나 마법사가 그 안에서 수련을 하면 바깥보다 열 배는 더 진경이 빠르다고 했다.

다만 마족이 다섯이나 되어서 일단 그들에게 들키면 살아 나올 수 없다는 설명이 덧붙어 있었다.

'그러고 보니 좀 이상하네.'

마족이라면 마기가 농후한 곳을 더 선호할 텐데 왜 마나가 농후한 던전에 있는지부터 이해가 가질 않았다. 그렇다고 마나와 생명력이 농후한 곳이 마계의 일부일 리가 없는데 말이다.

'설마 마족들이 포탈을 연 건 아니겠지?'

던전이 공략당하지 않고 고착화된 상태로 오래 지나면 차원을 잇는 통로인 포탈이 생성되는데 아이테르 차원에는 아직 포탈은 발견되지 않았다.

하지만 꽤 오랫동안 던전 탐사가 지지부진했기에 포탈이 없다고 확언할 수 없는 상황이니 일단 던전에 들어가 봐야 알 수 있을 것 같다.

그렇게 마족 던전을 어떻게 공략할지 고민하는 사이에 정령들이 속속 던전의 정확한 위치를 확인하고 의념을 보내왔다.

'마누, 가자!'

가온은 마누의 도움으로 공간 이동을 해서 미리 편성해 둔 부대를 차례대로 소환해서 던전에 입장시켰다. 타이탄을 보유한 마법사, 주술사, 결계술사에 한 명당 1천 구에 달하는 구울을 소환할 수 있는 사령술사까지 포함한 전력이었기에 든든했다.

게다가 각 부대에는 비행 아이템을 소지한 전사가 세 명씩 포함되어 있었기에 공략 대상을 찾아내는 것도 그리 어렵지 않았다.

그렇게 2시간에 걸쳐서 총 15개의 부대를 던전 앞에서 소환한 가온은 시르네아 등 대전사장 네 명과 마법사인 엘프 원로 네 명과 함께 마족 던전으로 향했다.

무려 S급인 던전에 입장한 가온은 깜짝 놀랐다.

'이건 영력!'

던전의 내부는 일전에 드워프족이 거주했던 공동의 대략 다섯 배 정도 크기에, 아니테라보다 더 마나가 농후했다.

특이하게도 구역에 따라서 각기 다른 식생이 펼쳐져 있었는데, 가온이 놀란 것은 던전의 대기에서 마나와 함께 짙은 영력이 느껴진다는 사실이었다.

중앙에 있는 은색의 산을 중심으로 동남쪽에 있는 초원에는 이름을 알 수 없는 온갖 풀과 꽃이 피어나 있었고 수많은 초식동물들이 평화롭게 거닐고 있었다.

서남쪽은 숲이었는데 던전의 천장에 닿을 것처럼 커다란 거목들로 이루어져 있었는데, 원숭이부터 시작해서 셀 수 없이 많은 조류가 가장 눈에 띄었다.

동북쪽은 넓은 습지로 연꽃을 비롯한 다양한 수생식물이 덮고 있어서 마치 꽃밭처럼 보였는데, 코끼리처럼 생긴 동물들부터 거대한 몸집을 가지고 있는 생물들이 살고 있었고 서북쪽은 용암지대로 바위마저 활활 타고 있었지만 기이하게도 왕성한 생명력을 느낄 수 있었다.

가장 특이한 것은 중앙의 산으로 풀 한 포기 자라지 않는 산이었는데, 엄청난 농도의 금 속성의 마나와 함께 강한 영기가 느껴졌다.

'산이 막대한 영력을 품고 있어!'

중앙의 산은 평범한 돌이 아니라 아주 다양한 광석들로 이루어져 있어 금 속성의 마나는 이해할 수 있었지만 동시에 이렇게 농도가 짙은 영력을 방출하는 건 이해가 가질 않았다.

'이런 곳에 마족들이 서식한다고?'

대체 이 공간은 어느 차원과 연결이 된 걸까? 마족이 서식하니 마계의 일부일 가능성이 높았지만 일전에 경험한 마족 던전을 생각하면 꼭 그런 것이 아닐 수도 있었다.

놀라긴 했지만 금방 정신을 차린 가온은 자신처럼 믿어지지 않는다는 얼굴로 던전을 살펴보고 있는 일행에게 그 자리에 대기하도록 해 놓고 투명날개를 장착한 후 공중으로 날아올랐다.

비행을 하면서 심안 스킬을 펼쳐서 던전을 면밀하게 살펴봤는데 영력의 근원으로 여겨지는 특별한 곳은 없었다. 다만 마족으로 추정되는 존재가 있는 장소들은 알 수 있었다.

중앙에 있는 은색의 산과 초원의 경우 지하에, 습지는 가장 깊은 곳으로 추정되는 물속, 거목으로 이루어진 숲 한가운데, 마지막으로 용암지대의 경우 가장 큰 용암천 안에 강렬한 기운을 품고 있는 생명체들이 있었다.

'한곳에 오행의 속성력이 모여 있다니 신기한 곳이야.'

어쩌면 이런 곳이기에 마족들이 자리를 잡았는지도 모르겠다는 생각이 들었다. 현재까지 확인한 바로는 마수와 마족은 마나를 마기로 변환시켜 축적하는 놀라운 능력을 가지고 있었다.

-헤루스, 어떻게 할까요?

시르네아로부터 의념이 들어왔다. 전사단장인 그녀는 가온의 부재 시 지휘를 하는 위치에 있었기 때문이다.

'나는 다른 곳을 좀 알아볼 테니까 숲 쪽을 공략해 봐.'

다른 곳은 시야가 뚫려 있어 위험 요소나 변화를 쉽게 관찰할 수 있지만 엄청난 거목들로 이루어진 숲은 좀 달랐다.

-알겠어요.

가온은 시르네아를 중심으로 숲을 향해서 이동하는 이들

을 잠깐 지켜보다가 자신은 초지를 향해 날아갔다.

마족들의 주의를 피하기 위해서 초지와 숲의 경계 부분에 착륙한 가온은 초지를 살펴보았다.

초지는 위에서 던전 입구나 공중에서 본 것보다 훨씬 더 생명력이 왕성한 곳이었다. 이름을 알 수 없는 다양한 풀들이 꽃을 피우고 있었고, 수많은 곤충들과 설치류들이 그곳에 터를 잡고 활기차게 활동을 하고 있었다.

'마족은 초지 중앙의 지하 30미터 지점에 있어.'

심안으로 위치까지는 확인했지만 뭔가 보호막이 있는 듯 놈의 상태는 확인할 수가 없었다.

마족의 실력이 어떤지 알 수 없으니 가능하면 자신의 행동을 들키지 않고 놈을 끌어내어 기습을 하는 것으로 계획을 잡았지만 딱히 떠오르는 방법이 없었다.

그런데 카오스가 잔뜩 흥분해서 초지를 빠르게 날아다니면서 다양한 풀과 열매를 챙기는가 싶더니 10여 분 후에야 가온에게 돌아왔다.

-영초와 영과 들을 엄청나게 모았어.

'영초라고?'

-응. 트롤의 피에 함유된 것보다 순수하고 농후한 생명력과 함께 다양한 속성력을 가지고 있어서 나와 같은 존재는 물론 인간을 포함한 동물들의 능력을 높여 줄 수 있는 식물

들이야. 이렇게 생명력이 왕성한 기운은 처음 봐! 이곳이라면 내게 부족한 속성력을 흡수해서 새롭게 진화를 할 수 있을 것 같아.

'다시 진화를 할 수 있다고?'

—응. 이번에 진화를 하게 되면 정령계의 왕과 비슷한 능력을 가질 수 있고 모둔처럼 인간의 육신을 가질 수도 있을 것 같아. 그럼 나도 모둔처럼 인간 여자가 되어 너와 함께 다닐 수 있어!

이렇게까지 말하는 것을 보면 인간 여자가 되어 가온의 사랑을 받고 있는 모둔이 굉장히 부러웠던 모양인데, 정령에게 이런 소리를 들으니 기분이 좀 이상했다.

하지만 모둔처럼 카오스 역시 자신과 영혼으로 이어진 존재이니 그녀의 능력이 높아지면 당연히 그에게는 좋은 일이다.

'필요한 거라도 있어?'

—딱히 없어. 이곳의 농후한 속성력을 흡수할 동안 누가 방해하지 않도록만 해 주면 돼.

'마족과 싸우게 되면 아무래도 영향이 있을 텐데…….'

—그럼 던전 중앙에 있는 산의 상공 높은 곳에서 보호막을 치고 이곳의 기운을 흡수할 테니까 가온이 지켜 줘.

'그거라면 걱정하지 마.'

가온의 말에 카오스가 기쁜 얼굴로 산봉우리 위쪽으로 공간 이동을 했다. 그리고 무지갯빛에 이어 흰색과 검은색 빛이 추가되어 결국 아무것도 보이지 않는 광구를 만들어 자신을 감추었다.

얼마 후 가온은 던전 내의 짙은 오행기와 영력이 아지랑이처럼 피어올라 눈에 보이지 않는 소용돌이로 변하더니 이내 용이 승천하듯 카오스가 있는 공간으로 흡수되는 모습을 심안으로 확인할 수 있었다.

'부럽네.'

자신에게 부족한 속성력을 흡수하기 시작한 카오스가 있는 곳을 쳐다보던 가온에게 돌연 시르네아의 의념이 전해졌다.

'무슨 일이야?'

-헤루스, 이 숲은 우리 일족의 신목(神木)과 비슷한 신목이 만들어서 우리 일족에게 엄청난 힘을 줄 수 있는 속성력을 내뿜고 있어요.

세상에! 그 많은 나무들이 모두 신목이라니 믿을 수가 없었다.

-허락해 주신다면 잠시 연공을 해서 신목의 기운을 흡수하고 싶어요.

그녀의 의념에는 조바심과 함께 참기 힘든 욕심이 섞여 있었다.

엘프족은 정령력을 기본적으로 사용하지만 전사와 마법사

의 경우 주로 나무 속성의 속성력을 흡수해서 마나와 마력으로 변환시키는 특별한 공법을 수련하기 때문에 이렇게 농후한 속성력을 접하자 욕심이 난 것이다.

'좋아. 시간은 충분하니 그렇게 해. 하지만 숲 안으로 들어가지 말고 경계 부분에서 흡수하도록 해.'

오행의 속성력을 가진 다섯 구역 사이에는 경계가 존재하는데, 그곳이라면 숲 안에 있는 마족의 주의를 쉽게 끌지 않을 것 같았다.

-감사해요, 헤루스!

어차피 카오스가 오행기를 흡수하고 있으니 굳이 마족을 자극해서 방해할 필요는 없었다.

❦

상황이 이렇게 되자 가온도 당장 초지 지하 깊숙한 곳에 있는 마족을 끌어낼 수는 없었다.

카오스와 엘프족이 부럽다고 느끼는 순간 갑자기 예전에 진화권을 사용해서 얻었던 오행신공이 떠올랐다.

지금은 수준이 훨씬 더 높은 음양신공을 수련하고 있었고 음양신공에 흡수되어 버린 오행신공이지만 이런 곳이라면 짧은 순간 놀라운 진경을 보일 수도 있을 것 같다는 생각이 들었다.

'오랜만에 다시 한번 연공을 해 볼까?'

기억을 더듬던 가온의 눈에서 강렬한 광채가 뿜어지더니 이내 숲과 초원의 경계면에 자리를 잡고 오행신공을 운공하기 시작했다. 물론 여전히 투명날개를 장착한 상태이기에 눈에 보이지는 않았다.

휘리리릭.

헤아릴 수 없이 다양한 풀과 꽃이 피어난 초지에서 고동색 아지랑이가 피어나는가 싶더니 이내 가온이 있는 곳으로 빠르게 몰려갔다.

그와 함께 눈에는 보이지 않지만 초지를 가득 채운 풀과 꽃들은 그 흐름에 휩쓸렸는지 빠르게 시들어 가기 시작했다.

이미 전신의 마나포인트가 활짝 열리고 미세 마나로드까지 최대로 확장이 된 상태이기 때문에 토 속성의 에너지를 흡수하겠다는 의지를 품는 순간 가온의 몸에서 엄청난 흡입력이 생겨나서 무서운 속도로 대지의 속성력을 끌어들이기 시작했다.

모공을 포함해서 전신에 활짝 열린 구멍을 통해 흡수된 대지의 속성력은 가까운 마나로드로 합류해서 큰 흐름을 만들었고 이내 간과 비장을 거치는 특정한 경로를 거치더니 마나오션으로 향했다.

그 순간 가온의 마나오션에는 변화가 일어나고 있었다.

본래 그곳에는 음기와 양기가 태극 문양을 그리며 균형을 이루고 있었는데, 지금은 중앙 부분에 고동색의 작은 점 하나가 생기더니 무서운 속도로 커지기 시작한 것이다.

그것은 바로 오행기 중 하나인 토기였다. 대지의 속성을 가지고 있는 위와 비장의 마나로드를 경유한 토기는 순화된 상태로 이미 균형을 이룬 음양기의 중앙에 자리를 잡고 무서운 기세로 세력을 확장했다.

다른 속성이었다면 음양기가 배척을 했을 수도 있지만 음 속성과 양 속성이 조화를 이룬 토 속성은 다양한 속성력을 하나로 묶는 고유의 특성을 가지고 있었기에 가능한 일이었다.

가온의 몸으로 향하는 토기의 밀도와 세기 그리고 흐름은 시간이 갈수록 비약적으로 강해져서 20분 정도가 지났을 때는 가온의 의지가 미치는 영역의 풀과 꽃은 이미 말라비틀어졌고, 고동색의 바닥이 드러났는데 그 바닥의 흙마저 먼지처럼 부스러지고 있었다.

가온은 마족의 감각을 우려해서 의식적으로 초지의 외곽 부분에서 토기를 흡수했는데, 4분의 1 정도는 이미 황폐해진 상태였다.

하지만 그것은 그 부분의 바닥과 지하에만 해당하는 변화였다. 카오스를 고려해서 공기 중에 있는 토기는 전혀 건드리지 않았기 때문이다.

얼마 후 가온은 토기가 음양기 전체를 흡수한 것처럼 고동색으로 변한 자신의 마나 상태를 확인할 수 있었다.

'더 이상은 안 돼!'

가온은 본능적으로 더 이상 토기를 흡수하면 자신의 육체가 견딜 수 없다는 사실을 깨닫고 오행 연공법의 운공을 멈추었다.

성공적으로 토기를 흡수해서 음양기와 공존케 한 가온은 이번에는 몸을 반대로 돌리고 숲을 대상으로 목기를 빨아들이기 시작했다.

고오오오!

의식적으로 숲의 외곽 부분을 한정해서 목기를 끌어오기 시작했는데, 이미 엘프족으로 인해 활성화가 되었는지 순식간에 목기가 그의 몸을 향해서 소용돌이치듯 빨려 들어왔다.

모공과 코를 통해서 들어온 목기는 마나로드를 타고 흘러 나무 속성을 가진 간과 쓸개를 경유해서 마나오션에 쌓이기 시작했는데, 음양기와 토기는 전혀 배척하지 않았기에 쉽게 자리를 차지할 수 있었다.

그렇게 20분 정도가 지나자 가온은 목기의 흡수를 멈추었다. 이전의 토기처럼 본능적으로 더 이상은 흡수하면 위험하다는 육감이 든 것이다.

그렇게 목기까지 흡수한 가온은 이번에는 서북쪽의 용암지대로 이동해서 화기를 흡수하고 이어 습지대에서 수기를 흡수했다.

이제 마지막으로 남은 것은 금기로 던전의 중심부에 있었다.

산 쪽으로 은밀하게 날아간 가온은 산봉우리 바로 아래쪽에 자리를 잡고 있는 마족의 존재를 심안으로 확인한 후 산기슭의 작은 동굴에 자리를 잡고 이전보다 더욱 느린 속도로 금기를 흡수하기 시작했다.

긴장한 상태로 최대한 금기의 흐름을 늦추어서 흡수하던 가온의 얼굴이 어느 순간 환해졌다. 드디어 오행기가 균형을 이룬 상태에서 한계까지 흡수하는 데 성공한 것이다.

가온은 혹시 몰라서 동굴을 빠져나간 후 던전의 입구 쪽으로 날아간 후 자리를 잡고 심안으로 자신의 마나오션을 확인했다.

마나오션에는 태극 문양의 음양기가 멈춘 것처럼 보일 정도로 빠르게 회전을 하고 있었는데 그와 동시에 완벽하게 균형을 이룬 오행기가 같은 공간을 공유한 상태로 빠르게 회전하고 있었다.

'서로 배척하지도 않고 질량도 증가하지 않았다는 거네.'

이것이 어떻게 가능한지는 나중에 천천히 확인해도 된다. 가온은 혹시 몰라서 녹스와 마누 그리고 카우마를 불러서 자신을 보호하도록 한 후 전력으로 음양신공을 운용했다.

해당 속성을 가진 장기를 경유하는 마나로드를 순환하는

오행신공과 달리 음양신공은 전신을 연결하는 마나로드를 모두 순환하는 경로를 가지고 있었지만 이미 2레벨이 된 상태라서 한 번 주천하는 데 채 10분도 걸리지 않았다.

그렇게 음양신공을 운공하는 가온은 어느새 오색의 광구에 감싸여 있었는데 어느 순간부터 빠르게 오색의 빛이 흐릿해지더니 1시간 정도가 지나자 빛이 모두 사라지고 그의 몸이 드러났다.

'오행기가 음양기로 변했어!'

여전히 마나오션을 꽉 채운 음양기는 태극 문양이 더욱 선명해졌고 색도 짙어졌다.

심안을 거둔 가온은 이제야 변화를 확인할 수 있었다.

'기연이다!'

바디체인지는 아니지만 몸의 모든 부분이 완벽하게 조화를 이루고 있었으며 특히 뼈와 근육의 힘이 비약적으로 강해져서 지금 상태라면 마나를 사용하지 않아도 익스퍼트 정도는 충분히 상대할 수 있을 것 같았다.

또한 다른 부위와 달리 두개골로 보호를 받는 머리 부분에도 마치 모공이 열린 것처럼 내외부의 마나가 자연스럽게 드나드는 것 같았고 그 어느 때보다 머리가 맑아져서 집중을 하면 시야가 미치지 않는 먼 곳에서 일어나는 일까지 듣고 볼 수 있을 것만 같았다.

하지만 몸의 변화는 아무것도 아니었다.

'영혼 혹은 의식의 힘이 강해졌어.'

이제까지 영혼이나 의식의 힘을 느낀 적은 없었는데 지금은 그게 어떤 것인지 확실하게 느낄 수 있었다.

가온은 영혼의 힘이라기보다는 의식의 힘으로 부르는 것이 나을 것 같다고 생각했는데, 그 힘은 염력과는 비슷한 부분도 있었으나 세부적으로는 달랐다.

염력은 물질을 이동 혹은 변형시키거나 중량 혹은 속도를 증가시키는 힘이지만 의식의 힘은 특정한 의식을 방출해서 상대의 의식을 엿보거나 공격할 수 있었다.

새로운 종류의 힘을 얻은 것이다.

가온은 오랜만에 상태창을 열어서 정말 변화가 있는 건지 확인해 보았다.

'이, 이게!'

너무 놀라서 기절할 뻔했다.

'어떻게 이런 일이!'

변화의 폭은 가온을 경악하게 만들었다. 음양기는 무려 850만, 마력은 90만, 영력은 540만이나 증가한 것이다.

그것만이 아니다. 근력, 민첩, 감각은 1천 이상 증가했고 관찰력은 1천 이상, 지력은 2천 이상, 그리고 집중력은 3천 가까이 높아졌다.

하지만 가장 증가 폭이 높았던 것은 체력으로 1만 3천 대에서 무려 3만 대까지 비약적으로 높아졌다.

오행 속성력이 모두 95 이상이 된 것은 그의 주의를 끌지도 못했다.

　　춤이라도 추고 싶은 기분이었지만 아직 확인할 것이 더 남았다.

　　이번에는 스킬창을 확인했다. 분명히 변한 스킬이 있을 것 같았다.

　　'역시!'

　　놀랍게도 SSS 등급이라 거의 변화가 없었던 음양신공이 2레벨에서 단숨에 4레벨로 올랐으며 연관된 염력 역시 3레벨에서 5레벨이 되었다.

　　마지막으로 심안 스킬의 경우 A등급에서 S 등급으로 진화해 버렸다.

　　그런데 스킬창을 해제하려던 가온의 눈이 끔뻑거렸다. 내용이 변한 스킬이 하나 더 있었기 때문이다.

　　'왜 이 스킬이 진화한 거지?'

　　에너지 변환 스킬이 S 등급에서 SS 등급으로 진화했는데 그가 거의 사용하지 않았다는 점을 고려하면 이해가 안 되는 변화였다.

　　해당 스킬에 집중하자 내용이 드러났는데 그것을 확인한 가온의 얼굴에 평소 보기 힘든 희열의 감정이 가득 떠올랐다.

　　원래 에너지 변환 스킬로 전환할 수 있는 효율은 50%였는데 등급이 오른 지금은 80%로 바뀐 것이다.

'마력이나 영력을 마음껏 사용할 수 있어!'

음양기는 이제 2천만에 달할 정도여서 써도 써도 부족함을 느낄 수 없었다.

영력도 크게 증가했지만 선와술이나 분신술 그리고 나인테일을 마음껏 사용하려면 아직 미흡했는데 에너지 변환 스킬이 진화하면서 그게 가능해진 것이다.

사실 그랜드마스터가 되면서 가온이 직접 무기를 휘두를 일은 거의 없었다. 굳이 오러 블레이드를 생성하지 않아도 마나탄만으로도 충분했기 때문이다.

게다가 아직 시험해 본 것은 아니지만 지금 능력으로는 마나를 외부로 방출한 후 뭉쳐서 마나로 이루어진 진정한 오러 블레이드를 사용할 수도 있을 것 같았다.

오러 블레이드를 움직이는 것은 높아진 염력만으로도 충분했거니와 몸의 외부로 방출했다고 하더라도 이미 순화된 상태이기에 연결이 끊어진 것이 아니라서 의지로 조종하는 것도 가능할 것 같았다.

'이젠 마족을 편하게 상대할 수 있겠어.'

가온은 사실 이전에도 마족 던전을 공략할 수 있었지만 일전에 던전에서 상대했던 뢰벨르의 기억 때문에 자신도 모르게 공략을 미뤘었다. 그만큼 그때 상황은 아주 위험했었다.

그런데 지금은 그때와는 비교할 수 없을 정도로 능력이 높아졌다. 지금 뢰벨르를 상대하면 그리 어렵지 않게 해치울 자신이 있었다.

'카오스나 엘프족은 아직 준비가 안 되었지만 나 혼자 시작하자.'

가온은 투명날개를 흔들어 초지 쪽으로 날아갔는데 의지력이 강해져서 그런지 비행 속도는 이전보다 배는 빨라진 것 같았다.

오행마 五行魔

초지의 중앙으로 날아간 가온의 눈이 푸르게 빛났다. S 등급으로 진화한 심안이 발동한 것이다.

가온은 지하 깊숙한 곳에 집과 같은 공간을 만들고 그 안에 자리를 잡고 앉아서 두 손으로 잡고 있는 차원석의 에너지를 흡수하고 있는 흉측한 용모의 마족을 볼 수 있었다.

고동색 피부의 상체를 드러낸 채 앉아 있는 마족은 두 눈 사이에 하나의 눈이 더 있었는데 현재는 감은 상태로 암황색의 보호막으로 몸을 보호하고 있었다.

'뿔과 날개가 작은 것으로 보아 뢰벨르보다 서열이 낮은 것 같네.'

놈이 운공 중 방출하는 암황색의 마기 역시 그다지 위협적으로 느껴지지 않았다.

가온은 놈을 대상으로 자신의 급증한 실력을 시험해 보기로 했다.

'일단 불러내야지.'

가온은 단검 다섯 자루를 꺼내더니 그중 하나에 음과 양의 화기를 적절하게 주입한 후 연공을 하고 있는 것으로 추측되는 마족이 있는 지하를 향해 강하게 던졌는데, 자신도 모르게 만족스러운 미소를 지었다.

상태창에는 표시되지 않는 마나 운용력까지 크게 늘었는지 음 속성과 양 속성의 화기를 아주 쉽게 다룰 수 있었다.

높아진 근력과 마나가 추가된 것에 더해서 염력까지 가세하자 검신이 불타는 것처럼 붉은 단검은 엄청난 속도로 땅속을 파고들었고 순식간에 마족의 몸을 가리고 있는 암황색 막을 타격했다.

팟! 꽝!

보호막과 닿는 순간 단검이 폭발을 일으키며 터지자 폭발력과 파편으로 인해서 막은 순간적으로 찢어질 것처럼 안쪽으로 눌렸고 거센 열기를 가진 화염이 방출되어 막을 녹여버렸다.

하지만 막이 다 녹기 직전에 안쪽에 앉아 있던 마족이 급하게 손가락을 뻗자 끝에서 암황색의 기운이 나와 막에 더해지자 막은 다시 원래대로 돌아갔다.

가온은 아까웠지만 이 정도는 예상한 범주 내였다.

느닷없는 기습에 마족은 분노한 듯 미간 사이의 눈을 부릅 떴는데 거리를 격하고 가온을 노려보며 살기를 방출했다.

하지만 마족이 분노를 행동으로 옮길 여유는 없었다. 마치 그럴 줄 알았다는 듯 또 다른 연푸른색 단검이 무서운 속도로 날아와서 막을 강타한 것이다.

꽈앙!

이번에도 강력한 폭발이 발생했는데 이전과 달리 화염이 아니라 하얀 연기가 순식간에 막 전체를 감싸더니 삽시간에 두꺼운 얼음으로 얼려 버렸다.

파바바밧!

마기까지 얼려 버릴 정도로 강력한 한기는 내부에 있는 마족에게까지 영향을 주었는데, 마족의 몸에서 암황색 빛이 방출되더니 이내 얼어붙은 막이 부르르 떨면서 하얀 얼음 가루가 떨어져 나가고 암황색의 막이 드러났다.

하지만 단검은 그게 끝이 아니었다.

다음은 금색으로 빛나는 단검이 막을 충격했는데 강한 폭발과 함께 황금빛 광채가 막 전체를 감쌌다.

암황색 막은 곳곳에 금색 균열이 발생했고 균열이 빠르게 커졌지만 안에 있는 마족이 손을 썼는지 빠르게 균열이 메워졌다.

세 차례나 이어진 단검 공격에 몸을 보호하던 토황막이 부서지거나 찢어지지 않도록 토마기를 주입하기에 바빴던 마족의 눈이 흉악하게 빛났다.

공격하는 적의 정체는 알지도 못하는 상황에서 무력하게 방어만 하려니 흉성이 폭발한 것이다.

전신에서 암황색 빛을 폭발적으로 방출한 마족이 더 이상 참지 못하고 막 움직이려는 순간 고동색의 단검이 소리도 없이 막을 파고들었는데, 이번에는 보호막이 단검을 막아 내지 못했다.

고동색 단검이 막을 투과하듯 아무런 현상도 없이 파고들 줄은 전혀 예상하지 못했던 마족의 눈에 경악의 빛이 떠오른 순간 단검이 놈의 머리를 강타했다.

콰앙!

고동색 단검은 마족의 머리에 부딪힌 순간 강력한 폭발을 일으켰는데, 가온에게는 안타깝게도 목표의 몸에는 타격을 주지 못했다.

하지만 단검이 직격한 정수리 부위에 돋아 있는 구부러진 뿔은 폭발력과 파편에 의해서 터지듯 부러지고 말았다.

"커헉!"

마족 고유의 권능 중 하나의 원천인 뿔이 부러지는 순간 체내의 마기가 요동을 치며 오장육부가 제 위치를 벗어나자 마족은 입으로 피를 토했지만, 이내 성난 얼굴로 자리를 박차고 흙을 물처럼 헤치며 올라갔다.

가온은 처리를 하려면 얼마든지 처리할 수 있었지만 마족의 행동을 그냥 두고 보기만 했다.

"누구냐?"

순식간에 지상으로 올라간 마족 데르칸은 가온을 발견했지만 곧장 달려들지는 않았다. 아무런 기도도 느낄 수 없는 것이 만만치 않은 상대인 것 같았다.

"너, 서열이 어떻게 되냐?"

"서열? 다른 마족을 이미 만나 본 인간이군. 크흐흐! 내 비록 마계에 있을 때는 서열이 낮아 감히 본계로 올라갈 수 없었지만 이곳에서 강대한 힘을 얻었으니 서열이 많이 올라갔을 것이다!"

데르칸이라는 이름을 가진 마족은 가끔 심심할 때 던전을 나가 던전과 인접한 도시 외곽을 돌면서 인간 사냥을 했지만 대부분은 차원석의 힘을 흡수하는 데 전념해 왔다.

"내 수련을 방해한 대가로 네 정혈을 흡수해서 마계의 문을 열어야겠다!"

전에는 돋은 정도에 불과했던 뿔도 커졌고 없던 날개까지 생길 정도로 성장했으니 데르칸이 자신만만할 수밖에 없었다.

가온은 놈의 말을 통해서 이 던전이 마계가 아니라 마계에 속한 부속 차원의 일부라는 사실을 깨닫고 깜짝 놀랐다.

'마계가 여러 개의 차원으로 구성되었구나!'

탄 차원도 그렇고 아이테르 차원에 전해 오는 서적이나 구전에서 표현하는 마계는 끝이 없을 정도로 광대한 땅이라고 했는데, 이 마족의 말을 들어 보면 부속 차원이 한둘이 아닌 것 같았다.

'예전에 뢰벨르도 그렇고 이놈도 마계와 연결되는 차원문을 여는 것이 목표네.'

마계로 돌아가려는 것인지 아니면 마계에 남겨 둔 수하를 데리고 오려는 것인지 그도 아니면 또 다른 목적이 있는지는 모르겠지만 이 마족 역시 마계의 문을 열겠다는 의중을 숨기지 않았다.

"해 봐!"

가온은 단검 한 자루를 꺼내 쥐고 놈을 도발했다.

"감히!"

자신을 앞에 두고 겨우 단검 한 자루로 상대하려는 건방진 인간의 도발에 데르칸의 암황색 피부가 거의 까맣게 변하더니 톱니처럼 날카로운 이빨이 그득한 입을 쩍 벌렸다.

벌어진 놈의 입에서 암황색의 기운 한 덩어리가 튀어나오더니 순식간에 창으로 변했다.

'체내에 축적한 마기로 창을 만들다니 신기하네.'

인간의 경우 마나를 방출해서 일정한 형태를 가진 물체를 구현하려면 소드마스터 상급은 되어야만 하는데 마족은 너무나 쉽게 마기로 창을 만들어 낸 것이다.

가온은 창에서 방출되는 살기가 짙은 기운이 마기라는 사실을 알았지만 그리 긴장하지 않았다. 그래 봐야 그가 다룰 수 있는 기운에 불과했기 때문이다.

팟!

암황색 창이 무서운 속도로 폭사되었다.

슈욱!

'생각보다 위력이 강하네!'

공간을 가로지를 정도는 아니지만 창은 마치 마나를 사용해서 쏘는 화살처럼 빠르게 날아왔다. 가온이 근력에 염력을 더해서 던지는 것과 비슷할 정도로 빠른 속도였다.

휘릭!

가온의 신형이 검은 창이 몸이 닿기 직전에 꺼지듯 사라졌다가 얼마 떨어지지 않은 곳에 나타났다. 철월보를 펼친 것이다.

하지만 검은 창은 마치 살아 있는 것처럼 순식간에 방향을 틀더니 다시 기온을 향해 빠르게 쇄도했다.

'호오!'

자신의 경지를 알아차리지 못할 정도의 마족이라서 크게 긴장하지 않았던 가온의 눈이 빛났다.

이렇게 날린 무기의 속도나 궤도를 의지로 조종하는 것은 소드마스터 상급은 되어야만 가능한 스킬인데 체내에 축적한 마기의 양으로 보아 이제 겨우 소드마스터에 이른 것 같은 마족이 구사를 하니 신기할 수밖에 없었다.

번쩍!

다시 철월보를 펼쳐 창의 궤적에서 벗어난 가온의 눈이 다시 시퍼렇게 빛나더니 이내 입꼬리가 올라갔다.

'마기가 이어져 있군.'

심안 스킬을 발동하자 창과 이어진 암황색의 가느다란 끈이 보였다.

신기한 일이다. 자신의 경우 소드마스터가 되기 전에는 검기를 날려 보내는 순간 마나의 연결이 끊어졌는데 이 마족의 경우 제대로 된 소드마스터가 아님에도 불구하고 마기 유형체와의 연결이 이어져 있었다.

가온은 몇 가지 가설을 떠올리다가 마기가 다른 에너지와 달리 무척 끈끈한 성질과 보유자의 정신과 단단히 연결되는 특성을 가지고 있을 거라는 생각을 굳혔다.

'마기는 영력과 비슷한 속성을 가지고 있군.'

그렇게 생각을 하면서도 검은 창이 몸에 닿기 직전에 철월보로 꺼지듯 사라졌다가 다시 나타나는 가온에게 분노한 것인지 마족은 입을 벌려 또 다른 암황색 창을 만들어 내더니 가온을 향해 던졌다.

슉!

이번의 창은 기존의 창보다 크기는 좀 작았지만 살기는 더 짙었고 속도 역시 훨씬 더 빨랐다.

가온은 더 이상 피할 이유를 찾지 못하자 대검 한 자루를 꺼내 화살처럼 자신을 향해 날아오는 암황색 창들을 향해 휘둘렀다.

텅! 텅!

대검이 두 암황색 창들의 창대를 치는 순간 금 속성 대신 질긴 가죽 덩어리를 후려쳤을 때 나는 소음과 함께 충격이 급속하게 분산되는 감각이 느껴졌다.

대검에 마나를 주입하지 않아서 그런지 암황색 창들은 마치 부러질 것처럼 타격 부위가 꺾였다가 이내 제 모습을 되찾더니 다시 가온을 노렸다.

가온이 신묘한 걸음으로 창들의 궤적을 벗어나자 마족이 처음 만들었던 창은 마침 근처에 있던 거대한 바위를 꿰뚫었는데, 구멍의 입구가 창두보다 훨씬 크고 이내 강력한 폭발이 일어나서 바위가 산산이 터져 나갔다.

'위험하군.'

암황색 창들의 위력을 확인한 가온이 이번에는 피하지 않고 마족이 두 번째로 만들어 낸 창을 향해 대검을 휘둘렀는데 이번에는 마나가 주입되었다.

써걱!

창대는 예상한 것처럼 잘렸는데 놀라운 일이 벌어졌다. 잘린 창의 두 부분이 순식간에 다시 붙어 버린 것이다. 그리고 이번에는 더 빠른 속도로 가온을 쇄도했다.

파앗!

가온의 신형이 지금까지보다 훨씬 더 빠르게 사라졌다가 얼마 떨어지지 않은 곳에 나타났다. 이번에는 또 다른 창이 마치 노린 것처럼 이전의 창과 동시에 머리를 노리고 날아왔다.

"두 자루로 부족하면 더 만들어 주마!"

극도로 화가 난 마족은 계속해서 마기를 방출해서 창 세 자루를 더 만들었는데 모두 암황색이었다.

마족은 눈빛과 현란한 손놀림으로 다섯 자루의 창을 아주 능숙하게 다루었는데, 하나하나가 지능을 가진 생물처럼 움직일 위치까지 선점하거나 동시에 가온을 노리는 등 기세가 아주 흉흉했다.

대지 속성을 포함한 마기의 위력을 충분히 확인한 가온은 이번에는 대검에 각기 다른 속성의 기운을 주입해서 마창들을 상대해 봤다. 물론 사용한 마나의 양은 소드마스터 초급 정도에 맞추었다. 아직 시험해 볼 것들이 많이 남았기 때문이다.

그 결과 같은 토 속성의 기운이 상대의 마기에 가장 위력적이라는 사실을 확인할 수 있었지만 그럼에도 불구하고 효과적이라는 생각은 들지 않았다.

'이래서 마족을 상대하기가 힘든 거구나.'

뢰벨르와 싸울 때도 그랬지만 이상하게 상대의 공격은 자신보다 더 강하게 느껴졌다. 아니, 느껴지는 것이 아니라 실제로 위력도 강력했다.

'대체 차이가 뭘까?'

분명히 심안으로 확인한 상대의 마기 총량에 맞추어 마나를 사용했는데 마족을 압도할 수가 없었다.

이건 마나보다 마기가 전투에서 효율이 더 좋은 게 아니라면 도무지 말이 되지 않는다.

그렇게 음양기와 오행기를 모두 시험해 본 가온이 마지막으로 영력을 대검에 주입했다.

화아악!

마나와 영력이 다른 점은 많지만 가장 차이가 나는 점은 영력의 경우 조금만 무기에 주입해도 이렇게 빛을 뿜어낸다는 점이다.

"허억! 너, 너 영계 출신이야? 아니면 선계 출신이야?"

마족이 흠칫 놀란 얼굴로 몇 발 뒤로 물러나면서 물었다.

영계는 뭐고 선계는 뭔지.

'아! 선계라면 선술을 사용하는 차원인가?'

아무튼 마족의 격한 반응으로 보아 영력은 마나보다 마족에게 더 위력적인 에너지인 것 같았다.

"영계는 뭐고 선계는 또 뭐냐?"

"그러니까 그쪽 출신은 아니란 말이지."

가온의 질문에 놀랐던 마족의 입이 호선을 그렸다.

파앗!

마족이 가온을 향해 손을 쭉 뻗자 허공에 멈춘 상태로 크게 흔들렸던 암황색 창 다섯 자루가 이전보다 두 배는 더 빠르게 목표를 향해 쇄도했다.

인간이 걱정했던 영계나 선계 출신이 아니라는 사실을 확인한 데르칸은 자신이 있었다. 마기와 상극인 영력이 아니라 자연지기를 사용하는 인간은 다섯 방향에서 동시에 쇄도하는 혈지창(血地槍)을 피할 수 없을 것이다.

혈지창은 마기 전도율이 높은 혈정석 용액에 대지 속성이 혼합된 자신의 마기와 정혈을 섞어서 만드는데, 평소에는 축소시켜서 체내에 두고 마기로 강화를 시키고 주기적으로 정혈을 흡수하도록 만들었기 때문에 자신의 분신이나 다름없었다.

그래서 다른 무기와 달리 의식의 힘으로 속도와 궤적 수정이 가능했고 심지어 손상을 입어도 마기와 정혈을 주입해서 즉각 복원이 가능했다.

전이라면 몰라도 이 공간으로 빨려올 때 찾은 특별한 영석과 이 장소에 농후한 대지 속성의 기운을 오랫동안 흡수했기 때문에 다섯 혈지창은 약간의 영성까지 생길 정도로 위력이 급상승했다.

물론 자신의 마기 역시 몇 배에 달할 정도로 크게 늘어났지만 말이다.

'아마 인간은 이런 무기가 있다는 사실조차 모르겠지.'

아직 이곳 세상의 인간을 상대해 본 적은 없지만 그가 살아온 마계의 부속 대륙에서도 특별한 경지에 오른 인간이 아니라면 상대할 수 없었다.

그때였다. 가온의 대검이 얼마나 빠르게 움직이는지 검의 그림자가 그물처럼 그의 몸을 감쌌다.

서걱!

소음은 한 번이었지만 다섯 자루의 혈지창은 모두 반토막이 나 버렸다.

"크흑!"

마기와 정혈로 배양했기에 수족이나 마찬가지인 혈지창들이 모두 잘리는 순간 데르칸은 검은 피를 토하며 바닥에 주저앉았다. 수족이 잘린 것 같은 충격이 엄습한 것이다.

얼굴이 파리해진 데르칸은 그런 상황에서도 잘린 혈지창 조각을 향해 의념과 함께 마기를 방출했다. 잘린 조각을 원래의 혈지창에 다시 결합시키려는 것이다.

그런데 아까와는 상황이 달라졌다. 눈빛이 묘하게 깊어진 인간이 던진 대검이 마치 잘린 혈지창의 파편 주위를 소용돌이 바람처럼 돌기 시작한 것이다.

"아, 안 돼!"

비명을 지른 데르칸이 허리춤에 있는 주머니에서 새까맣고 손톱 크기의 둥근 환을 삼킨 순간 몸이 순식간에 두 배로 커졌고 부러진 뿔도 원래대로 복원이 되었는데, 눈은 검붉었고 입 밖으로 날카로운 송곳니가 삐져나와서 더욱 흉악해졌다.

그렇게 급격하게 몸을 키운 데르칸은 끓어오르는 마기를 혈지창과 연결된 마기에 더해서 혈지창을 회수하려고 했다.

가온도 데르칸의 절규를 들었지만 신경 쓰지 않고 영력을 주입한 대검을 의념으로 움직였다.

'확실히 영력이 마나보다 의식을 빠르게 받아들이고 연결이 훨씬 더 끈끈하네.'

검기를 생성할 정도의 마나를 주입한 검의 경우 자신을 기준으로 30미터를 초과해서 벗어나면 연결이 끊겼지만 동일한 양의 영력이 주입된 검은 지금처럼 50미터 이상 떨어진 상황에서도 영력이 연결되어 있었고 의념 또한 빠르게 받아들였다.

영력이 주입된 대검으로 잘린 마기는 아까처럼 빠르게 결합되지 않았다. 가온은 다시 결합이 되기 전에 잘린 조각을 대검으로 산산조각 내 버렸다.

그 모습을 확인한 데르칸의 눈이 휘둥그레졌다.

'이 허접한 차원에 이런 강자가 있었다니!'

비록 마계 서열은 10만 위가 넘지만 오행지와 함께 다른 차원과 융합이 되는 기연을 얻었기 때문에 그동안 수련에 몰두해 왔다. 그리고 그 결과 지금은 마계 서열 1천 위 이내는 감히 엄두를 낼 수 없지만 적어도 3천 위 안까지 오를 정도로 강해졌다고 자부했는데 이런 강자가 나타난 것이다.

오행지가 다른 차원과 융합된 직후 몇 번 던전 밖에 나갔다 왔지만 자신이 상대할 강자는 불과 몇 명밖에 되지 않음을 확인하고 흥미가 떨어진 데다가 오행지에서 막대한 오행력의 원천을 발견했기에 그동안 오행력을 흡수하는 데 몰두해 왔다.

으드득!

데르칸이 이를 갈면서 마기의 지배력을 높였다. 눈이 튀어나올 것처럼 머리가 아팠지만 혈지창 파편을 포기할 수 없었기 때문이다.

가온은 마족이 몸을 거대화시켰을 때 후속 공격을 우려했지만 예상과 달리 놈은 제자리에서 가만히 서서 잘린 검의 파편을 노려보고 있었다.

'뭐지?'

이런 상태의 마족을 해치우려면 얼마든지 가능했지만 마족의 태도가 궁금해진 가온은 심안 스킬을 활성화시켰다.

과연 눈으로 볼 수 없는 현상이 발생하고 있었다. 산산조각이 난 검의 파편에서 흐릿하지만 암황색의 마기가 흘러나오더니 마족을 향해 움직이고 있었다.

'마기를 회수하는 건가?'

그렇다면 일반적인 마기가 아니다. 뭔가 마족에게 꼭 필요한 성질을 가지고 있는 마기가 틀림없었다.

가온은 선와술 1단계를 펼쳐서 파편에서 흘러나온 마기를 흡수해서 다 써 버린 상급 마정석들을 모아 둔 아공간 주머니로 집어넣었다. 선와술은 소용돌이의 강력한 흡입력으로 무엇이든 흡수해서 지정된 장소나 물체로 보낼 수 있었다.

"크아아악!"

혈지창의 파편에 깃들어 있던 마기가 사라지자 데르칸은 더욱 흉악해진 얼굴로 소리를 지르며 또 다른 암황색 창 다섯 자루를 더 방출했다.

쑤욱!

가온은 이전보다 크기도 작고 색도 흐릿한 창 다섯 자루가 제각기 다른 궤적을 그리며 자신을 향해 날아오는 모습을 보았지만 여전히 움직이지 않았다.

창들이 가온과 5미터 거리까지 접근했을 때 마족이 벼락처럼 소리를 질렀다.

"폭!"

꽈앙!

폭음과 함께 가온을 기준으로 네 방향은 물론 상공까지 장악한 창들이 산산조각이 나더니 눈이 멀 것 같은 암황색 빛을 방출했다.

'호오! 내가 사용한 것과 비슷한 방식이네.'

심안을 발동해서 암황색 빛 속을 들여다보니 그 안에는 수천 개의 파편이 보였는데 희한한 것은 파편이 바깥으로 향하지 않고 모두 가운데 있는 가온을 향하고 있다는 점이었다.

그때 가온의 몸이 빠르게 회전을 하면서 검의 그림자가 그의 몸을 마치 막처럼 감쌌다. 소드커튼이었다.

파바바밧!

검의 파편이 대검이 그린 궤적에 닿는 순간 암황색 빛이 폭사되어 순간적으로 가온의 몸을 가렸다.

그리고 마족 데르칸의 망막에 다시 가온의 모습이 떠올랐을 때는 파편은 사방으로 날아가거나 가루가 되어 버렸다.

'내 마기는?'

그 순간 데르칸은 한 번도 경험해 보지 못한 강렬한 허탈감에 온몸에 힘이 쭉 빠졌다. 혈지창에 담겨 있던 그의 마기는 온데간데없이 사라져 버린 것이다.

"더 볼 것은 없나 보네."

인간의 말을 들은 순간 데르칸은 섬뜩한 감각을 인지하고 서둘러 공간 이동을 시도하려고 했는데 그 순간 자신을 가리킨 인간의 손가락 끝에서 작은 구슬이 맺히는 것이 보였다.

"아, 안 돼!"

데르칸은 순식간에 눈앞을 가득 채운 거대한 구체에 놀라 황급히 자신의 몸 주위로 토마벽(土魔壁)을 세우려고 했지만 그 직후 의식이 끊겨 버렸다.

마나탄으로 마족의 이마에 구멍을 뚫어 뇌를 태워 버린 가온은 여전히 심안 스킬을 활성화시킨 상태로 마기의 변화를 지켜봤는데, 놀랍게도 창의 파편에서 흘러나온 암황색 마기들이 느린 속도이긴 하지만 아직 생기가 남아 있는 마족의 남은 사체를 향해 움직이고 있었다.

　얼마 후 암황색 마기가 놈의 사체로 모두 돌아갔는데 심장이 멈추면서 생기가 완전히 사라지자 사기와 함께 다시 몸 밖으로 빠져나오기 시작했다.

　'신기한 일이군.'

　아무리 생각해도 마기의 속성을 잘 모르겠다.

　머리를 흔든 가온은 사체에서 흘러나오는 사기와 마기를 파워드레인 스킬로 흡수해 보았다.

　사기는 예전과 마찬가지로 흡수할 수 있었지만 마기는 아니었다. 오랫동안 마족이 길들여서 그런지 격렬하게 거부하는 반응을 보인 것이다.

　'그래도 방법이 있지.'

　가온은 마족의 사체에 손을 얹고 익히고도 거의 펼친 적이 없는 마나 탐식 스킬을 사용했다.

　마나 탐식 스킬은 상대와 접촉하는 순간 본인의 고유한 마나를 주입시켜 상대의 마나가 가진 성질을 자신과 동일한 마나 속성으로 바꾸어 흡수할 수 있었다.

　가온은 마기와 거의 천적인 영력에 매료되어 영력을 주입해서 사체의 마기를 영력을 바꾸어 흡수했는데 흡수를 하다 보니 정혈은 물론 육신과 영혼까지 모두 영력으로 변환되어 버렸다.

'하아! 윤회가 진짜 존재하는지는 알 수 없지만 완전히 소멸되었군.'

원래 마정석과 영석을 얻으려고 했는데 남은 거라고는 아공간 아이템으로 짐작되는 팔찌와 마기가 깃들었던 창의 재료로 보이는 검붉은색 광석 다섯 개가 전부였다.

그래서 얻은 것이 아주 많았다. 이번에 소멸시킨 마족을 통해서 앞으로 어떻게 상대를 해야 할지 감을 잡을 수 있었다.

그렇게 마족을 완전히 소멸시킨 가온은 자신도 모르게 긴장한 몸을 풀었다.

'뢰벨르와 같은 고위급 마족이 아니었네.'

아마 뢰베르를 소멸시킨 후 받았던 칭호가 크게 작용해서 마족을 비교적 쉽게 처리할 수 있었던 것 같았다.

'이럴 때는 칭호의 효과가 쏠쏠하네.'

마족 처단자라는 칭호는 뢰벨르의 서열보다 높은 마족에게는 1할, 그리고 낮은 마족을 대상으로는 2할의 디버프를 주는 효과가 있었다.

마족은 그렇게 디버프를 받은 상태였고 뭔가 연공을 하다가 자신의 공격을 받았기에 제대로 된 기량을 발휘할 수 없었을 거라고 생각했다.

그때 익숙한 안내음이 머릿속으로 전해졌다.

-서열 115,112위의 마족, 오행마 중 대지의 마족 데르칸을 소멸시키는 위업을 세웠습니다! 보상으로 스킬, 아이템, 명예 포인트를 획득합니다!
-레벨이 3 상승합니다!
-마족 데르칸의 고유 스킬인 '대지 지배'를 계승합니다!

레벨이 3밖에 오르지 않은 것이야 이제 신경도 쓰이지 않는다.
'서열이 너무 낮은 거 아닌가?'
일전에 상대했던 뢰벨르와는 비교도 할 수 없는 마족이기는 했지만 이렇게 서열이 낮을 줄은 생각하지 못해서 좀 실망했다.
'그런데 대지 지배가 뭐지?'
스킬이 궁금했다.

대지 지배

등급 : S
상세
-대지 속성력과 초당 1천의 영력을 사용해서 일정한 영역의 대지를 마음대로 바꿀 수 있다.
-레벨당 지배할 수 있는 공간이 열 배씩 증가하며 소모되는 대지 속성력과 영력은 절반으로 줄어든다.

내용은 간단했지만 잠시 곰곰이 생각하던 가온의 입에서 평소에 들을 수 없었던 큰 웃음이 터져 나왔다.

"하하하! 엄청난 스킬을 얻어 버렸어!"

이건 대지 속성의 마법 모두를 대체할 수 있는 엄청난 스킬이었다. 내용만 보면 가볍게는 땅에 구덩이를 파는 디그 마법부터 시작해서 어스월, 어스스피어, 어스퀘이크 등 대지 속성의 모든 마법을 의념만으로 발현할 수 있었다.

일단 시험을 해 보았다. 1레벨일 때 지배할 수 있는 대지의 공간을 알아봐야만 했다.

스킬을 활성화시키자 발끝부터 시작해서 가로세로 높이가 각각 10미터에 해당하는 1천 입방미터에 해당하는 대지가 푸른색으로 빛났는데, 다른 사람의 눈에도 보이는지는 알 수 없었지만 가온은 해당 공간이 자신의 영역이라는 사실을 본능적으로 알 수 있었다.

'대지의 벽!'

머릿속에 단단한 흙벽을 떠올리는 순간 푸른색으로 빛나던 영역의 흙이 가온이 설정한 선에 맞추어 모여들더니 높이가 3미터에 달하는 두꺼운 벽이 되었다.

마나를 사용하지 않고 검으로 벽을 쳐 보았는데 5센티미터 깊이의 금이 생겼을 뿐 멀쩡했다.

어스월의 강도에 만족한 가온은 머릿속으로 벽이 원래대로 돌아가는 모습을 연상했다. 그러자 그 두꺼운 벽이 순식간에 물처럼 흘러내려 사라졌다.

'대지의 창!'

땅에서 솟아나는 창을 떠올리는 순간 푸른색의 영역에 날카로운 촉을 가진 2미터 길이의 창 수십 자루가 순식간에 솟아났다.

이번에도 마나를 주입하지 않은 상태로 검으로 하늘을 향해 솟구친 흙창을 잘라 보았다.

팟!

직경이 5센티미터 남짓인 흙창의 중간이 잘렸다.

'좀 더 강하게!'

흙창을 강화한다는 생각을 하는 순간 몸속에서 뭔가가 빠져나가는 것 같은 감각이 느껴졌는데, 이번에는 같은 시도에 조금 파고들었을 뿐 부러지지 않았다.

이번에는 흙을 바위처럼 단단하게 뭉쳐 본 후 검으로 강도를 시험해 보면서 어느 정도의 영력을 사용해야 마나가 주입된 무기에 견딜 수 있는지 확인을 했다.

그 밖에도 대지를 흔들어 국지적인 지진을 일으키는 등 다양하게 시험을 해 본 가온의 얼굴에 짙은 미소가 떠올랐다.

'같은 현상이라도 오행기와 영력을 더 사용하면 위력이 더 강해지는구나!'

마족에게서 승계받았다고 생각하기에는 효용가치가 높고 아주 위력이 강한 스킬이었다.

대지 지배 스킬을 사용해 본 가온은 기쁘면서도 섬뜩했다. 만약 마족이 이 스킬을 생성할 여유를 주었다면 큰 위기를 겪었을 테니 말이다.

'정말 마족에게서 얻는 것이 엄청나네.'

이렇게 되면 생각을 달리해야 했다.

가온은 전사들에게 의념을 보내 던전을 공략하지 말고 대기하면서 연공을 하도록 지시한 후 이번에는 습지로 향했다.

차원석은 챙기기는 했지만 아공간에 넣지 않고 허리의 가죽 주머니 안에 넣었다. 던전 내부의 에너지를 흡수하고 있는 카오스를 위해서였다.

'마족이 차원석의 에너지를 흡수할 수 있다면 나도 가능할 거야.'

나중에 시간을 들여서 천천히 연구해 볼 생각이다.

세계수 엘라

엘프들이 포위한 상태로 초목의 기운을 흡수하고 있는 숲의 중앙 상공으로 날아간 가온은 거목의 나뭇가지와 잎이 너무 무성해서 육안으로 마족이 보이지 않자 심안을 발동했다.

그러자 비로소 마족을 찾을 수 있었다.

'숲에서 가장 거대한 나무의 썩은 내부 공간에 앉아 있군.'

초지에서 격살한 마족과 달리 나무껍질과 비슷한 고동색 피부를 가지고 있는 마족은 푸른색 막에 둘러싸인 채 손에 차원석을 쥐고 연공을 하는 것 같았는데, 꼬리는 보이지 않았지만 머리에는 구부러지고 끝부분이 날카로운 뿔이 돋아 있었다.

'뿔부터 부수는 것이 좋겠어.'

데르칸이라는 마족도 뿔이 부서진 순간 충격을 받았는지 제대로 능력을 사용하지 못한 것으로 보여서 내린 결정이다.

단검을 꺼내던 가온은 목기를 주입한 단검만이 데르칸이라는 마족의 몸을 둘렀던 막을 단번에 뚫고 들어가서 뿔을 부쉈던 사실을 기억해 냈다.

'오행상극이구나!'

오행상극 이론에 의하면 나무뿌리는 흙을 뚫고 나오므로 목기가 토기를 누른다. 이른바 목극토(木剋土)에 해당한다.

'그렇다면!'

목기와 상극인 오행기는 바로 금기(金氣)다. 도끼와 칼은 나무를 베고 다듬기 때문이다. 이른바 금극목(金剋木)에 해당한다.

'가만! 이것도 될까?'

가온은 금기로 만든 은색 마나탄 한 개와 화기로 만든 붉은색 마나탄 아홉 개를 만든 후 염력을 이용해서 마족이 앉아 있는 거목의 뿌리 쪽 공동과 30여 미터 간격을 두고 제각기 위치하게 만들었다.

'가라!'

가온이 의지를 세운 순간 거목 주위의 허공에 멈춘 상태로 대기했던 은색 마나탄이 먼저 마족이 있는 거목을 향해 날아갔고 붉은색 마나탄들이 그 뒤를 따랐다.

슈슈슈슈슉!

염력에 의해 날아가는 마나탄의 속도는 제각기 차이가 있었지만 얼마나 빠른지 파공성은 거목에 도착할 때나 되어서야 들렸다.

공동에 앉아 있던 마족의 눈이 번쩍 뜨였다. 자신을 향해 날아오는 붉은색 마나탄들의 존재를 감지한 것이다.

하지만 가온은 마족이 대응할 여유를 주지 않았다. 놈이 마나탄이 날아오는 것을 인지한 순간 나무가 거세게 흔들렸다. 가장 빠르게 날아간 붉은색 마나탄이 마족이 앉아 있는 썩은 부분을 강타한 것이다.

꽝! 꽝! 꽝!

연속해서 날아든 세 발의 붉은색 마나탄들이 몸을 보호하고 있던 목마벽(木魔壁)과 부딪히더니 순식간에 벽을 부수었을 뿐 아니라 몸이 거세게 흔들리자 마족이 창졸간에 할 수 있었던 것은 자신의 몸에 고동색 광막을 씌우는 것밖에 없었다.

그런데 고동색 광막이 마족의 몸을 감싼 직후 위에서 눈이 멀 것 같은 은색 단검이 무서운 속도로 이제 막 생성되는 중이던 고동색 광막을 뚫고 마족의 머리에 직격했다. 가장 늦게 던졌지만 먼저 발출한 붉은색 마나탄들을 추월한 것이다.

꽝!

빠각!

"크아악!"

뿔과 충돌하는 순간 황금빛 단검은 폭발했고 마족은 피를 토하며 극렬한 고통에 부르르 떨었는데, 통증이 얼마나 강했는지 자신의 뿔이 부러진 것조차도 느끼지 못했다.

그렇게 마족이 충격으로 정신을 차리지 못하고 있는 사이에 나머지 여섯 발의 마나탄이 은색 단검이 낸 균열이 확장되고 있는 고동색 광막을 완전히 부수고 마족의 전신 곳곳에 깊이 박혔다. 그리고 맹렬한 기세로 폭발했다.

꽝! 꽝! 꽝!

마나탄 여섯 발이 몸 안에서 폭발하자 마족은 비명조차 지르지 못하고 몸이 산산조각이 나더니 화염에 완전히 불타 버렸다.

'역시!'

가온은 걱정했던 것과 달리 마족을 손쉽게 격살한 것에 크게 기뻐했다.

'이제 마족을 어떻게 상대해야 할지 알겠어!'

물론 마족들이 지금처럼 뭔가에 열중하는 바람에 감각이 약화된 경우는 많지 않을 테지만 이제 마족은 더 이상 두렵지 않았다.

뢰벨르를 상대하며 겪었던 끔찍한 기억에서 비로소 벗어날 수 있었다.

가온은 불타 버린 재 속에서 마정석과 영석을 찾아냈고 아공간 반지가 끼워진 손가락뼈를 발견하고 챙겼다.

'마나 탐식 스킬과 영석에서 그대로 영력을 흡수하는 것이 어느 정도 차이가 나는지 확인해 보자.'

땅속에 있던 마족과 지금 처치한 마족의 경지는 비슷해 보였기에 확실하게 알 수 있을 것 같았다. 차이가 난다면 앞으로 마족을 처리하고 나면 당연히 영력의 증가 폭이 높은 쪽을 선택할 것이다.

가온이 막 영석에서 영력을 흡수하려고 할 때 익숙한 안내음이 머릿속으로 전해졌다.

―서열 115,002위의 고위급 마족, 오행마 중 초목의 마족 바르틴을 소멸시키는 위업을 세웠습니다! 보상으로 스킬, 아이템, 명예 포인트를 획득합니다!

―레벨이 3 상승합니다!

―마족 바르틴의 고유 스킬인 '초목 지배'를 계승합니다!

이해할 수 없을 정도로 낮기는 하지만 대지의 마족보다 순위가 더 높아서 그런지 레벨은 아까처럼 3이 올랐고 마찬가지로 고유 스킬을 계승받을 수 있었다.

'초목 지배라.'

어쩐지 대지 지배와 비슷한 내용의 스킬일 것 같은데 예상이 맞았다.

바로 사용해 봤는데 목기와 함께 초당 1천의 영력을 소모해서 순식간에 초목을 성장시키는 것부터 시작해서 나무의 뿌리나 줄기를 마치 채찍이나 창처럼 사용할 수 있었고 뿌리와 줄기로 감옥처럼 목표를 가둘 수도 있었다.

거기에 초목으로부터 생명력을 흡수해서 상처를 치료할 수도 있었는데, 재생력과 다른 것은 자신뿐 아니라 타인까지 초목의 생명력을 이용해서 치료할 수 있다는 사실이었다.

정확한 위치와 감각의 범위를 정확하게 파악할 수 있게 되자 나머지 세 마족은 너무나 쉽게 격살할 수 있었다. 굳이 시간을 끌 필요도 없었다.

'오행상극의 원리 덕분에 쉽게 던전을 공략했네.'

습지에 머물고 있던 마족은 토기를 이용해서, 용암천 속에 있었던 마족은 수기로, 그리고 산의 내부를 종횡으로 연결하고 있던 다양한 광맥 속에 있던 마족은 화기를 사용한 마나탄과 단검 공격으로 처리할 수 있었다.

그렇게 세 마족까지 처리하자 레벨은 총 15가 올랐고 오행기를 주력으로 사용했던 것으로 추정되는 다섯 마족의 고유 스킬 다섯 개를 얻을 수 있었다.

영력도 크게 늘었다. 마나 탐식 스킬과 영석을 통해서 무려 250만이라는 엄청난 영력을 추가한 덕분에 이젠 1천만이 넘었다.

마나 탐식의 경우 뼈와 근육 그리고 정혈은 물론 영혼까지 흡수할 수 있어서 그런지 영석과 마정석을 통해 흡수하는 것보다 훨씬 더 많은 영력을 늘릴 수 있었다.

마나 탐식 스킬 덕분에 음양기나 마력도 올랐고 스텟들도 매력을 제외하고는 대략 1할 가까이 늘어났다.

이렇게 얻은 것이 많다 보니 명예 포인트의 경우 합해서 100만밖에 획득하지 못했지만 불만은 전혀 없었다.

'내게 꼭 필요한 스킬을 얻었어!'

오행기를 사용해서 마법과 같은 현상을 만드는 다섯 스킬 중 금속 지배는 모라이족의 고유 능력에 해당하는 금속 변성부터 시작해서 어떤 금속이든 원하는 대로 추출하고 다룰 수 있게 만들어 주었고, 화염 지배는 모든 형태의 불과 열기를 마음대로 만들고 변형시키고 사용할 수 있게 해 주었다.

마지막으로 수빙 지배는 물과 얼음에 관련된 능력으로 물을 이용한 모든 마법 현상을 만들 수 있었으며, 나가족의 권능처럼 물의 흐름까지 바꿀 수 있는 스킬이었다. 물과 얼음으로 이루어진 창이나 검 등의 무기를 만드는 것도 너무나쉬웠다.

실제로 사용해 보니 자신이 마치 정령왕이 된 것처럼 느껴졌다. 좀 더 연구를 하고 수련을 하면 고위급 속성 마법의 위력을 충분히 낼 수 있을 것 같았다.

'적어도 최상급 정령의 능력이야.'

정령왕급은 아니지만 그 정도는 되는 것 같았다. 공격 용도는 물론이고 아주 다양한 용도로 사용할 수 있어서 굉장히 쓸모가 있어 만족감이 컸다.

마지막으로 마족들의 아공간 아이템을 확인했다.

'오! 꽤 많네.'

금과 은 같은 귀금속부터 종류를 알 수 없는 광석들이며 아이템들이 꽉꽉 차 있었다. 욕심이 많은 건지 다섯 마족 모두 엄청난 용량의 아공간 아이템을 가지고 있었는데 여유가 거의 없을 정도로 챙긴 상태였다.

마족들의 아공간 아이템을 대충 확인하고 아공간에 집어넣은 가온은 이곳 아이테르 차원이 탄 차원보다 차원 융합이 많이 진행되었다는 사실을 새삼 깨달았다.

탄 차원에서도 뢰벨르라는 고위급 마족을 상대했지만 놈은 고위급 리치인 알테어의 소환 의식을 통해 건너왔었다.

하지만 이 던전의 경우 흑마법사도 소환술사도 없으니 이 던전의 공간이 원래 마계라고 볼 수 있었다. 이렇게 생명력이 넘치는 곳이 마계에 딸린 부속 차원의 일부라는 사실이 모두지 믿기지는 않지만 말이다.

'이게 모두 이 차원의 지배 계층이 던전을 오랫동안 공략하지 않고 방치한 탓이야.'

그저 시티라는 안전한 공간에 안주한 채 마수와 몬스터를 막아 내는 데만 신경을 쓴 결과가 이렇게 마족이 서식하는 던전까지 열린 것이다.

이런저런 생각으로 머리가 복잡해지려는 순간 시르네아의 의념이 전해졌다.

-헤루스, 숲의 생기를 한계까지 흡수한 것 같은데 이제 공략할까요?

'아니. 내가 전부 공략했으니까 이제 나가면 돼.'

-네? 정말요? 마족이 다섯 명이나 있다고 하지 않으셨나요?

가온이 처음에 상대한 마족과 달리 나머지 네 마족은 상극이 되는 오행 속성력을 이용해서 워낙 빠르게 해치운 터라 속성력을 흡수하던 시르네아 등은 상황을 전혀 알아차리지 못하고 있었다.

'막상 상대해 보니까 별거 아니더라고.'

서열이 10만을 넘겼으니 강한 놈들은 분명히 아니다.

-아무리 그래도 제겐 말씀을 해 주시지 그랬어요. 헤루스께서 고생하시는 동안 저희는 편하게 숲의 기운만 흡수하고 있었는데…….

시르네아의 의념에는 약한 원망과 미안함 그리고 서운함이 느껴졌다.

'나 혼자 할 만하니까 한 거야. 그나저나 숲의 기운은 많이 흡수했어?'

이럴 때는 화제를 돌리는 것이 낫다.

－엄청나요! 이 던전의 세계수는 저희 일족의 수호수와 종은 다르지만 훨씬 더 오래되어서 그런지 추정조차 어려울 정도로 농후한 신령한 기운을 가지고 있는데 정말 아낌없이 주더라고요.

시르네아가 신이 나서 의념을 보냈다.

'세계수?'

－네. 모르셨어요? 이 엄청난 규모의 숲이 실은 세계수 한 그루예요. 아니테라에 있는 우리의 엘프목들과는 격부터가 완전히 달라요.

'정말?'

믿기질 않았다. 최소한으로 잡아도 5만 제곱미터는 될 것 같은 숲이 실은 나무 한 그루에 불과했다니 말이다. 그게 사실이라면 신화에 등장하는 세계수가 틀림없었다.

－확실해요, 헤루스. 본체의 일부는 이미 썩어서 마족이 거주하는 공간으로 내주었지만 대신 뿌리를 넓게 뻗어서 새로운 가지, 줄기를 만들어서 거목처럼 성장시키는 방법으로 숲을 만들었다고 했어요.

'그럼 그 사실을 세계수로부터 들은 거야?'

그러고 보니 엘프, 특히 하이엘프에게는 영기를 품은 초목과 의사소통을 능력이 있다고 들은 것 같아서 물어봤다.

－네. 아! 세계수가 지금 얘기를 해 주네요. 이 공간을 유지하고 있던 에너지가 빠르게 흩어지고 있다고요. 잠깐만요!

그렇게 잠시 의념이 끊어지더니 얼마 후 연결이 되었다.

–헤루스, 지금 세계수의 본체 앞에 와 있는데 이 세계수가 말하길 자신의 씨앗을 적당한 곳에 심어 달라는데요. 그렇게 해 준다면 자신의 정수를 주겠대요.

'내가 그리로 가지.'

세계수의 본체가 어디에 있는지는 잘 알고 있다. 마족이 있었던 곳 인근이었으니 말이다.

가온이 세계수의 본체가 있는 곳으로 가니 함께 들어왔던 엘프족이 모두 그 앞에 모여 있었다.

"헤루스!"

"혼자 마족을 모두 처단하셨다면서요?"

"수고하셨습니다."

인사는 제각각이지만 그들의 얼굴은 그 어느 때보다 환했다.

'어?'

가온은 엘프족의 변화한 모습을 대번에 알아보았다.

"기연을 얻었군."

"네, 헤루스. 세계수가 우리를 위해 정수라는 과분한 선물을 주었어요."

그렇게 대답을 하는 시르네아는 외모가 전과 비교할 수 없이 아름다워졌을 뿐 아니라 몸매도 더욱 여성스러워졌다.

무엇보다 그녀의 성장을 가로막고 있던 단단한 벽이 사라졌는지 탈속한 분위기가 흐르는 것이 경지가 더 올라갔다.

다른 엘프들 역시 경지나 실력이 높아졌을 뿐 아니라 풍기는 분위기 자체가 달라졌다.

'세계수의 정수라는 것이 정말 대단한 효능이 있네.'

단순히 숲의 기운을 흡수했다고 이런 변화가 일어날 수는 없었다.

그런데 그때 머릿속에 생소한 파장의 의념이 전해졌다.

―들리나요?

'혹시 세계수?'

―그렇게 부르는 이들도 있지만 저는 엘라라고 해요. 당신이 이들의 지도자인가요?

'맞아요. 반가워요, 엘라. 나는 가온이라고 해요.'

일단 인사는 했지만 너무 놀라서 대화를 이끌어 가지 못했다. 세계수와 의사소통이 가능할 거라고는 전혀 생각하지 못했기 때문이다.

―가온이 오행마를 모두 죽이고 정석을 챙겼나요?

'마족을 모두 죽인 건 맞는데 정석이 뭡니까?'

―정석은 저와 마족이 원래 살고 있었던 공간을 이쪽 세계로 연결한 힘의 원천이에요.

그렇다면 정석은 차원석을 말하는 것인데 지금은 허리에 차고 있는 가죽 주머니 안에 들어 있었다.

'정석에 대해서 아는 게 더 있습니까?'

—정석은 우주에 존재하는 모든 힘 중에서 가장 신비한 성질을 가지고 있는 영력이 다른 힘과 결합해서 합쳐서 만들어지는데, 일정한 공간을 전혀 다른 세상과 연결하는 힘을 가지고 있어요. 그래서 선계나 마계의 초월적인 존재들은 영석을 이용해서 차원 이동이 가능한 아이템이나 마법진을 만들기도 하지요.

차원석이 영력이 모여 생성되었다는 사실을 처음 듣는다.

'혹시 엘라가 있던 곳이 마계입니까?'

—마계요? 잘 모르겠어요.

'혹시 그 세계에 대해서 아는 것이 있습니까?'

—제가 살던 세계는 오베르트 차원이라고 했어요. 마족을 비롯해서 다양한 인족들이 살고 있는 곳인데 오래전부터 이곳에 터를 잡은 오행마는 이곳을 오행지(五行地)라고 불렀어요.

오행지라. 이곳을 그 어떤 단어보다 잘 표현한 이름인 것 같다.

'그곳에는 마족들이 많습니까?'

—많아요. 최고위급 마족은 거의 없지만 영맥이 풍부한 곳이라서 수련을 하려는 마족들이 꽤 찾아온다고 들었어요.

'그렇군요. 어디에서, 어떻게 찾아온다는 겁니까?'

—마족들이 어디에서 오는지는 저도 몰라요. 다만 그들은 공간 이동이 가능한 특별한 전송진을 이용해요.

전송진이라면 텔레포트 마법진을 말하는 것인데 아무튼 확실한 것은 이 던전의 공간이 마계는 아니란 것이다.

'혹시 영맥에 대해서 설명해 줄 수 있습니까?'

—영맥은 다양한 속성을 가진 영력을 품고 있는 뭉친 영력의 흐름이에요. 저 역시 그런 영맥 중 오행의 영력이 강한 영맥에 뿌리를 내리고 있고요.

광맥과는 다른 내용이기는 하지만 영맥이 어떤 것인지 대충 이해는 간다.

'오베르트 행성은 오행지와 같은 곳이 많습니까?'

—저는 이동을 할 수 없고 이동 중에 쉬기 위해서 찾아온 인족들의 대화를 들은 것뿐이라서 확실하지는 않지만 꽤 있다고 들었어요. 그런데 그런 인족 중 수행자들은 지금 이 공간, 즉 오행지처럼 다른 세계로 끌려가서 사라진 공간이 꽤 많아서 걱정을 하더군요.

그렇다면 오베르트 차원 역시 차원 융합이 심각하게 진전된 곳으로 보였다.

'아까 시르네아에게 씨앗을 다른 곳에 심어 달라고 부탁을 했다고 들었습니다.'

—네. 온이 챙긴 정석을 부수는 순간부터 소멸이 시작될

테니까요.

'정석이 파괴되면 영력은 어떻게 되나요?'

 —정석으로 흡수되던 영력의 흐름이 멈춰 버리면 영맥이 함유하고 있는 영력까지 흩어져요. 그리고 이 세상을 구성하는 모든 에너지가 흩어져서 결국 오행지는 소멸하고 말지요.

정석이야 가온이 모두 챙겨서 아공간에 넣지 않았으니 아직은 영력의 흐름이 끊기지는 않았다. 실제로 아직 던전이 무너지는 조짐은 전혀 없었다.

'그런데 이런 공간은 소멸된 후에 다시는 생성되지 않기도 하지만 반복해서 생성되는 경우도 많다는 사실을 알고 있습니까?'

 —그래요? 왜 그런지 대충 알 수 있을 것 같네요.

가온은 엘라의 말에 심장이 멈추는 것 같았다. 어쩌면 던전의 재생성에 대한 비밀을 알 수 있을 것 같은 생각이 들었다.

'그, 그 이유가 뭡니까?'

너무 흥분한 나머지 마치 따지듯 물었다.

 —정석의 근원이기도 한 영력은 뭉쳐서 형상을 이루게 되면 살아 있는 존재라고 생각해도 무방해요.

'살아 있다고요?'

 —네. 정석이 부서지거나 사라지면 그 정석의 영역 내에 있는 영력은 흩어지고 모든 물질은 최소 단위로 분해가 되어

흩어지는 것이지요. 하지만 영력은 흩어지더라도 원래의 장소 주위에 다시 모이는 성질을 가지고 있어요. 시간은 좀 걸리겠지만 영력이 모여서 다시 정석을 만들게 되고 마치 기억이라도 하듯 이전과 거의 동일한 환경을 만들어요.

그래서 가장 먼저 처리한 데르칸이라는 마족이 만든 암황색 창들에서 흘러나온 마기가 놈이 죽은 직후에 사체로 이동했던 모양이다. 놈의 마기에도 영력이 섞여 있었던 것이리라.

'서식하던 생물까지 말입니까?'

사물이야 그럴 수 있다지만 동일한 생물체가 생성되는 건 가온의 상식으로 이해할 수가 없었다.

─생명력의 근원이 영력이니 당연하죠.

그렇다면 영력이라는 에너지는 우주에 존재하는 모든 힘의 근원일 가능성이 높았다.

─그런데 영력만으로 정석이 만들어지는 것이 아니라 공간의 법칙이 작용한다고 들었어요.

'법칙이라고요?'

공간의 법칙에 대해서는 엘라도 개념만 이해할 뿐 설명할 방법이 없다고 했다. 그저 차원을 아우르는 거대한 힘 중 하나라고 규정할 뿐이었다.

'지금 말해 준 내용들은 여행자들의 대화를 통해 알게 된 겁니까?'

－네. 말씀을 드렸듯 오행지는 아주 오랫동안 많은 수련자가 찾아와서 머무르는 곳이고 제 그늘은 어떤 곳보다 생명력이 풍부해서 나무 속성의 힘을 수련하는 자들은 대부분 제가 만든 숲에서 머물러요.

엘라가 말해 준 지식들의 수준을 생각하면 오베르트 행성의 수련자들은 탄 차원은 물론이고 아이테르 차원의 영인이나 마법사들보다 고등한 존재인 것 같다는 생각이 들었다.

'그럼 이 공간은 다시 생성될까요?'

－마족들이 오랫동안 정석은 물론 주위의 속성력을 흡수했기 때문에 원래 이 공간에 차 있는 영력의 절반 이상이 활성을 잃었으니 소멸될 가능성이 더 높아요.

그래서 자신의 분신이 들어 있는 씨앗을 다른 곳으로 옮겨서 심어 달라고 부탁을 하는 것 같았다.

'영력이 활성을 잃었다는 건 무슨 뜻입니까?'

－영력은 염파(念波)와 같은 특정한 파동에만 반응하는 순수한 에너지지만 어떤 물체에 깃들거나 다른 힘과 혼합이 되기도 해요. 마기도 영력이 다른 힘과 혼합된 에너지라고 볼 수 있어요.

'그런데요?'

－영력이 깃든 물체나 혼합되어 변화된 힘이 부서지게 되면 영력은 극도로 순수한 상태가 되어 다시 모여 일정한 힘을 발휘할 수 있을 때까지는 아무런 힘이 없는 상태가 되는

데 그걸 활성을 잃었다고 표현해요.

'그럼 활성화되었다는 건 다른 물체에 깃들었거나 다른 힘과 결합해서 새로운 에너지가 된 상태를 말하는 겁니까?'

─그렇다고 볼 수 있어요. 물론 영력 그 자체로도 강력한 힘을 발휘할 수 있지만 그럴 경우는 염파와 같은 특정한 파동을 이용해야 하지요.

'그럼 던전을 구성하던 영력이 활성화될 경우 부서졌던 던전이 다시 생성되는 겁니까?'

─던전은 잘 모르겠지만 흩어졌던 영력들이 모여서 영핵(靈核)을 만들게 되면 영핵을 중심으로 영력 등 다양한 힘이 결합되어 정석을 생성하는데, 그렇게 되면 집단 기억과 같은 형태로 부서지기 전의 환경을 재현해요.

'집단 기억요? 그럼 영력이 지능이나 자아를 가지고 있다는 겁니까?'

─그렇다고 볼 수 있어요. 영력이 포함된 에너지가 일정한 양이 모여 농축이 되면 소위 영성(靈性)이라고 하는 일종의 자아를 가지게 되거든요. 영성은 예전 상태를 복원하려는 본능을 가지고 있는데 차원석의 에너지 덕분에 부서지기 전의 환경을 다시 생성할 수 있어요.

이렇게 차원 융합의 거대한 비밀 중 하나를 알게 되다니 놀라웠다. 가온은 엘라의 설명을 듣고서야 던전이 재생성되는 메커니즘을 제대로 이해할 수 있게 되었다.

'그럼 영력이 절반 이상 남아 있으면 던전의 보스를 공략하고 정석을 파괴해도 다시 생성되는 겁니까?'

—그렇게 들었어요. 대신 새로 만들어진 공간의 생물이나 사물이 가진 능력은 이전보다 약화되고요. 정석이 가진 힘의 크기가 줄어들었기 때문이기도 하지만 정석이 만드는 공간 자체가 영력의 영향을 강하게 받는다고 들었어요.

엘라의 대답을 들은 가온은 던전을 한 번에 소멸시킬 수 있는 중요한 정보를 입수했다고 생각했다.

'그럼 이런 공간이 재생성되지 않게 하려면 영력을 많이 흡수하면 되겠군요.'

—맞아요. 하지만 생물이 영력을 흡수하는 건 아주 어려워요.

'하지만 인간과 달리 마족이나 마수 그리고 몬스터 들도 정석에서 마기를 흡수하던데, 그건 무슨 이유에서입니까?'

—정석에도 인간들이 주로 사용하는 자연지기가 포함되어 있긴 하지만 영력과 단단히 결합된 상태이기 때문에 추출하는 것은 무척 어려워요. 하지만 마기는 영력에 불안정하게 결합되어서 쉽게 분리시킬 수 있어요.

완전히 이해할 수는 없지만 대충은 이해했다. 마나 혹은 자연지기는 그 자체로 존재할 수 있을 정도로 안정적인 상태의 에너지지만 마기는 파동에너지와 영력이 결합되어 불안정하기에 오히려 흡수하기가 용이하다는 얘기였다.

'혹시 정석에서 자연지기나 영력을 따로 흡수할 수 있는 방법은 모릅니까?'

만약에 그것이 가능하다면 굳이 마족을 죽여 영석을 찾거나 마나 탐식 스킬을 사용할 필요가 없었다.

-글쎄요. 마족들이 찾아오기 전에 마지막으로 들렀던 여행자들 중 몇 사람이 영력 전용 연공술을 거론한 적이 있었고, 한 사람은 어디선가 영력을 흡수하는 영기(靈器)를 만들고 있다는 소리를 했어요.

영력도 강력한 힘을 발휘할 수 있는 에너지이니 당연히 효과적으로 체내에 쌓거나 사용할 수 있는 연공술이 존재할 것이다.

그리고 영기라면 아이템을 말한다. 그렇다면 영력을 대량으로 흡수할 수 있는 연공술이나 아이템을 찾게 되면 차원 융합의 속도를 크게 낮출 수 있을 것 같았다.

'그나저나 마계라는 곳이 정말 궁금하군.'

들으면 들을수록 오베르트 차원이 궁금했다. 그곳에 가면 차원 융합 등 많은 의문을 해결할 수 있을 것 같았다.

'그럼 엘라의 씨앗을 영맥이 있는 곳에 심어야 합니까? 사실 영맥에 대해서 전혀 모르거든요.'

과연 아니테라에도 영맥이 있을지 모르겠다.

-반드시 영맥이 있는 곳이 아니라도 상관이 없어요. 제 본신의 힘을 대부분 씨앗에 담을 테니 금방 성장할 수 있고,

영맥이 없는 곳이더라도 제가 영력을 끌어와서 새로운 영맥을 만들어 제 영역을 구축할 수 있어요.

'영역을 구축한다는 건 어떤 의미입니까?'

─으음. 어떤 현상이든 제 의지대로 할 수 있는 공간이라고 할 수 있어요.

설명을 들은 가온은 마족을 죽이고 얻은 다섯 가지 지배술을 떠올리고 고개를 끄덕였다. 영역을 구축한다는 것이 얼마나 대단한 능력인지 대충 짐작할 수 있었다.

그렇다면 문제는 없을 것 같다.

'좋습니다. 내 영혼과 연결된 세상에 엘라가 깃든 씨앗을 심지요.'

─감사해요! 인간이라서 대가라고 하기에는 미흡할 테지만 제 정수를 드릴게요.

갑자기 가온의 앞에 주먹 크기의 녹색의 빛을 뿌리는 보석 수백 개가 나타났다.

'이게 정수입니까?'

─네. 이 공간이 부서질 것 같아서 급하게 만들었어요. 고체로 보이지만 실은 제 근원의 힘까지 담겨 있어요. 먹으면 영력이 크게 오르고 저 엘프들처럼 초목이 가진 성장과 치유의 힘을 가질 수 있어요. 그리고 몸 안에 깃든 힘을 늘려 주고 정순하게 만드는 효과가 있으니 도움이 될 거예요.

설명만 들으면 다시없이 귀한 영약이다. 가온은 일단 엘라의 정수를 아공간에 집어넣었다.

'엘라의 분신이 깃들 씨앗은요?'

―제가 맺은 과일 안에 있어요. 그리고 과일은 가장 높은 곳에 있고요. 제가 올려 드릴게요.

그 의념이 끝나자마자 세계수의 가지 하나가 아래로 내려오더니 가온의 몸을 감고는 위쪽으로 올렸다. 대답은 아예 필요가 없었다.

"헤루스!"

"괜찮아요!"

가온은 놀란 엘프들을 진정시키고 엘라가 하는 대로 몸을 맡겼다.

엘라의 가지들은 교대로 가온의 몸을 감고 위쪽으로 올렸고 얼마 후에는 가장 높은 가지에 도착했다.

'저게 열매구나.'

익지 않은 것처럼 녹색이었는데 크기는 아이 주먹만 했다.

―이제 제 분신을 씨앗에 담을게요.

가온은 엘라의 의념을 들은 후에야 조심스럽게 열매를 땄다.

―가온, 제 열매는 정수보다 한참 부족하지만 같은 능력이 있는데 원하시면 맺어 드릴까요?

그러고 보니 다른 가지에는 열매가 전혀 보이지 않았다.

'그게 가능해요?'

－지금까지는 성장을 위해서 일부러 열매를 맺지 않았어요. 마음에 드는 여행자들이 올 때나 선물로 맺었을 뿐이었지요. 지금은 곧 이 공간이 소멸될 테니 아까울 것이 전혀 없어요. 대신 제 분신이 들어 있는 씨앗을 꼭 좀 부탁해요.

'그건 걱정하지 말아요. 씨앗을 심으려는 곳은 당신과는 좀 다르지만 엘프들이 세계수라고 부르는 신목들이 이미 자리를 잡고 있으니까요.'

－좋은 곳이네요. 저도 친구가 생길 것 같아서 기대가 돼요. 열매는 1시간 후에 익힐 테니 그때 따세요.

아무래도 엘라 덕분에 엘프들의 능력을 상향시켜 주는 또 다른 천연 영약을 대량으로 챙길 수 있을 것 같았다.

보상

　마족을 상대하기 위해서 던전에 들어온 엘프족들은 뜬금없는 가온의 지시에 100여 미터에 달하는 거목들 사이를 날듯이 옮겨 다니면서 아이 주먹 크기의 열매들을 따야만 했다.

　엘프족만이 아니었다. 카오스를 제외한 정령들 역시 정신없이 열매를 따고 있었다. 엘라가 맺은 열매가 숲 전체에 걸쳐서 수십 아니, 수백만 개가 넘었기 때문이다.

　그렇게 정령들과 함께 엘라가 맺고 익힌 수많은 열매를 모두 딴 엘프족은 각각 10개씩의 열매를 받은 후 가온의 지시로 먼저 던전을 빠져나갔다.

　'얼마나 더 걸리려나?'

카오스는 아직도 던전의 중앙 상공에 자리를 잡고 자신에게 필요한 에너지를 흡수하고 있었다.

엘라와 더 대화를 하면 좋을 텐데, 그녀는 이미 자신의 모든 힘을 열매를 맺는 데 사용하고 가온이 들고 있는 열매의 씨앗으로 분신까지 옮겨 갔기 때문에 지금 숲을 이룬 엘라의 본신은 말라비틀어져 있었다.

딱히 할 일이 없었던 가온은 이번에 마족들에게서 얻은 스킬을 다시 한번 펼치기 시작했다. 곧 소멸할 곳이니 마음껏 공격 용도로 스킬을 사용해도 된다.

그렇게 다섯 개의 스킬을 번갈아서 사용하던 가온은 안내음과 함께 눈앞에 뜬 홀로그램에 집중했다.

'스킬이 융합되었다고?'

오행 지배술

등급 : SS

상세

−초당 5천의 오행 속성력과 영력을 소모하여 일정 공간을 지배하고 오행기를 마음먹은 대로 다룰 수 있다.

−초당 5만의 오행 속성력과 영력을 소모하여 일정한 공간을 오행 영역으로 만들어 오행 속성력을 자유롭게 다룰 수 있다.

−레벨당 지배할 수 있는 공간이 열 배씩 증가하며 소모되는 오행 속성력과 영력은 절반으로 감소한다.

'대지 지배', '초목 지배' 등 마족으로부터 얻은 다섯 가지 스킬이 오행 지배술이라는 스킬로 융합되었는데 놀랍게도 등급이 SS급으로 진화했다.

바로 오행 지배술을 펼치니 100만 입방미터, 즉 가로세로 높이가 각각 100미터인 공간이 자신의 영역으로 설정되었다.

그리고 그 영역 안에서는 의지를 품는 것만으로 오행 속성력을 이용해서 아주 다양한 현상을 만들어 낼 수 있었다.

하지만 오행 영역은 더 대단했다. 영역으로 지정된 공간에서는 그야말로 전능에 가까운 능력을 발휘할 수 있었다.

그 영역을 물이나 불로 가득 채울 수도 있고 영역 안에 있는 흙과 나무 그리고 금속을 마음대로 변형시키고 움직일 수 있었다. 오행 영역에서 가온은 신이나 다름없었다.

이제야 엘라가 말한 영역이라는 단어를 제대로 이해할 수 있었다.

'엄청나네!'

아마 현재 보유하고 있는 스킬 중 전투와 관련된 것으로는 가장 위력이 강력한 스킬이 될 것 같았다.

오행기는 원소 그 자체가 아니었다. 아래로 흐르는 수기, 위로 솟아오르는 화기, 굽거나 곧게 뻗는 목기, 구부러지고 변하는 금기, 마지막으로 균형을 잡아 주는 토기는 시간을 들여서 진지하게 파고들어야만 할 것 같은 일종의 법칙을 가지고 있었다.

'오행기의 상생(相生)과 상극(相剋)의 원리를 더 깊이 파악할 필요가 있겠어.'

가온은 오행 지배술을 익힌 직후 오행기가 단순히 원소를 대표하는 기운이 아니라는 사실을 알 수 있었다. 특히 오행 영역을 제대로 사용하려면 오행의 상생과 상극의 원리를 깊이 이해할 필요가 있었다.

'앞으로 상상력을 키우는 동시에 이 스킬을 활용해서 실전을 많이 치러야겠네.'

오행 영역이라는 심화 스킬의 경우 영력 소모량이 많아서 오래 사용하는 것은 어려울 것 같았다.

선와술만큼은 아니더라도 1분만 사용해도 무려 300만의 영력이 필요하니 말이다.

그렇게 오행 지배술의 위력을 확인하고 있을 때 뭔가 자신을 향해 빠르게 날아오는 감각이 느껴졌다.

고개를 들어 본 가온의 눈이 커졌다.

"카오스!"

"호호호!"

환하게 웃으며 날아오는 카오스는 완벽한 인간 여자처럼 보였는데 지금은 날개도 사라졌음에도 빠르게 날아서 오고 있었다.

쫘악!

순식간에 날아와 그의 품에 안긴 카오스는 킁킁거리면서

가온의 체취를 맡더니 이내 주위를 시선을 돌려 이리저리 쳐다보았는데 신기해하는 감정이 느껴졌다.

얼마 후 다시 가온에게 눈을 맞춘 카오스는 뭔가 기다리는 눈치였다.

"예쁘다."

실은 그냥 단순히 예쁜 정도가 아니다. 원래 정령 중에서도 가장 아름다운 외모를 가지고 있었던 카오스는 진화를 거듭하면서 인간을 초월한 외모와 몸매를 가진 여성체 정령이 되었지만, 지금은 거기에 한번 보면 눈을 떼기 힘들 정도로 가슴을 진탕시키는 신비한 매력까지 발산하고 있었다.

무엇보다 까탈스러워 보이는 눈매와 심안처럼 상대를 꿰뚫어 보는 것 같은 눈빛 그리고 매혹적인 미모와 함께 감히 범접하기 힘든 분위기를 가진 모둔과는 차이가 있었다.

"홋!"

가온의 칭찬보다 자신을 홀린 듯 쳐다보는 그의 눈빛에 담겨 있는 감정을 읽었는지 만족스러운 얼굴이 된 카오스가 작게 웃었는데 얼마나 뇌쇄적인지 눈을 뗄 수가 없을 정도였다.

"카오스는 웃는 게 참 매혹적이네."

사실 미모만 따지면 모둔과 별 차이가 없었다. 둘 다 인간을 초월한 극상의 미모를 가지고 있었기 때문이다.

하지만 모둔은 뭐든 받아 주고 포용할 수 있을 것 같은 편안함이 가지고 있다면, 카오스는 강한 색감이 느껴지는 고혹적인 매력을 발산하고 있었다.

"진화에 성공한 거지?"

"그런 줄 알았는데 완벽하게 진화한 것은 아닌 것 같아."

이제 육체를 가지게 되어서 그런지 의념이 아니라 음성으로 대화할 수 있게 된 것도 신기했다.

"아닌 것 같다고?"

"내가 원했던 육체를 가지고 인간으로 현신할 수 있고 더 높아진 능력을 발휘할 수도 있게 되었지만 이곳이나 아니테라처럼 에너지가 풍부한 곳이라면 몰라도 다른 곳에서는 오랫동안 이 모습으로 지내기에는 다른 속성력이 부족한 것 같아. 모든 시간을 가온과 함께하려면 조금 더 시간이 필요할 것 같아."

"아쉽지만 어쩔 수 없지."

"풋! 정말 아쉬워하네. 기뻐! 조금만 더 기다려 줘. 빛과 어둠 그리고 전격과 같은 희귀한 속성력을 더 흡수하면 부족한 것이 다 채워질 것 같아. 그때까지는 정령체로 지내면서 오늘 흡수한 기운을 다스릴 거야. 시간이 많이 필요한 일이니까 내가 필요하면 언제든 불러 줘."

"그렇게 하지. 네가 원하는 성취를 이룩하기를 바랄게."

카오스가 원하는 대로 여성 인간이 되기를 진심으로 바랐다.

물론 그렇다고 카오스를 모둔처럼 자신의 여인으로 받아들인다는 의미는 아니다. 교감도 부족했거니와 그보다는 이제까지 그래 왔듯 동반자라는 의미가 훨씬 더 강했다.

"모둔에게 조언을 받으면 어떨까?"

"그건 싫어. 나 혼자 더 해 볼게. 할 수 있어!"

카오스는 모둔에게 강한 경쟁의식을 가지고 있었다. 다른 정령들이 모두 모둔을 큰언니로 따르는 것과 달리 카오스는 툴툴거리기 일쑤였다.

그렇게 카오스가 영혼의 파동 속으로 돌아간 후 가온은 차원석이 담긴 가죽 주머니를 아공간에 집어넣는 것으로 던전 공략을 마무리했다.

던전을 나오자 익숙한 안내음과 함께 눈앞에 홀로그램이 떠올랐다.

─오행마가 보스인 던전을 완벽하게 클리어하는 위업을 세웠습니다! 해당 던전은 완전히 소멸합니다. 보상으로 스킬과 아이템을 획득합니다!

─레벨이 6 상승합니다!

─ 300만 명예 포인트를 획득합니다!

'역시 마족 던전이 최고네.'

마족 서열이 10만 위 밖인 다섯 마족이 보스인 S급 던전이라서 그런지 보상 수준도 그저 그랬다. 그래도 한동안 변화가 없었던 레벨이 상승한 것은 만족스러웠다.

무엇보다 엘라가 예상한 것처럼 던전이 영원히 소멸되었다는 사실이 마음에 들었다.

스킬을 확인해 본 가온은 깜짝 놀랐다.

'오행막'이라는 이름의 스킬은 호신용으로 다섯 겹의 막을 만드는데 크기가 8입방미터나 되어서 자신을 포함해서 두세 명은 보호할 수 있었다. 오행기의 상생 작용을 이용해서 1천 줄의 충격량을 기준으로 그 이하는 전량 그리고 그 이상은 8할을 흘릴 수 있다고 했다.

충격량의 단위인 줄에 대해서는 잘 모르겠지만 등급이 SS인 것으로 봐서는 굉장히 유용한 보호막인 것 같았다.

'파르가 있기는 하지만 다른 용도로 사용할 경우도 있으니 유용하게 쓸 수 있을 것 같네.'

오행막은 오행기의 상생 작용을 이용해서 보호 기능을 극대화시킨 것 같았는데, 그에게 죽은 마족들은 단일 속성을 가지고 있었기에 절대로 사용할 수 없었던 스킬이다.

'그나저나 아까 확인했던 마족들의 아공간 아이템 안에 들어 있던 구슬들은 대체 뭐지?'

다섯 마족 모두 아공간의 절반 이상을 구슬로 채우고 있었다.

반지 아이템의 아공간을 열어서 확인해 본 가온은 너무 기

뼈서 대소를 터트리려다가 참았다. 먼저 나와 있던 엘프들이 가까이 오려고 해서 손을 저었다.

'미친! 무슨 영석을 이렇게나 많이 가지고 있는 거야?'

하급에 해당하는 영석이 거의 3분의 2 정도였고 나머지는 중급이었는데 상급도 열두 개나 있었다.

영석은 갓상점에서 구입을 할 때 기준으로 하급이 1천 명예 포인트, 중급이 10만 명예 포인트, 상급이 1천만 명예 포인트였다는 점을 생각하면 이게 얼마나 대단한 가치를 지니고 있는지 짐작할 수 있었다.

'상급이 좀 아쉽네.'

다섯 마족이 가지고 있던 상급 마정석을 모두 확인해 보니 열두 개였다. 시가로 무려 1억 2천만 명예 포인트에 해당하는 가치를 지니고 있는 것이다.

'얼마 남았더라?'

상태창을 빠르게 확인해 보니 이번 던전 클리어 보상으로 받은 것을 합해서 명예 포인트가 벌써 1억 5천만을 넘었다.

'여기에 1억 2천만을 합하면 목표인 3억 포인트까지는 겨우 3천만 정도만 남았어. 차원 의뢰만 완수하면 목표를 넉넉하게 채우겠다.'

새삼 뿌듯했다. 작정하고 노력하긴 했지만 정말 많이 모으긴 했다.

'그나저나 본신에게 굳이 나와 비슷한 능력이 필요할까?'

동일한 영혼을 가지고 있는 본신과 분신을 동화시켜 주는 동화의 인을 구입하면 본신은 언제든 분신인 자신과 동화해서 자신의 능력을 사용할 수 있지만 제한도 있다. 육체 발달 상태에 따라서 동화율이 달라질 수 있었다.

　능력이 없는 것보다는 낫지만 지구에서 나름 평범하게 살고 있는 본신에게는 과한 능력이기는 했다.

　'차라리 위력이 강한 아이템을 구입하는 편이 본신에게도 낫지 않을까?'

　그런 생각이 들었지만 아직 목표 포인트를 확보한 것도 아니니 자칫 김칫국을 마시는 꼴이 될 수도 있었다.

　'일단 보류!'

　그렇게 결정을 하고 다른 아이템들을 확인하려다가 자신을 기다리고 있는 엘프족이 생각나서 일단 나중으로 미루었다.

　"헤루스!"

　"다들 상태가 어때?"

　"던전에 들어와서 공을 세우기는커녕 오히려 숲의 정기를 흡수해서 경지가 올라가서 헤루스께는 감사하고 미안한 마음밖에 없어요."

　엘프들을 대신해서 시르네아가 심경을 털어놓았다.

　"아니야. 나 역시 이렇게 될 줄 몰랐고 어쨌거나 그대들의 실력이 올랐으니 내게도 좋은 일이야. 그런데 보상은 좀 받앉어."

고개를 젓는 것을 보니 확실히 공헌도가 제로였던 모양이다.

"아무튼 수고했어. 일단 돌아가서 쉬고 있어."

"네, 헤루스! 대기하고 있을 테니 바로 불러 주세요."

그렇게 엘프들을 아니테라로 돌려보낸 가온의 마음은 이전과 달라졌다.

'굳이 의뢰를 빨리 해결하려고 서두를 필요가 없어!'

생각해 보면 아이테르 차원에서 너무나 많은 것을 얻었다. 굳이 카오스의 능력 상승이 아니더라도 드워프족의 합류나 타이탄을 확보한 것만으로도 차원 의뢰의 보상보다 몇 배, 아니 수십 배 이상의 보상이었다.

'어차피 시간의 흐름이 100배나 느리니 느긋하게 챙길 것을 다 챙기면서 의뢰를 해결해야겠어.'

이제야 일이 지지부진한 것 같아서 짜증이 났던 것이 사라지고 여유가 생겼다.

아니테라로 건너온 가온이 향한 곳은 엘프족이 신목으로 여기는 엘프목 앞이었다. 아니테라는 어느새 밤이 되었지만 달빛이 밝았다.

'이 엘프목과도 의사소통이 가능할까?'

엘라와는 가능했기에 시도해 보려는 것이다.

가온은 높이가 100미터가 넘을 정도로 거목으로 자란 엘프목의 줄기에 손을 대고 정신을 집중해서 의념을 보냈다.

'혹시 내 의념이 느껴지니?'

—……헤루스구나.

다행히 엘프목은 그의 의념을 들을 수 있었다. 그동안 그의 의식 수준이 크게 상승한 덕분일 것이다.

'그래. 내가 이 땅의 주인인 가온이야. 네 이름은 뭐지?'

—……이름 같은 것은 없어.

완전한 자아를 갖추지 못한 것을 보면 아직 엘라만큼 성장하지 않은 모양이다.

'내가 이름을 지어 주지. 넌 지금부터 미아야.'

미아는 그리스어로 1이라는 숫자를 의미한다.

—미아! 예쁜 이름 같아! 난 이제부터 미아야!

그 순간 미아가 폭발할 것 같은 기세로 녹색 빛을 방출하더니 잠시 녹색 빛에 둘러싸였다.

'혹시 이름을 가진 것만으로도 격이 높아지는 건가?'

그런 생각을 할 때 미아를 휘감았던 녹색 빛이 사라졌다.

—고마워, 헤루스. 나 성장한 것 같아.

방금 전까지만 해도 뭔가 지능이 낮은 어린아이와 얘기를 하는 것 같았다면 지금은 10대 초반으로 성장한 것 같았다.

'축하해. 미아가 성장했다니 나도 기분이 좋네.'

가온은 이름을 부여받는 것이 엘프목을 성장시키는 행위일 줄은 전혀 몰랐기에 좀 당황했지만, 미아를 비롯한 엘프목들은 아니테라를 풍요로운 땅으로 만드는 데 상당한 공헌을 하고 있기에 진심으로 성장을 반겼다.

−이젠 열매를 맺을 수 있게 되었어.

그럼 그동안은 격이 낮아서 열매를 맺지 못했던 모양이다.

'축하해! 그런데 열매를 맺게 되면 뭐가 좋아지는 거야?'

미아의 의념에 담긴 감정이 단순히 기쁜 정도가 아니라 감격에 가까웠기에 가온도 기쁜 마음으로 축하해 주었다.

−열매를 맺는다는 건 영력을 제대로 흡수할 수 있게 되었고 영맥의 흐름을 제어할 수 있게 되었다는 의미야. 즉 이곳을 영력이 풍부한 곳으로 바꿀 수 있게 된 거라고. 물론 번식도 할 수 있게 되었고.

격이 높아져서 그런지 아니면 원래 알고 있었는지는 모르지만 미아는 영력이나 영맥에 대해서 알고 있었다. 그렇다면 엘프목들을 더 많이 심고 성장시키면 아니테라는 마나뿐 아니라 영력이 풍부한 땅으로 바꿀 수 있었다.

미아는 엘라가 그랬듯 곧바로 열매 하나를 맺은 후 완전히 익혀서 가온에게 따가라고 했다.

−내가 맺은 첫 열매라서 헤루스가 성장하는 데 큰 도움이 될 거야. 씨앗은 적당한 곳에 심어 줘.

'알았어.'

가온은 미아에 이어서 나머지 아홉 그루의 엘프목에게 차례로 이름을 지어 주고 의미를 부여함으로써 성장을 시킬 수 있었다. 그리고 보상이라기에는 좀 그랬지만 열매들을 선물로 받았는데 일단은 챙겨 두었다.

물론 엘프목들이 성장했다고 해서 당장 뭐가 달라지는 것은 아니지만 조금만 더 시간이 흐르면 아니테라는 다양한 영맥이 흐르는 풍요로운 곳으로 바뀔 것이다.

그렇게 엘프목들을 차례로 성장시킨 가온은 마지막으로 자신과 사랑하는 여인들이 함께 지내는 집 근처에 엘라의 씨앗을 심었다. 자신의 집이 엘라가 만든 숲 한가운데 있으면 좋을 것 같다고 생각한 것이다.

땅을 파고 주위에 엘프족 비전으로 만든 비료를 충분히 뿌린 후 씨앗을 심은 후 물을 충분히 주며 엘라의 분신이 건강하게 잘 자라기를 기원했다.

자신을 기다리던 여인들과 재회를 한 가온은 여인들의 반응을 보고 바로 시간의 흐름을 1 : 5로 조정했다.

이젠 타이탄이나 기가스도 재고가 많이 쌓여서 굳이 시간의 흐름을 계속 유지할 필요성이 낮아졌고 무엇보다 자신에게는 하루지만 모둔, 아레오, 아나샤에게는 한 달이라는 긴 시간 만에 만나는 것이 미안했다.

덕분에 사랑하는 여인들과 새벽까지 뜨거운 시간을 보낸 가온은 상쾌한 기분으로 하루를 시작할 수 있었다.

함께 수련을 하고 간단하게 아침을 먹은 후 가온은 타이탄 공방으로 향했다. 물론 아레오와 아나샤는 마법사단으로, 모둔은 공회당으로 향했다.

공방 사람들과 반갑게 인사를 한 가온은 공방의 규모가 무척 커졌다는 사실을 느낄 수 있었다. 휴먼족과 스노족의 합류로 인해서 생산 라인이 두 개나 더 늘어났다.

가온은 수고하는 장인들을 위해서 오행 던전에서 얻은 세계수의 열매를 하나씩 선물했는데, 먹어 보고는 맛은 물론 즉시 느낄 수 있는 놀라운 효능에 모두 크게 기뻐했다.

마나가 늘어난 것은 물론 그동안 쌓인 육체적 정신적 피로가 싹 풀린 것이다.

그렇게 공방을 확인한 가온은 알름과 라트렌의 안내를 받아서 창고로 향했다.

창고 안에는 그동안 생산한 타이탄과 기가스가 봉인된 카드가 쌓여 있었다.

그것들을 챙기고 나서 아공간에 있는 기존의 것들까지 합해서 확인을 해 보니 수량이 엄청났다.

일단 전사용으로는 베타급 타이탄이 330기에 알파급은 1,200기에 달했다. 마법사용의 경우 알파급 120기에 베타급은 이제 막 생산하기 시작해서 45기나 되었다.

건설용 타이탄의 경우 한 종류에 110기씩 총 440기가 되었고 기가스의 경우 총 14,300기나 되었다.

"정말 수고가 많았습니다."

"수고는요. 드워프족과 휴먼족이 합류한 후 작업 효율이 크게 증가한 덕분입니다."

라트렌은 알름 공방장의 말에 만면에 미소를 머금고 입을 열었다.

"앞으로 타이탄 생산량은 지금 수준을 유지하면 될까요, 헤루스?"

"그렇게 해 주십시오."

현재 공방의 하루 생산량은 전사용의 경우 베타급이 10기, 알파급 40기나 되었고 마법사용의 경우 베타급은 5기, 알파급은 20기에 달했다. 건설용의 경우 4종을 한 세트로 총 다섯 세트를 생산할 수 있었다.

마지막으로 기가스의 경우 하루에 200기를 생산하고 있어 판매가 생산량을 따라잡지 못하고 있었다.

"공방 쪽은 문제가 없는데 채광 분야가 좀 문제입니다."

라트렌이 말했다.

"재료가 부족하군요?"

"그렇습니다. 휴먼족과 나가족이 주로 채광을 맡고 있는데 우리가 필요한 양을 충족시킬 수 없습니다. 지금까지는 재고가 많아서 생산에 차질이 없었는데 며칠 정도면 재고가 떨어질 것 같습니다."

"그럼 후판을 비롯한 금속 재료와 마법진에 들어가는 재료들을 더 구입해 주겠습니다."

자금은 이미 차고 넘칠 정도로 많이 확보해 두었다. 특히 아이테르 차원의 골드는 탄 차원에서는 그대로 사용하지 못할 테니 다 소비해야만 했다.

"그럼 저는 당분간 공방에서 손을 떼고 모둔 헤라께서 부탁한 일을 하겠습니다."

"무슨 일을 부탁했습니까?"

"신도시 건설입니다. 나가족을 위한 구역을 위해서 강물을 끌어와야 하고 스노족을 위해서는 울창한 숲이 필요하거니와 아카데미 구역까지 포함해서 설계를 했기 때문에 앞으로 많은 인력이 필요할 것 같습니다."

"인력이 부족할 텐데……."

지금도 젊은 청년층은 대부분 전사단이나 마법사단 그리고 공방에서 맡은 일을 하고 있다.

"그래서 좀 문제이기는 하지만 타이탄도 있고 모둔 헤라의 말씀처럼 시급한 것은 아니니 우리 일족의 예술성을 살려서 한번 제대로 만들 생각입니다."

"하하하. 기대되는군요. 부탁합니다."

"네, 헤루스. 걱정하지 마십시오."

아니테라의 일은 걱정할 필요가 없었다.

'나만 잘하면 돼!'

가온은 아니테라가 빠르게 성장하는 것이 느껴져서 정말 뿌듯했다.

마법사단에 들러서 마법사들에게 타이탄을 배정해 주고 함께 점심 식사까지 하면서 시간을 보낸 가온은 오후에는 모둔과 함께 플라위스들이 새롭게 자리를 잡은 산으로 향했다.

지난번에 차원석을 추가한 후 새롭게 나타난 지역에 있는 이 거대한 산은 해발이 1천 미터 중후반의 봉우리만 무려 열두 개나 되었다.

플라위스들은 아니테라의 주민들이 모여 사는 곳을 바라보는 세 방향의 산 중턱에 각각 자리를 잡았는데 풀 한 포기 자라지 않는 황량한 곳이었음에도 불구하고 무척 시끄러운 것이 활발하게 활동하는 것 같았다.

가온은 먼저 레드가 이끄는 무리가 있는 곳을 들러 엘라의 열매와 아공간에 쟁여 두었던 오크 사체들을 선물로 주는 한편 엘프족과 모라이족이 미리 준비해 둔 다양한 풀과 나무의 씨앗을 산 곳곳에 뿌렸다.

높은 곳에서 힘을 주어 뿌렸기에 씨앗 대부분은 흙 속에 적당히 박혀서 따로 흙을 덮어 줄 필요는 없었다.

그러자 모둔이 비구름을 만들어서 적절하게 비를 뿌렸다.

다행히 플라위스들의 둥지가 있는 중턱의 바위 지대를 제외하고는 바위나 돌이 많지 않은 땅이어서 비만 제때 내리면 제대로 발아해서 뿌리를 내릴 수 있을 것 같았다. 그냥 씨앗이 아니라 엘프 원로들이 비전을 통해 생명력을 강화시켜 두었기 때문이다.

그렇게 오후 내내 플라위스들이 자리를 잡은 산봉우리를 중심으로 풀과 나무 씨앗을 뿌린 가온과 모둔이 집으로 향할 무렵 마침 비가 내리기 시작했다.

"온 랑, 다음에 올 때는 이런 흉한 민둥산이 아니라 초목이 푸르른 산이 되어 있을 것 같아요. 이곳은 뭐든 빨리 자라는 풍요로운 곳이니까요."

"그랬으면 좋겠다. 모둔도 고생했어. 이제 돌아가자."

"네, 온 랑. 오늘은 아레오와 아나샤가 저녁을 준비하기로 했는데 과연 어떤 메뉴일지 궁금하네요."

"일단 가 보자고."

그렇게 가온과 모둔은 플라위스들의 배웅을 받으며 집으로 귀환했다.

다음 날 전사단으로 출근한 가온은 전사들에게 앞으로는 외부와의 시간의 흐름이 바뀌었다는 사실을 공지했다.

"잘됐네요!"

그동안 전사들의 입장에서는 한 달에 한 번, 그것도 체감상으로 1박 2일에 불과했지만 아니테라를 기준으로 하면 한 달이 넘게 걸리는 이상한 일정의 던전 공략을 했었다.

　그러니 외부로 나가면 체감상은 하루지만 이곳 시간으로는 닷새 일정으로 공략하게 된 것이다. 당연히 이전보다는 훨씬 정상에 가까운 일정으로 변했다.

　전사들은 가족을 만날 때마다 시간의 괴리를 심하게 느끼고 있었기에 시간의 흐름을 바꾼 것을 좋아할 수밖에 없었다.

　"지금까지의 던전 공략은 타이탄과 기가스의 운용 훈련에 해당했다. 하지만 이제부터는 숫자가 많은 오크 던전이나 트롤 등급 이상의 던전만 공략할 생각이니 마음의 준비를 하도록!"

　이미 적어도 10년 이상 기가스와 타이탄을 운용할 하급과 중급 마정석을 확보했으니 오크 등급 이하의 던전을 공략할 필요성이 현저하게 줄었다.

　무엇보다 아이테르 차원에서 빈번하게 일어나는 몬스터 브레이크의 발생이나 피해를 줄이려면 수가 많은 오크는 물론이고 트롤 등급 이상의 마수와 몬스터가 서식하는 던전들을 공략할 필요가 있었다.

　물론 그 과정에서 타이탄과 기가스의 구동원을 충분히 확보하는 것은 덤이다.

　"와아아아!"

　"이제야 던전을 공략할 기분이 드네!"

"후후후. 이제부터는 명예 포인트도 쏠쏠하게 받겠어!"

가온은 위험도가 높아졌기 때문에 전사들의 반응이 심각해질 줄 알았지만 현실은 그렇지 않았다. 전사들은 오히려 이제야 제대로 활약할 수 있겠다는 생각을 품은 것이다.

'그동안 내가 너무 전사들을 과보호했나 보네.'

그래도 투지를 불태우는 전사들의 모습이 더 보기가 좋았다.

가온은 시르네아를 비롯한 대전사장들을 따로 모아서 회의를 했다.

"이제부터는 등급이 높은 던전들을 공략할 예정이기 때문에 마법사단과 전사단을 합해서 전대를 15개로 재편하고 한 전대에 대전사장 두 명이 포함되도록 한다."

"그럼 한 부대의 인원은 대략 360명 정도가 되겠네요."

"아니지. 부대별로 결계술사 20명과 마법사 라이더 3명이 추가된다."

"결계술사들까지요?"

다들 시르네아처럼 의아한 얼굴이다. 결계술사는 던전 공략에서 특별히 활약할 능력이 없었다.

가온은 고개를 끄덕이며 아공간에서 그동안 꾸준히 모아 온 그리핀의 날개와 하피의 날개 아이템을 꺼내 테이블 위에 올렸다.

"이, 이건 비행 아이템!"

아이템을 살펴본 사람들이 깜짝 놀랐다. 그동안 가온이 투명날개를 장착하고 비행하는 모습을 많이 봤기에 은근히 부러워했는데 직접 사용해 볼 기회가 생긴 것이다.

"맞아. 한 부대에 비행 아이템 다섯 개씩을 지급할 테니까 적절하게 사용하도록 해."

그동안 열심히 모은 아이템이지만 숫자는 고작 60개밖에 되지 않았다. 물론 아레오나 아나샤에게 준 것을 제외하고 말이다.

"스노족 결계술사는 20명이 대략 1만 보 거리를 순식간에 이동할 수 있는 공간 이동 결계술을 익히고 있어. 해당 결계술을 펼치려면 결계술사가 다섯 명 정도가 필요하고. 그리고 비행 아이템을 장착하면 한 명 정도는 안은 상태로 비행할 수 있지."

"결계는 계속 쓸 수 있는 거예요?"

벌써 어떻게 활용해야 할지 이해한 시르네아가 물었다.

"순정석만 갈아 끼우면 계속해서 사용할 수 있다. 그리고 순정석은 스노족들이 충분히 가지고 있고."

스노족이 아니테라에 정착한 후 가장 많이 한 일이 바로 마정석을 순정석으로 바꾸는 단순 작업이었다. 결계술을 공부하거나 수련하는 것 이외에는 달리 할 일이 없었기 때문이다.

"기동력이 엄청나게 높아지겠네요."

가온과 시르네아의 대화를 듣고 있는 대전사장들의 머릿 속에는 비행 아이템과 결계술사를 어떻게 활용해야 할지 명확한 그림이 떠올라 있었다.

일단 결계술사를 안은 일명 비행 전사들이 공중에서 던전을 탐색하는 동시에 목표를 발견하면 공간결계의 이동 한도 내의 장소에 착륙해서 이동결계를 설치한 후 전사들을 이동시키는 방식으로 공략 시간을 크게 줄일 수 있었다.

내부 공간이 큰 던전을 빠르게 공략하는 데 꼭 필요한 아이템이었다.

"대신 비행 아이템을 장착할 전사는 무조건 상급 전사장이어야만 해."

혹시 모르는 비상 상황에 대비하려면 오러 블레이드를 구사할 수 있는 실력자가 비행 아이템을 장착해야 한다.

"한 부대에 상급 전사장이 평균 6명은 배속될 테니 문제없어요!"

"혹시 모르니까 결계술사들에게 석궁이라도 지급해서 훈련을 시키겠습니다!"

"스노족 결계술사의 능력이 대단하네."

대전사장들이 하는 말을 들은 헤르나인은 아주 오랜만에 동료들에게 당당함을 느꼈다.

이어지는 경매와 설계도

라움 시티는 열두 마녀 중 라키트 마탑의 영역에 속해 있는 준메가시티로 세 개의 강이 합류하는 곳 인근에 있었다. 강을 통한 수운(水運)이 발달했고 강의 주기적인 범람으로 인해 퇴적된 땅은 풍부한 영양분을 품고 있어 농업이 발달했다.

그렇게 물산이 풍부한 곳이다 보니 장인들이 모여들어서 자연스럽게 다양한 산업이 발달했고 상업도 크게 발달했다.

당연히 마탑의 규모도 상당히 커서 인근 시티의 마탑들의 종주 역할까지 할 정도였다. 그렇게 라움 시티는 준메가시티로 자리를 잡았다.

하지만 문제가 있었다. 라움 시티를 오가는 배들이 많아지자 수생 마수와 몬스터 들이 각처에서 몰려들었고 빠르게 번식하면서 창궐한 것이다.

유일한 해결책은 안전하고 넓은 육로를 건설하는 것이었다.

라움 시티는 인근 시티와 힘을 합해서 마차로를 건설하려고 했지만 이 또한 육상 마수와 몬스터 들의 개체 수가 많아서 쉽지 않았다. 특히 준메가시티치고는 빈약한 타이탄 전력이 그 계획에 발목을 잡았다.

그래서 라움 시티의 시장을 포함한 수뇌부는 오랫동안 타이탄 전력을 확충하기 위해서 많은 노력을 기울여 왔다.

라움 시티를 권역으로 하는 라키트 마탑에 후판과 같은 철강 제품을 싼 가격에 납품하는 것부터 시작해서 마탑이 은근하게 요구하는 연구비 명목의 뇌물도 통 크게 기부하거나 요인들에게 선을 대고 주기적으로 고가의 마법 아이템을 선물했다.

그런 노력을 기울였지만 라키트 마탑의 반응은 크게 변화가 없었다. 기껏해야 연간 타이탄 판매 대 수를 한두 기 정도 늘려 주는 정도의 혜택을 주는 것에 불과했다.

그래서 실망감과 배신감에 다른 길을 찾다가 실권은 거의 없지만 그래도 영향력이 남아 있는 라키트 시티의 시장 일가를 지원하기 시작했다.

라움 시티의 입장에서는 더 많은 타이탄을 배정받기 위한 노력의 일환이었지만, 그런 조치가 시티 권력을 되찾으려는 시장 일가를 압박하고 있었던 마탑의 심기를 거스를 줄은 몰랐다.

벌써 20년이 다 되어 가도록 라움 시티는 라키트 마탑으로부터 타이탄을 구입하지 못하는 결과로 돌아온 것이다.

당연히 후계자 시절부터 라키트 마탑을 전담해서 상대해 왔던 시장을 포함한 수뇌부는 라키트 마탑에 크게 실망하고 그들의 오만한 처사에 분노했다.

하지만 그들이 할 수 있는 일은 없었다. 라키트 마탑이 필요로 하는 진귀한 마법 재료조차 납품할 수 없는 라움 시티는 철저한 을이었기 때문이다.

그때 에보른 시티의 시장 후계자인 에반을 통해서 놀라운 소식이 전해졌다. 아니테라라는 생소한 이름의 시티가 자체 개발해서 생산하는 타이탄들을 경매를 통해서 판매하고 있다는 내용이었다.

라움 시티의 숙원 사업이 마차로 건설에 엄청난 역할을 할 것으로 기대가 되는 건설용 타이탄은 물론 전사용 타이탄 두 종을 판매하는데, 특히 기가스의 경우 가격 대비 가성비가 엄청나게 높았다.

혹시 몰라서 시장 전용 채널로 이전에 아니테라 측의 타이탄 경매를 열었던 라치온 시티나 릴센 시티의 시장과도 얘기를 나눠 봤는데 다들 타이탄의 성능에 크게 만족했다.

유일하게 걸리는 것은 아니테라 시티가 시티를 상대로 수의계약 형태로 타이탄을 판매하는 것이 아니라 경매로 상단과 용병단까지 판매 대상을 확대한 것인데, 현재 타이탄 전력이 크게 부족한 라움 시티의 입장에서는 꺼릴 이유가 전혀 없었다.

당연히 라움 시티의 시장은 에반을 통해서 파격적인 조건을 내걸어 경매를 유치하고자 했고 다행하게도 승낙을 받았다.

<hr />

"대체 언제 오는 거야?"

아침부터 손님을 기다리고 있던 라움 시티의 시장 포레나는 초조한 나머지 의자에 앉지 못하고 창가에서 시청 정문 쪽을 지켜보거나 집무실 안을 빙빙 돌았다.

내일 정오면 예정된 경매가 열린다. 이미 시티의 상단과 용병단에는 비밀 유지를 조건으로 타이탄 경매 사실을 알렸는데, 정작 판매자인 아니테라 측 인사가 아직도 도착하지 않았다.

"앉으세요, 엄마. 아직 정오도 되지 않았다고요."

라움 시티의 후계자인 레이니가 오히려 더 침착했다.

"에반이 분명히 오늘 방문한다고 말한 거 맞지?"

"네, 맞아요. 벌써 50번째로 물어보시는 거예요."

"후우! 제발 약속을 지켜야 할 텐데. 그나저나 건설용 타이탄을 사용한 결과는 어떻다고 하더냐?"

"너무 대단해서 말로는 제대로 전달이 안 될 정도라고 하네요. 타이탄 전단의 호위를 받기는 했지만 하루에 3만 무거리의 마차로를 완성할 수 있다고 했어요."

"건설용 타이탄은 경매가 아니라 시티에만 판매한다는 것도 사실이고?"

"그렇다니까요. 어차피 상단이나 용병단은 구입해 봐야 큰 필요가 없잖아요."

"그거야 그렇지. 정말 기대가 되는구나. 그나저나 경매에 참가하기로 한 상단과 용병단은 얼마나 되지?"

그때였다. 시청 정문의 분위기가 어수선해지더니 전사장이 직접 손님을 응대하는 모습이 눈에 들어왔다.

"왔다!"

포레나가 소리치자 레이니가 빠르게 창가로 달려왔다.

"저 사람인가?"

정문 호위장의 앞에는 뿔이 있는 투구까지 세트로 처음 보는 디자인의 방어구를 갖춰 입은 전사가 있었는데 투구 때문에 이목구비까지는 볼 수 없었다.

"수행원도 없이 혼자 온 것 같은데."

"그러게요. 제가 모셔 올게요."

"그래. 나는 미리 회의실로 가 있으마."

기다리던 손님이 방문하자 시장 모녀가 빠르게 움직였다.

미리 얘기가 되어 있었기 때문에 회담은 그리 길지 않았다.

다만 변경된 사항도 있었는데 라움 시티 측은 건설용 타이탄을 종류당 2기씩 구입하기를 원했다.

"혹시 몰라서 예비로 챙긴 것이 있으니 가능합니다."

라움 시티에 들어오기 전에 갓상점에서 급하게 구입한 변용술로 40대의 선이 굵은 외모로 바꾸고, 특사이며 동시에 기가스 전사단장인 반 게롬이라는 가상의 인물로 자신을 소개한 가온이 큰 고민을 하지 않고 부탁을 받아들이자 시티 수뇌부의 안색이 환해졌다.

"감사합니다. 그런데 경매에 내놓기로 한 타이탄과 기가스를 일부만 시티에서 구입하고 싶은데 안 될까요?"

포레나가 조심스럽게 부탁했다. 아니테라 시티의 특사이며 후계자는 아니지만 현 시장의 아들이라고 자신을 소개한 남자가 생각보다 호탕한 성격인 것 같아서 하는 부탁이었다.

이미 시티 측이 영향력을 발휘할 수 있는 상단과 용병단을 통해서 타이탄과 기가스를 낙찰받을 생각이기는 하지만 경매 분위기가 과열될 경우 원하는 수량을 맞추지 못할 가능성도 있기에 해 본 제의였다.

"원하는 수량이 얼마나 됩니까?"

"건설용 타이탄을 제대로 호위하려면 베타급 5기, 알파급 10기, 그리고 기가스급은 50기가 더 필요해요."

현재 라움 시티가 보유하고 있는 타이탄 전력은 베타급 13기, 알파급 33기였지만 기체가 많이 노후된 관계로 절반 정도만 운용할 수 있었다. 라기트 마탑과 척지면서 필요한 부품 구입은 물론 제대로 된 정비조차 어려워진 것이다.

"으음. 경매에 내놓을 타이탄의 절반에 해당하는 수량을 시티에서 구입하는 거군요?"

"베타급은 100만, 알파급은 60만, 기가스는 30만에 구입하겠습니다."

"대금은 어떻게 하시겠습니까?"

가온이 대금을 언급하자 포레나 시장의 안색이 밝아졌다.

"앞으로 상급 마정석을 사용할 일이 많지 않을 테니 상급 마정석과 중상급 마나석으로 지불하겠습니다. 판매가가 아니라 구입가로요."

어차피 골드는 차고 넘칠 정도이니 가온 입장에서도 마정석과 마나석으로 받는 것이 더 편했다.

"좋습니다. 첫 거래이니 다른 특사의 물량을 받아 오더라도 편의를 봐드리지요."

"그럼 경매는요?"

"원래 약속한 수량을 내놓겠습니다."

시원시원한 가온의 태도에 시티 수뇌부는 반색했다. 이렇게 쉽고 빠르게 타이탄을 구입하게 될 줄은 몰랐기 때문이다.

"아! 그리고 경매에 추가로 내놓을 것들이 있습니다."

"뭔가요?"

잔뜩 긴장했다가 이젠 풀어진 얼굴로 레이니가 물었다.

"매직 아이템 200여 개와 라움 시티 주변의 던전에 대한 정보입니다."

"저희 시티 주위의 던전에 대한 정보요? 설마 던전까지 공략하신 거예요?"

"그렇습니다. 오크 등급의 던전 서른두 곳과 트롤 등급인 열한 개의 던전의 환경과 공략법이 경매에 내놓을 정보입니다."

가온의 말에 시티 수뇌부는 너무 놀라 잠시 말을 잊을 정도였다.

"그, 그럼 아니테라 시티의 타이탄 전사단이 지금까지 저희 시티 인근에 있는 던전들을 공략하신 건가요?"

"그렇습니다. 고블린 등급 이하의 던전은 시간이 많이 걸리고 많은 인원이 필요하기 때문에 오크 등급과 트롤 등급에 해당하는 던전들만 공략했습니다. 내가 데리고 나온 타이탄 라이더들은 지금 이 시간에도 던전을 공략하는 중입니다."

"아!"

포레나 시장 등 면담에 참여한 시티 수뇌부는 이제야 아니테라의 특사가 그 신분에도 불구하고 호위 한 명 없이 혼자 시티를 방문한 이유를 알게 되었다.

"우리가 던전을 공략한 부분을 대충 말씀드리면 열네 개는 공략을 통해 완전 소멸했지만, 마흔세 개는 다시 생성되는 반복형 던전입니다. 경매에 내놓을 건 그 반복형 던전의 정보와 효과적인 공략법입니다."

오크 등급이나 트롤 등급의 던전을 완전히 소멸시키려면 공략하는 데 소요되는 시간이 많이 걸리기 때문에 어쩔 수 없었다.

"그럼 경매에 내놓겠다는 아이템들이?"

"추측하고 있는 대로입니다. 공략한 던전에서 얻은 것들입니다. 쓸 만한 것들이 꽤 많더군요."

던전에 서식하는 오크 등 몬스터들로부터 획득한 것도 있지만 공략 보상으로 받은 것들도 있었는데, 희귀 등급의 무기들은 물론이고 강화석과 같은 소모 아이템도 많았다.

"그럼 타이탄과 기가스로 던전들을 공략하신 거네요."

"그렇습니다. 트롤 등급의 경우 베타급 5기, 알파급 20기 그리고 기가스 100기로 공략했고, 오크 등급의 경우 워낙 숫자가 많아서 기가스 전력을 더 투입했습니다. 오크 등급이야 시티의 전력으로 충분히 공략하실 수 있을 테고, 트롤 등급의 경우 그 전력을 기준으로 삼으면 될 겁니다. 공략법도 있으니 큰 실수만 하지 않는다면 충분히 공략할 수 있을 겁니다."

트롤 등급의 경우 말한 그대로의 전력을 동원했지만 오크 등급은 기가스 전력을 대거 투입해서 짧은 시간에 공략했다.

"그럼 던전 공략법만 따로 우리가 구입할 수는 없을까요?"

포레나는 욕심이 났다. 사실 던전을 제대로 공략할 수 있는 전력이 부족해서 손을 대지 못하는 것일 뿐 던전을 공략하면 많은 것을 얻을 수 있었다.

"그건 용병단에 양보하시지요. 모든 던전을 시티에서 공략하는 건 무리 아닙니까?"

"그건 그렇지만……."

"참고로 우리 시티가 타이탄을 개발한 후 주위에 있는 던전들을 공략할 때 상황을 말씀드리겠습니다. 오우거 등급 이상의 던전만 공략하고 그 이하의 던전은 모두 용병단에 넘겼습니다. 용병 라이더의 실력이 높아지는 것이 결국 우리 시티의 전체 전력이 상승하는 것이라고 믿었고 실제로 그런 결과를 얻었습니다."

"……이해했어요."

맞는 말이다. 사실 시티의 경우 몬스터 웨이브까지 고려해야 하기 때문에 던전 공략에 매진할 여력이 없었다.

무엇보다 아니테라 시티에서 따로 타이탄을 판매해 준다고 해도 타이탄 전력이 급상승한 것은 아니기 때문에 여력이 없었다.

"그럼 먼저 건설용 타이탄부터 인수인계를 할까요?"

"아, 네! 타이탄 전사단 훈련장이 넓으니 그곳으로 가시지요."

가온의 말에 잠시 생각에 잠겼던 시장과 수뇌부가 서둘러 움직였다.

그런데 그때 후계자인 레이니가 눈을 빛내더니 입을 열었다.

"잠깐만요."

"무슨 일입니까?"

"게롬 경만 괜찮으시다면 경매에 참석하기로 한 상단과 용병단 관계자들까지 부르면 어떨까요?"

"그들은 기가스에 대해서는 잘 모를 테니 그렇게 하는 것도 괜찮겠군요."

'괜찮은 생각이네.'

몇 시간 정도는 기다려야만 했지만 경매에 참석할 이들에게 아니테라의 타이탄과 기가스의 성능과 전투력을 확인시켜 줄 수 있는 기회를 가지게 된 것은 가온 입장에서는 오히려 반길 일이다.

2시간 후, 타이탄 전사단의 훈련장에는 시티 수뇌부과 전사단 고위층은 물론이고 라움 시티에 적을 두고 활동하는 상단과 용병단 관계자들이 모여들었다.

가온은 알파급 타이탄을 먼저 소환해서 기본적인 동작부터 시작해서 전투 능력을 제대로 보여 주었다.

일단 동급 타이탄보다 전투력이 1할 이상 높으면서도 중급 마정석으로 기동한다는 점 그리고 무엇보다 전용 아공간 카드가 있다는 점을 확인한 시티 수뇌부와 전사들의 눈빛이 강렬해졌다.

아니테라의 타이탄은 그동안 열두 마녀 측이 판매한 타이탄과 달리 동화율이 높고 기동성이나 효용가치가 아주 높다는 사실을 알 수 있었다.

거기에 이어서 기가스의 간력한 소개와 함께 시범 기동이 이루어지자 익스퍼트급 이하의 전사들은 물론 상단 호위대장들과 용병단장들이 흥분한 얼굴로 주먹을 쥐었다.

다음으로 가온이 직접 건설용 타이탄들을 운용해서 건설 작업을 시범적으로 보여 주었는데, 시장과 수뇌부의 반응은 정말 열렬했다.

네 종의 타이탄은 그들이 기대했던 것보다 훨씬 더 대단한 능력을 보여 주었다.

문제는 라이더를 선정하는 일인데 에보른 시티의 에반의 조언을 통해서 이미 은퇴한 전사들을 소집해 둔 상황이었고, 그들도 시범 운용을 구경했는데 마음에 드는 장난감을 보는 것처럼 반응이 뜨거워서 큰 걱정은 할 필요가 없을 것 같았다.

유일한 불만은 겨우 하루 반나절에 불과한 기동 교습과 정비 교습이었지만, 아니테라에서 내건 조건이라서 그 부분은 어쩔 도리가 없었다.

그래도 조종법과 정비 과정에 대한 상세한 설명이 들어간 책자를 받기로 했기 때문에 큰 불만은 없었다.

그렇게 시범이 끝나고 거래를 마쳤다. 양쪽 다 만족할 수 있는 거래였기 때문에 시장은 연회를 열겠다고 했지만 가온이 거절했다.

"지금 이 시간에도 우리 전사들은 던전을 공략하고 있습니다. 명색이 단장이 되어 단원들이 고생을 하고 있는데 연회를 즐기는 건 아닌 것 같습니다."

"아! 그렇다고 했지요."

가온의 말에 시장을 비롯한 시티 수뇌부는 미안해하는 동시에 단원들을 챙기는 그의 마음에 감탄했다.

"마음 쓰시지 않아도 됩니다. 그럼 저는 단원들을 챙기러 다시 나가 보겠습니다. 내일 아침에는 다시 돌아올 겁니다."

"사실은 따로 드릴 말씀이 있는데 잠깐만 시간을 내주세요."

포레나 시장이 다른 수뇌들이 듣지 못하도록 속삭였다.

"그렇게 하지요."

무슨 용건인지는 알 수 없지만 이렇게 후하게 대접을 하는데 거절할 수는 없었다.

독대는 아니었다. 라움 시티의 후계자인 레이니도 함께하는 자리였다.

"에반이 아니라 다른 후계자들에게 들었는데 아니테라 측에서 기가스의 설계도를 판매할 의향이 있다고요?"

레이니의 말에 가온은 자신도 모르게 인상을 썼다.

'벌써 소문이 퍼지고 있구나.'

세이틀 마탑을 포함해서 열두 마녀 측에 들어가면 안 되는 얘기이건만 벌써 은밀하게 소문이 퍼지고 있었다.

'골치 아프게 됐네.'

하지만 달리 생각하면 차라리 나을 수도 있었다. 기가스를 생산할 역량이 있는 시티에서 소문을 접하면 어떤 방식으로든 자신에게 접근하려고 할 테니 일일이 찾아가서 협상을 할 필요가 없어지는 것이다.

물론 열두 마녀 측의 무력 시위는 감당해야만 했다. 아니, 시위가 아니라 진짜 그를 노리고 대규모 전력을 투사할 것이 분명했다.

'뭐 올 테면 오라지.'

자신이 있었다.

그래도 문제는 있었다.

전사들이 한창 던전을 공략하고 있을 때를 노려서 막강한 전력으로 자신을 공격하는 경우에는 어려운 싸움이 될 수밖에 없었다.

'누군가 그들의 동태를 알려 주었으면 좋겠는데.'

어떤 종류의 싸움이든 결과는 누가 먼저 상대의 움직임을 파악하느냐에 좌우된다고 과언이 아니다.

"게롬 경! 게롬 경!"

자신만의 생각에 빠져 있던 가온은 자신을 부르는 포레나 시장의 소리에 겨우 정신을 차렸다.

"정말 아니테라 시티에서 설계도를 판매할 생각인가요?"

"그럼 저희 시티에도 기회를 주세요!"

포레나 시장과 레이니는 가온이 잠깐 고심하는 모습을 보고 자신들이 들었던 소문이 진짜라는 사실을 확신한 모양이다.

이런 상황에서 소문이 사실이 아니라고 말해 봐야 믿기는 힘들 것이다.

"분명히 시티에서 그런 의견이 나오고 검토가 진행되고 있는 것은 사실이지만 확정된 것은 아닙니다."

"그럼 확정이 되면 저희 시티도 후보에 넣어 주실 수 있을까요?"

"……알겠습니다."

가온은 미리 시티로 들어와서 이곳에 대해서 알아봤다. 그리고 그 결과는 라움 시티가 메가시티로 성장할 수 있을 충분한 조건을 갖추었다는 것이다.

라움 시티는 농업과 상업은 물론 다양한 산업이 발달했고 특히 철강 산업 역시 상당한 수준이다.

마탑의 수준이야 확실하게 알 수 없지만 열두 마녀 측과 척진 만큼 타이탄을 독자적으로 개발하기 위해 필사적으로 기술력을 확보하고 축적했을 것이다.

"정말 감사해요! 만약 그 건이 확정된다면 꼭 은혜를 갚을게요!"

확정이 된 것도 아닌데 레이니는 흥분해서 상기된 얼굴로 가온의 손을 덥석 잡고 흔들었다.

"경매도 열어 주시고 시티에 타이탄들까지 판매해 주셨으니 저희도 선물을 하나 드릴게요."

포레나 시장은 이 기회에 계약을 확정할 생각인지 품에서 작은 도장으로 보이는 물건을 꺼내 가온에게 내밀었다.

"선물은 부담스러워서 안 받겠습니다."

"확인해 보시면 그런 말씀은 안 하실 것 같아요."

방금 전까지 흥분해서 어쩔 줄 모르던 레이니의 얼굴이 진지해진 것만 봐도 범상치 않은 물건일 것 같았다.

가온은 본능적으로 포레나의 손에 들려 있는 도장 형태의 아이템을 쳐다보며 감정 스킬을 발동했다.

증폭인(增幅印)

등급 : 신화

상세

-최초의 영인이 만든 아이템으로 영력을 소모하여 마나 혹은 마력을 증폭한다.

-영력 1만 이상을 보유한 자만이 사용할 수 있으며 증폭률은 다섯 배이다.

-증폭된 마나 혹은 마력은 30초 안에 사용해야 한다.

-영력이 함유된 피를 뿌리는 것으로 주인 인식을 하며 소유자의 육체와 융합한다. 다만 소유자가 사망하거나 영력이 1만 이하로 하락하면 주인 의식이 해제된다.

정보를 확인한 가온의 눈이 자연스럽게 커지고 입이 벌어졌다.

'신화라고?'

신화급 아이템은 갓상점에서도 최소 억 단위의 포인트가 필요할 정도로 희소하면서도 강력한 위력을 가지고 있다.

'영력 1을 소모하면 1의 마력이나 마나가 5로 증가한다는 거군.'

30초라는 제한 시간이 있기는 하지만 사용하기에 따라서 엄청난 위력을 발휘할 수 있었다. 막말로 영력 10만을 사용하면 10만의 마나를 50만으로 증폭해서 사용할 수 있는 것이다.

가온은 시티의 시장 일가가 오랫동안 독점적인 지휘를 세습해 올 수 있었던 이유 중 하나가 바로 이 아이템이라는 사실을 어렵지 않게 짐작할 수 있었다.

'이 아이템을 제대로 사용하면 전사든 마법사든 짧은 시간이지만 아주 위력적인 검술이나 마법을 발휘할 수 있으니까.'

마나 증폭이 가능한 타이탄이 전략무기가 된 것과 비슷했다.

"왜 이렇게 진귀한 아이템을?"

"저희 일족이 비록 최초의 영인의 피를 이었지만 이젠 피가 너무 옅어져서 고유 능력이 크게 약화되었어요."

그렇게 설명하는 포레나나 레이니의 얼굴은 무척 복잡했는데 우울함과 안타까움이 가장 크게 느껴졌다.

"설마 영력이?"

"맞아요. 더 이상 이 아이템을 사용할 수 없을 정도로 영력이 낮아졌지요. 사실 몇백 년 전에 이미 그런 상황이 되어 버렸어요. 다른 영인의 후예들은 피에 깃든 영력 때문에 다른 후예들과 정략결혼을 하기도 했지만 우리 일족은 연애 결혼을 추구했거든요."

아무래도 영인의 후예는 태생적으로 영력을 보유하는 것 같은데 영석이 아니면 딱히 영력을 늘릴 수 없는 사실을 고려하면 1만 이하의 영력을 가진 이는 이 아이템을 활용할 수 있는 방법이 없었다.

"아니테라의 시장이나 후계자에게도 이 증폭인이 있겠지

만 다른 증폭인과 합하면 사용 영력의 제한이 낮아진다는 사실은 아마 모를 거예요."

심지어 이 아이템은 융합도 가능하고 그럴 경우 증폭률이 더 높아질 수도 있다고 하니 자연스레 욕심이 났다.

"그럼 영인의 후예들은 모두 이 아이템을 가지고 있습니까?"

"맞아요. 하지만 정략결혼을 반복했음에도 불구하고 이제는 증폭인을 제대로 사용할 수 있는 후예는 많지 않지만요."

이렇게 되면 얘기가 달라진다.

"시장님이나 후계자인 온 훈 경의 영력 수준은 알 수 없지만 받으면 크게 기뻐할 것 같군요."

"사실 지금처럼 시티 간의 교류가 어렵지 않았다면 증폭인 때문에 시티 간의 전쟁이 빈번하게 발생할 가능성이 높을 정도로 진귀한 아이템이에요."

당연히 그럴 것이다. 낮은 영력으로도 마나를 다섯 배 증폭해서 사용할 수 있으니 말이다.

"좋습니다. 약속하지요. 기가스 설계도의 판매가 확정된다면 라움 시티를 1순위로 올리겠습니다."

가온의 약속에 포레나와 레이니는 크게 기뻐하며 도장 아이템을 넘겨주었다.

전날 참가 예정자들이 타이탄과 기가스의 시범 기동을 보앉기에 경매 분위기는 아주 뜨거웠고 성황리에 끝이 났다.

20기의 알파급 타이탄은 평균 63만 골드, 200기의 기가스는 33만 골드에 낙찰이 되었는데 워낙 고가였기 때문에 소수의 상단과 용병단이 독점하지 못하고 골고루 낙찰받을 수 있었다.

하지만 그 이후에 이어진 경매의 분위기도 뜨거웠다.

희귀 등급의 무기나 방어구와 아이템 들이 연속해서 경매에 올라왔고, 그런 아이템을 강화시켜 준다는 강화석까지 나왔기 때문이다.

그뿐만이 아니었다. 마지막에 등장한 던전에 대한 정보는 그야말로 엄청난 관심이 집중되었다.

그건 바로 라움 시티 인근에 있는 던전에 대한 정보였는데 서식하는 마수와 몬스터부터 지형과 기후 등 내부 환경에 대한 상세한 정보는 물론 공략법까지 들어 있었다.

경매사는 오늘 나온 아이템들이 전부 인근 던전을 공략하는 과정에서 획득한 전리품이라는 사실과 해당 던전들이 오크 등급과 트롤 등급이라는 사실을 알렸기에 던전에 대한 정보를 두고 용병단들이 치열하게 경쟁을 했다.

그렇다고 너무 과열되지는 않았다. 해당 던전의 수가 많았기 때문이다. 오크 등급으로 서른두 곳과 트롤 등급으로 열한 개나 되었으니 말이다.

알파급과 기가스급 타이탄을 몇 기씩 낙찰받은 용병단들

은 토를 등급을, 그렇지 못한 용병단은 오크 등급의 던전 정보를 두고 경쟁을 했다.

경매에 나온 정보와 관련된 던전은 반복해서 생성되는 타입이었기에 주기적으로 공략하면 많은 것을 얻을 수 있었기 때문이다.

던전에서 얻을 수 있는 건 전리품만이 아니다. 타이탄과 기가스 라이더의 경우 실전 경험을 쌓을 수 있었다.

그 결과 오크 등급의 던전은 50만 골드, 트롤 등급은 100만 골드 내외의 액수로 낙찰이 되었는데, 시티와 마탑 역시 경매에 참여했다.

그들 역시 주기적으로 수익이 나오는 화수분을 포기할 수 없었다.

특히 각종 포션의 주재료인 트롤의 혈액을 확보할 수 있는 트롤 던전의 정보가 가장 높은 액수로 낙찰이 되었는데 대부분 시티와 마탑 측이 확보한 것 같았다.

가온은 이 경매를 통해서 천문학적인 골드를 벌었지만 경매 수수료를 받지 않은 라움 시티도 엄청난 이득을 취했다.

가온이 마정석, 마나석, 미스릴과 같은 마법 재료 그리고 후판 등 다양한 철강 제품을 구입하는 데 수익의 절반 이상을 지출했기 때문이다.

경매가 끝난 직후에는 타이탄과 기가스 라이더와 정비 요원 들을 대상으로 하루 반의 일정의 교습이 진행되었는데,

기존의 타이탄 조종술과 크게 다르지 않았기에 라움 시티의
전사들이 큰 도움을 주었다.

　서로가 만족할 수밖에 없는 거래였다.

새로운 협상

라움 시티의 경매에 이어서 이틀 간격으로 어렌 시티, 레베트 시티, 이칼론 시티에서도 경매가 이루어졌다.

결과는 대성공이었다.

타이탄과 기가스는 물론이고 해당 시티의 인근에 위치한 던전에서 획득한 아이템과 던전과 공략에 대한 정보는 어마어마한 가격에 낙찰이 된 것이다.

가온은 다른 시티를 방문할 때마다 다른 인물로 위장을 했다. 그리고 수행하는 라이더의 숫자와 조합을 바꾸었다. 혹시 모를 열두 마녀 측의 정보 수집을 고려해서 혼선을 주려는 의도였다.

'반드시 날 노리겠지.'

다른 마탑들, 특히 열두 마녀 중 가장 강력한 세력인 네 마탑은 세이틀 마탑을 포함한 옥토 에스트레와는 입장이 다른 만큼 어떻게든 아니테라 시티를 응징하려고 할 것이다.

물론 전혀 두렵지 않았다. 이미 대응할 준비는 끝났으니 말이다.

물론 시장들은 마치 약속이나 한 듯 따로 타이탄을 구입하기를 원했는데, 가온은 경매 낙찰가보다 높은 가격을 보장받는 것과 동시에 영인만의 아이템인 증폭인을 요구했다.

처음에는 심리적인 저항이 강할 것으로 예상했지만 의외로 증폭인을 사용할 정도로 높은 영력을 가진 시장이나 후계자는 없는지 그의 요구를 선선히 받아들였다.

그렇게 세이틀 마탑의 영역뿐 아니라 다른 열두 마녀의 영역에 있는 시티 여덟 곳에서 열린 경매가 성황리에 끝나자 시티 사이에는 아니테라 시티에 대한 정보가 빠르게 퍼졌다.

—아니테라 시티에서 기존에 열두 마녀가 생산하는 타이탄보다 평균적으로 2할 가까이 더 높은 전투력을 가진 타이탄을 개발해서 판매를 하고 있다!

—아니테라 시티에서는 기존의 기가스를 개조한 새로운 타입의 기가스 타이탄과 전혀 새로운 종류지만 건설 작업에 특화된 타이탄을 개발해서 판매하고 있다!

—아니테라산(産) 타이탄의 경우 알파급은 중급 마정석이

구동원이며, 기가스는 하급 마정석인데 동화율은 더 높고 기동 시간도 길 뿐 아니라 전용 아공간이 있어서 활용도가 아주 크다.

－기가스 타이탄은 마나 증폭 기능이 없지만 출력은 물론 방어력이나 동화율이 높아서 알파급에 비해서 기동력이 극도로 우수하다. 익스퍼트가 아니라도 라이더가 될 수 있으며 전투력은 혼자 오크 전사장을 사냥할 수 있을 정도다.

－아니테라 시티는 건설용 타이탄은 시티에 판매를 하지만 특이하게 알파급과 기가스급 타이탄은 경매를 통해서 상단과 용병단에게까지 판매한다.

－알파급과 기가스급 타이탄만 경매에 내놓는 것이 아니다. 알파급과 기가스급으로 공략에 성공한 시티 주위의 던전에서 얻은 다양한 아이템은 물론 던전 공략에 대한 정보까지 경매에 올린다.

처음에야 당연히 그런 소문을 믿지 않았지만 전혀 다른 세력권에 있는 시티에서 벌어진 일이 거의 동일했기에 믿지 않을 도리가 없었다.

거기에 거의 사나흘 간격으로 전혀 다른 세력권에 위치한 시티들에서 그런 일이 벌어졌으니, 시장들 간의 통신이 아니더라도 상단이나 용병 길드를 통해 소문이 빠르게 퍼져 나갈 수밖에 없었다.

소문은 그것만이 아니었다.

아니테라 시티에서 생산 능력을 보유한 시티를 대상으로 기가스 설계도를 판매하려고 한다는 소문이 추가되었다.

시장들은 어떻게든 아니테라 시티와 연결되기를 소원했고, 그 일환으로 경매가 열렸던 시티의 시장들에게 연락을 했다.

물론 해당 시티의 시장들은 따로 연락할 방도가 없다며 답변을 했지만, 타이탄 보유에 목숨을 걸고 있는 시티들이 워낙 많았기 때문에 일부는 집요하게 부탁을 했다.

"내 자네와의 친분이 워낙 깊으니 비밀이지만 알려 주는 거야. 세이틀 시티의 메를렌 영애와 연락을 해 보게."

ㅡ메를렌 영애라고? 아니테라 시티와 세이틀 시티가 친한가?

"그건 잘 모르겠지만 아니테라의 후계자와 메를렌 영애가 무척 친한 사이라고 알고 있네. 우리 시티도 내 아들과 친분이 깊은 메를렌 영애로부터 소개를 받은 거니까."

일이 그렇게 진행되자 메를렌은 아카데미 동기는 물론이고 선후배들로부터 연락 폭탄을 받을 수밖에 없었다.

하지만 메를렌은 전혀 귀찮아하지 않았다.

그녀는 지금 이런 상황이 바닥으로 추락한 시티의 위상이나 입지를 순식간에 끌어올려 줄 기회임을 알고 있었기 때문이다.

예지몽으로
히든랭커

문제는 가온이 자신의 부탁을 들어주느냐 여부였지만 다행하게도 아니테라 시티는 열두 마녀의 영향력을 약화시킬 생각인지 다른 세력권에 있는 시티 중 메가시티나 준메가시티 중 일곱 곳에서의 경매를 약속했다.

메를렌은 자신에게 연락을 해 온 시티들 중에서 가온이 요구한 내용과 자신에게 더 큰 보상을 약속한 일곱 시티를 선정했다.

가온은 카피한 대륙 전도와 나인테일을 이용해서 해당 도시들을 차례로 방문해서 경매를 열었다.

당연히 경매 분위기는 뜨거울 수밖에 없었다. 그렇게 구입하고 싶던 타이탄은 물론 가성비와 함께 전투력이 뛰어난 것으로 입증된 기가스 그리고 시티 인근에 존재하는 던전에서 획득한 전리품과 던전에 대한 정보까지 올라온 것이다.

상단과 용병단까지 참가하는 경매를 내켜 하지 않는 시티가 많았지만 경매를 거부할 수는 없었다.

시티는 그런 경매를 조건으로 보통 베타급 5기, 알파급 10기, 기가스 100기, 그리고 건설용 타이탄을 구입할 수 있었기 때문이다.

그렇게 경매가 이어지자 아이테르 차원 전체가 끓어올랐다.

이제까지 견고했던 열두 마녀의 영향력이 눈에 띄게 약화되었다.

지금까지 해 온 것처럼 열두 마녀에게 굽신거려 가면서 읍소를 하고 뇌물을 주지 않아도 전략무기인 타이탄을, 그것도 익스퍼트가 아니라도 운용이 가능한 기가스급 타이탄까지 구할 수 있는 새로운 루트를 찾았으니 당연한 일이다.

게다가 비록 경매까지 유치할 수는 없어도 메를렌을 통하면 건설용 타이탄을 구입할 수 있었다.

건설용 타이탄의 놀라운 활약은 이미 대륙 전체에 널리 퍼져 있었다.

먼저 건설용 타이탄을 구입했던 시티들이 빠르게 넓고 안전한 마차로를 건설하기 시작했고 벌써 완공이 된 구간도 나오기 시작했다.

그리고 마차로의 건설은 교역의 증가와 함께 시티 재정이 풍부해지고 시민들의 삶이 윤택해지는 결과로 이어졌다.

대륙의 유수한 시티들이 어떻게든 만나고 싶어 하는 가온은 현재 은밀하게 세이틀 시티를 방문해서 시장인 우세른을 만나고 있었다.

우세른은 외견만 보면 중년이었지만 희한한 것이 얼굴은 주름 하나 없이 팽팽했는데 눈빛은 무저갱처럼 깊었고 머리카락은 절반은 윤기가 흐르는 금발이었지만 나머지 절반은 푸석푸석한 회색이었다.

가온은 외모를 보고 그가 생각보다 나이가 많다는 사실을 알 수 있었다.

'6서클 이상은 확실하겠네.'

시장이 마법사인 것이야 크게 이상한 일은 아니지만 메를렌의 말에 따르면, 세이틀 시티와 세이틀 마탑은 사이가 무척 좋지 않으며 심지어 시티의 권력을 마탑 측이 장악하고 있다고 했는데, 시장이 이렇게 뛰어난 마법사라는 점은 좀 이상했다.

하지만 사정은 굳이 알 필요가 없어 바로 본론으로 들어가기로 했다.

"빠른 시간 내에 저를 만나고 싶어 하셨다고 들었습니다."

"그렇습니다. 아니테라 시티에서 기가스 설계도 판매 건을 검토하고 있다고 들었습니다."

"맞습니다. 한창 검토 중입니다."

"어떤 결과가 나올 것 같습니까?"

그렇게 묻는 우세른의 얼굴에는 초조함까지 느껴졌다.

"최근까지 알파급과 기가스 재고를 모두 정리했지만 시티의 재정은 아직도 충분하지 않기 때문에 판매하는 쪽으로 결과가 나올 겁니다."

"정말 다행한 일이군요. 혹시 감마급이나 델타급 타이탄을 개발하고 있습니까?"

가온은 우세른의 물음에 아무 대답도 하지 않았다. 왜 그것을 물어보는지 짐작하기 어려웠기 때문이다.

그런데 가온의 그런 태도를 본 우세른은 고개를 끄덕였다.

"부인하지 않는 것을 보니 내 예상이 맞는 것 같군요. 그럴 거라 생각하고 있었습니다. 우리 마탑 역시 아직 불완전한 감마급을 개량하고 델타급을 개발하는 일에 많은 시간과 천문학적인 자금을 투입하고 있는데, 만족할 정도의 성과가 나오질 않아서 무력해하고 있는 중입니다."

"다른 마탑들도 마찬가지 상황입니까?"

물론 다른 마탑이란 열두 마녀를 의미했다.

"물론입니다. 심지어 연구 역량이 우리 마탑을 포함한 옥토 에스트레보다 몇 배나 더 높은 콰드라스 카르도 역시 마찬가지 상황이지요. 그렇기 때문에 전용 아공간 아이템도, 기가스를 개량하는 것도 생각을 못 하고 있었습니다."

그럴 거라고 추측은 하고 있었다.

아공간 주머니를 제작할 역량이 있는데 이제까지 전용 아공간 아이템을 못 만든 것은 다른 이유가 있기 때문이었다.

다들 감마급 타이탄을 개량하는 데 전념하고 있는 것이다.

그런데 마음에 걸리는 부분이 하나 있었다.

"물어볼 것이 하나 있습니다."

"뭐든 말씀하십시오."

"제가 듣기로는 시티 측과 마탑은 사이가 좋지 않다고 했는데, 마탑을 언급할 때 그런 느낌이 들지 않아서 위화감이 듭니다."

"······감각이나 사고의 깊이가 굉장한 분이군. 그 나이에 소드마스터가 된 것이 이상하지 않습니다."

우세른은 가온의 질문에 놀란 눈치를 숨기지 않고 칭찬을 했지만 가온은 담담한 얼굴로 그를 쳐다봤다.

"사실 지금은 명목상이기는 하지만 마탑의 원로입니다. 아들이자 전 시장이었던 메를렌의 아비가 마나 폭주로 세상을 떠나는 바람에 생각지도 않았던 시장 자리에 앉게 된 것이지요. 그래서 어릴 때 들어가서 불과 5년 전까지 내 인생을 거의 바쳤던 마탑에 대해서는 마음이 좀 복잡합니다."

"그랬군요."

어쩐지 고위급 마법사인 점도 이상했고 메를렌의 아버지라고 보기에는 나이가 많다고 생각했다.

"그리고 뭔가 오해하는 것 같은데 마탑과 시티 사이는 자금 집행을 놓고 암투를 벌이기는 하지만, 그렇다고 서로 한쪽을 없애겠다고 난리를 칠 정도의 사이는 아닙니다. 다만 마탑이 타이탄 연구를 명목으로 너무 많은 예산을 사용하고 있어 시민들의 삶이 무척 팍팍한 현실을 생각하면 시티의 권력을 시장이 가져야 한다고 생각하는 것입니다."

"다른 곳은 몰라도 열두 마녀에 해당하는 시티들은 마탑이 권력을 쥐었지만, 딱히 시민들의 삶이 힘들지는 않은 것 같은데요."

"그렇지가 않습니다! 타이탄 판매를 통해서 엄청난 자금이 들어오고 있어 나름 경제가 활성화된 것으로 보일 뿐 시티 수입의 대부분을 마탑이 사용하고 있기 때문에 속은 썩어 들어가고 있는 중입니다. 빈민 구제는커녕 건물이나 거리와 같은 공공시설의 보수조차 제대로 할 수 없을 정도입니다. 안전한 만큼 세금까지 높은 수준이라서 시민들의 삶도 힘겹기만 하고요"

고위급 마법사답지 않게 잔뜩 흥분한 우세른의 말을 듣고 보니 일리가 있었다.

사실 지구의 현대 문명에서 살아온 가온이 정치 쪽을 잘 아는 것은 아니지만 사회가 제대로 유지되고 발전하려면 각 구성원들이 맞는 역할을 제대로 수행해야 한다는 정도는 잘 알고 있었다.

게다가 지구에는 국가 재원의 대부분을 무기 개발에 퍼붓는 비정상적인 국가들의 국민이 어떤 삶을 살고 있는지도 잘 알고 있기에 우세른의 말에 어느 정도 공감할 수 있었다.

"마탑이 시민들의 삶을 외면한다는 겁니까?"

"그렇습니다. 그들은 그저 자신들이 필요한 인력과 자금을 확보하는 데만 골몰하고 있습니다. 실정이 그런 데도 불구하고 자금이 부족하다고 난리지요."

"타이탄 판매로 엄청난 수익을 올리고 있을 텐데 그래도 부족하단 말입니까?"

"온 경도 나중에는 알게 되겠지만 세이틀 마탑이 옥토 에스트레의 일원으로 굉장한 힘과 영향력을 가지고 있는 것 같지만 실상은 다릅니다."

"어떻게 말입니까?"

세간의 인식과 달리 열두 마녀 사이에도 무슨 사연이 있는 것 같아서 궁금했다.

"혹시 우리 세이틀 마탑을 포함한 여덟 개의 마탑 즉 옥토 에스트레가 알파급 타이탄을 연간 600기밖에 생산할 수 없다는 제약이 있다는 사실을 알고 있습니까?"

"그런 제약이 있단 말입니까?"

확실히 우세른이 말한 내용은 가온을 놀라게 했다. 열두 마녀가 시티들이 요구하는 만큼 타이탄을 배정해 주지 않는다는 불만은 많이 들었지만 그런 얘기는 처음 들었다.

"부끄럽지만 사실입니다. 타이탄의 핵심 마법진이 새겨진 부품들을 공급받는 대신 콰드라스 카르도가 그런 조건을 내걸었지요."

"콰드라스 카르도라면?"

"알붐, 루툼, 니그룸, 루보르 네 마탑을 말하는 겁니다. 고대 유적지에 발견한 타이탄을 바탕으로 가장 먼저 타이탄을 생산한 마탑들이지요. 우리 옥토 에스트레는 그들보다 조금 늦게 타이탄 유물을 발견하고 본격적으로 연구하기 시작했지만, 몇몇 핵심 기술과 마법진을 개발하지 못해서 긴 시간과 천문학적인 개발비를 낭비하고 시티가 파산할 위기에 봉착했었습니다."

"그들이 왜 그런 조건을 내건 겁니까?"

도무지 이해가 가질 않았다. 많이 생산해서 팔면 수입이 더 많아져서 다양한 곳에 활용할 수 있을 텐데 말이다.

"그들은 시티들이 원하는 대로 타이탄을 판매한다면 인간끼리 전쟁을 벌일 거라고 우려하고 있습니다."

"전쟁요?"

말을 타고도 한두 달이나 걸릴 정도로 먼 거리에 떨어져 있는 시티들이 무슨 전쟁을 한다는 건지 좀 황당했다.

"타이탄이 개발되기 이전에는 시티 간의 전쟁이 꽤 많이 벌어졌거든요."

"마수와 몬스터 들이 이렇게 창궐한 상황에서 말입니까?"

"네. 안전은 확보했지만 격리된 것처럼 시티 간의 거리가 멀어서 제대로 된 교역이 이루어지지 않다 보니 필요한 물건들이 너무 많았습니다. 그래서 시티들은 전사들을 파견해서 필요한 자원을 가진 시티를 공격해서 항복을 받아 낸 후 필요한 것들을 상납을 받았습니다. 거기에 영인의 후예에게 전해지는 특정한 아이템도 한몫을 했고요."

가온은 그 아이템의 정체를 알고 있었다. 영력이 1만 이상이어야만 사용할 수 있는 증폭인을 말하는 것이다.

영인의 후예들이 증폭인을 욕심내는 이유는 융합할 경우 아이템을 발동하는 최소 영력의 하한선이 낮아지고 증폭률이 높아지기 때문이다.

가온은 현재까지 열세 개의 증폭인을 모아서 융합을 했는데 최소 영력이 8,700으로 낮아졌고 증폭률은 6.3배로 높아졌다.

"그런 전쟁이 서로의 전력을 깎아 먹는 짓이라는 사실을 몰랐던 겁니까?"

"사실 손가락질받을 행동이긴 하지만 달리 생각하면 당연한 행동일 수도 있습니다. 한 시티가 다른 시티를 굴복을 시켜 자원을 약탈하기는 했지만 시티의 경제력이나 전투력 자체는 올라갔거든요. 마수나 몬스터에 대응하는 능력도 올라갔고요."

가온이야 소시민 출신이라서 다르게 받아들였지만 우세른은 시장이라서 그런지 생각이 달랐다.

"인간은 원래 투쟁을 통해서 무리의 규모나 힘을 키웁니다. 사람도, 자원도 그런 식으로 규모가 커지고 활용도도 달라지지요. 그 과정에서 발생하는 희생은 개인의 입장이 아니라 사회 발달이나 역사 측면에서 보면 어쩔 수 없다고 생각합니다."

가온은 그의 의견에 동조할 수 없었지만 그렇다고 단호하게 틀린 생각이라고 주장하지는 않았다.

인간의 문명 발달에 있어서 전쟁은 교역만큼이나 필수불가결한 과정이니 말이다. 그래서 그저 묵묵히 우세른의 주장을 듣고만 있었다.

"만약 타이탄 생산과 판매를 시티 측이 장악했다면 세상은 많이 달라졌을 겁니다. 비록 전쟁은 피할 수 없었겠지만 시티의 규모가 커져서 지금처럼 겨우 몬스터 웨이브를 걱정하면서 시티를 지키는 데 급급하지는 않았을 겁니다."

그건 맞는 말이라고 생각했다. 사람과 재화가 모이면 모일수록 강력한 힘을 낼 수 있는 건 당연했다.

시티들은 경제력만큼 많은 타이탄을 보유하게 되었을 것이고 전쟁을 통해서 우열이 갈리고 결국 시티 간의 거리는 멀지만 왕국과 같은 체제로 발전했을 것이다.

전쟁을 피하기 위해서 수익이나 영향력 강화를 포기한 마탑, 특히 콰드라스 카르도의 결정은 결국 아이테르 차원의 힘을 타이탄 개발 이전보다 더 낮게 만들었다고 생각했다.

'그런 강력한 힘을 가진 왕국들이 출현했다면 확실히 지금 같은 상황과는 달라졌겠지.'

마수와 몬스터 토벌은 물론이고 지금은 거의 이루어지고 있지 않은 던전도 활발하게 공략하게 되었을 것이다.

현재의 시티보다 규모가 수십 배나 더 큰 왕국을 유지하기 위해서는 더욱 많은 재원이 필요했을 테니 말이다.

그런 의미에서 보면 시티 간의 전쟁이 벌어지지 않도록 하기 위해서 타이탄 판매를 제한하는 콰드라스 카르도의 원칙은 원래의 의도와 달리 오히려 인간 문명을 퇴보시킨 것이나 다름없었다.

"게다가 콰드라스 카르도는 우리 옥토 에스트레가 타이탄 판매로 큰 수익을 올릴 수 없도록 또 다른 제한을 걸었습니다."

"제한요?"

"우리 마탑이 생산하는 타이탄을 판매한 수익의 일정 부분을 네 마탑에 지급한다는 사실을 알고 있습니까?"

"그 부분에 대해서는 메를렌 영애에게 들은 바 있습니다."

듣기는 했지만 구체적인 액수는 알지 못했다.

"타이탄 한 기당 무려 5만 골드나 됩니다."

"그럼 대체 원가가 얼마나 됩니까?"

알파급 타이탄의 경우 대략 18만 골드에 판매된다고 알고 있는 가온은 이해가 가질 않았다.

"12만 골드 정도입니다."

"정말입니까?"

믿을 수가 없었다. 그럼 세이틀 마탑이 취하는 수익은 겨우 1만 골드라는 얘기인데 그건 메를렌도 전혀 얘기하지 않았던 황당한 내용이다.

가온이 황당한 눈으로 쳐다보는 모습을 보고 쓴웃음을 짓던 우세른 시장이 다시 입을 열었다.

"그들은 사람을 파견해서 타이탄 생산 수량은 물론 판매 가격까지 통제하고 있습니다. 그 이상으로 판매할 수 없도록 말이지요. 그러니 마탑은 충분한 연구 자금을 확보하기 위해서 시티의 재정을 대부분 사용하게 되었고, 시티는 부족한 재정을 메우기 위해서 시민들의 불만이 나날이 높아지는 것을 잘 알면서도 타이탄 배정을 핑계로 뒷돈을 챙길 수밖에 없는 현실입니다. 세간에 알려진 것과 달리 마탑이나 시티는 참으로 빈곤한 상황입니다."

가온은 우세른의 자조 섞인 말에 아무런 반응도 할 수가 없었다. 정말 콰드라스 카르도가 너무한다는 생각밖에 안 들었다.

"그렇게 오래 타이탄을 생산해 왔는데 핵심 마법진들을 개발하지 못한 겁니까?"

"부끄럽지만 그렇습니다. 오랫동안 따로 개발을 해 봤지만 결과물이 콰드라스 카르도가 공급하는 부품에 새겨진 핵심 마법진 이론이나 내용을 포함하고 있어서 사용할 수가 없었습니다."

만약 콰드라스 카르도의 허가 없이 그 마법진을 사용할 경우에 대한 설명은 듣지 않아도 알 것 같았다. 틀림없이 무력으로 대응할 테니 말이다.

"우리를 포함한 여덟 개의 마탑이 감마급 타이탄 개량과 델타급 개발에 총력을 기울이는 이유는 콰드라스 카르도로부터 독립을 하기 위해서입니다. 문제는 공동으로 개발하고 있음에도 진척이 느리다는 것이고. 특히 자금 문제가 여의치 않소."

"그런 사정이 있는 줄은 몰랐습니다."

"당연히 몰랐을 겁니다. 밖에서 보기에는 옥토 에스트레는 타이탄을 무기로 강력한 힘과 영향력을 갖추었지만 실은 콰드라스 카르도에게 끌려다니는 신세이기 때문에 너무 부끄럽고 창피해서 우리 시티와 마탑의 핵심 수뇌부만 공유하고 있는 비밀이니 말입니다."

우세른이 처연한 얼굴로 잠시 입을 다물었는데 가온은 딱히 할 말이 없었다.

"아무튼 마탑이 타이탄 시장을 장악하는 바람에 시티들은 겨우 몬스터 웨이브를 막을 정도의 전력만 갖춘 상태가 되어 버려서 사람들의 삶이나 시티의 발전에 반드시 필요한 토벌이나 던전 공략은 너무 어려워졌습니다. 이런 상황에서 벗어나기 위해서는 마탑 대신 시티들이 주도권을 가져야만 합니다."

가온은 우세른의 주장이 100% 맞다고는 생각하지 않았지만 연구자 혹은 기술자 집단이 한 사회집단의 예산 대부분을 사용하는 것은 맞지 않는다는 것까지는 동의했다.

하지만 거기까지는 본론을 꺼내기 위한 서두에 불과했다.

마침내 우세른이 가온을 초대한 본론을 꺼냈다.

"메를렌으로부터 아니테라 측이 기가스 생산 능력이 있는 시티들을 대상으로 설계도를 판매할 의향이 있다는 사실을 들었습니다."

그 말은 듣는 순간 가온은 자신도 모르게 인상을 썼다. 이해는 하지만 별로 기분은 좋지 않았다.

그 모습을 본 우세른이 서둘러 입을 열어 변명을 했다.

"메를렌을 탓하지 말았으면 좋겠습니다. 우리 시티는 물론 모든 시티를 위해서 굉장히 중요한 정보라고 판단했기에 내게 말한 겁니다."

"이해했습니다. 그런데 기가스의 설계도 판매 건을 언급하신 건 구입할 의사가 있다는 거겠지요?"

메를렌의 입장에서 보면 기가스의 설계도를 입수하는 것이 오랫동안 마탑에 억눌려 있던 시티의 위상을 제자리로 돌려놓을 수 있는 절호의 기회로 생각되었을 것이다.

"그렇습니다. 우리도 기가스를 구해서 따로 시험을 해 봤는데 알파급보다는 좀 낮은 전력이지만, 동화율이 아주 높고 동력원도 흔한 하급 마정석이라서 가성비가 엄청나게 좋다고 판단했습니다."

"그래서요?"

"현재 시티들이 가장 필요한 타이탄은 베타급이나 알파급이 아니라 기가스급입니다. 기가스급은 익스퍼트는 되지 못했지만 노련한 전사나 용병들이 탑승할 경우 굉장한 전투 능력을 보여 줄 수 있으니 말이지요."

왜 이렇게 사설이 긴지 모르겠지만 일단 참고 들었다.

"만약 타이탄을 제작할 수 있는 역량을 갖춘 시티들이 기가스를 생산해서 판매할 수 있다면 극소수의 마탑이 타이탄 시장을 독점하고 말도 안 되는 규칙을 준수한다고 결국 시티 전력을 약화시키고 있는 현 상황을 극복할 수 있을 겁니다."

"현재 세이틀 마탑이 타이탄을 생산하고 있는 상황에서 시티 측도 기가스를 생산하려는 겁니까?"

"그렇습니다. 우리가 확인한 기가스의 제원이라면 베타급은 몰라도 알파급은 충분히 대체할 수 있을 뿐 아니라 향후 대세가 될 겁니다. 마탑이 생산하는 알파급 타이탄은 자연스럽게 시장에서 외면받을 테고요."

마탑에게 빼앗긴 시티의 권력을 되찾고 싶은 우세른의 심정은 이해하지만 가온은 세이틀 시티에 기가스 설계도를 넘길 생각은 없었다.

안 그래도 이미 타이탄을 생산, 판매하는 중인데 기가스까지 취급한다면 세이틀 시티의 영향력이 너무 강력해진다.

그런데 우세른은 그런 가온의 부정적인 생각을 읽은 듯 다급한 얼굴로 말을 이었다.

"옥토 에스트레에 속한 여덟 개의 시티는 마탑과 별도로 타이탄 생산 능력을 보유하고 있습니다. 설계도가 있다면 당장 한 달에 최소한 1천 기씩은 생산할 수 있습니다."

한 시티에서 1천 기씩 생산한다면 한 달이면 무려 8천 기가 생산되는 것이다. 타이탄을 간절하게 원하는 시티들에는 가뭄의 단비가 될 수 있는 수량이었다.

"우리 여덟 시티는 일주일에 한 번씩 경매를 열겠습니다. 물론 영역권에 속한 시티들이 최우선 대상이 되겠지만 나중에는 경매 대상을 귀 시티처럼 용병단과 상단까지 확장할 생각입니다. 그리고 경매로 인한 수익 중 절반을 아니테르 측에 지불하겠습니다. 거기에 원할 경우 건설용 타이탄의 판매를 중개하고 수수료는 받지 않겠습니다. 어떠십니까?"

가온에게는 전혀 나쁜 내용은 아니다.

어차피 가온이 타이탄을 생산해서 판매하는 이유는 아이테르 차원의 전력을 높여서 그들 스스로가 차원 융합의 문제를 해결할 수 있도록 만드는 데 있었다.

일단 옥토 에스트레에 해당하는 여덟 시티가 기가스를 생산해서 판매를 하고 추후에 선정된 시티들이 기가스를 생산하기 시작하면 빠르게 아이테르 차원의 전력이 급상승할 것이다.

그렇다고 옥토 에스트레에 속하는 마탑들의 역할이 사라지는 것은 아니다. 트롤이나 오우거와 같은 대형 몬스터나 고위급 마수를 상대하기 위해서 베타급이나 감마급 타이탄은 여전히 필요하니 말이다.

덕분에 면담 자리는 화기애애해졌다.

"늦으면 석 달 후에는 다른 시티들도 기가스를 생산한다는 사실도 알고 계십니까?"

예지몽으로
히든랭커

"당연히 알고 있습니다. 하지만 어떤 시장이건 선점이 중요하지요. 먼저 생산했다는 점을 무시할 수 없으니까요."

"그렇다면 우리 시티에서도 긍정적으로 받아들일 것 같습니다. 그런데 문제가 하나 있습니다."

"콰드라스 카르도의 대응을 걱정하는 것이겠지요?"

옥토 에스트레야 타이탄 판매로 큰 수익을 올리지 못하고 있으니 격렬하게 반발하지 않겠지만 콰드라스 카르도의 입장은 다르다. 기존에 타이탄 시장을 장악했던 그들에게는 큰 타격이 될 테니 말이다.

"그렇습니다. 기가스로 인해서 타이탄의 핵심 마법진이 새겨진 부품을 공급받지 못할 가능성이 높은데 괜찮겠습니까?"

"마탑과도 깊은 연관이 있기 때문에 신경이 안 쓰인다면 거짓말이겠지만 우리로서는 기가스가 더 중요합니다."

"그 문제는 그렇다 치고 콰드라스 카르도가 우리 아니테라는 물론이고 옥토 에스트레를 가만히 두고 볼 것 같지가 않군요."

"그렇게 하라지요. 판매 대수는 정해졌지만 보유할 수 있는 타이탄에는 제한이 없습니다. 그동안 모은 세 등급의 타이탄만 거의 500기에 육박하기 때문에 최소한 성을 방어할 전력을 된다고 자신합니다. 그리고 모의 전투를 해 봤는데 기가스 3기면 마력 증폭을 사용하는 알파급을 상대할 수 있었습니다. 최소 생산분을 판매하지 않고 보유하면 그쪽에서 직접 쳐들어와도 충분히 감당할 수 있을 겁니다."

전쟁을 불사하는 것을 보면 그동안 어지간히 당한 모양이다.

"시장님의 제의는 곧바로 시티로 전하겠습니다. 답변을 최대한 빨리해 달라고 할 테니 빠르면 오늘 오후에는 받아볼 수 있을 겁니다. 아마 긍정적인 답변을 받을 것으로 보입니다."

가온의 대답에 우세른이 환하게 웃었다.

"그런데 혹시 콰드라스 카르도의 동태를 살필 수 있습니까?"

그들이 가만히 두고 보지 않으리라는 것이 확실한 만큼 앞서서 당할 수는 없었다. 정보가 필요했다.

"있습니다. 만약 그들이 행동에 나선다면 우리 여덟 시티도 기꺼이 나서겠습니다."

우세른의 입에서 자신만만한 대답이 즉시 튀어나왔다. 스파이를 심었는지 아니면 다른 수단이 있는지 몰라도 그렇다면 얘기가 달라진다.

"굳이 여러분까지 나설 필요는 없습니다. 그들의 행적만 알 수 있다면 상대하는 건 문제가 없을 겁니다."

"그, 그게 정말입니까? 가능하겠습니까? 네 곳 중 어디라도 베타급으로 100기, 알파급으로는 300기 이상 동원할 수 있습니다!"

네 마탑이 힘을 모으면 베타급으로 400기, 알파급으로 1,200기라는 어마어마한 타이탄 전력이 만들어지는 것이다.

그 점을 잘 알고 있는 우세른이기에 단독으로 상대하겠다는 가온의 말에 놀란 것이다.

"지금 각처로 파견된 전사단을 하나로 모으면 그 정도의 타이탄 전력은 충분히 상대할 수 있습니다."

"허허허! 아니테라의 전력이 강할 거라고는 예상을 했지만 그 정도일 줄은 몰랐습니다. 그렇다면 걱정을 덜 해도 되겠습니다. 마탑의 눈치가 보이긴 하지만 그쪽도 콰드라스 카르도에 안 좋은 감정을 가진 것은 마찬가지이니 요청만 하시면 도움이 될 정도의 전력을 보내겠습니다."

우세른은 크게 기뻐하며 전력 동원을 약속했지만 가온은 그럴 일이 없다는 말을 해 주었다.

그 후로는 설계도 판매와 경매에 따른 수익에 관련한 상세한 내용들을 논의했는데 우세른이 아니테라 측을 최대한 배려했기에 문제가 될 것은 없었다.

예상한 음모

최근 대륙의 3분의 2에 해당하는 많은 시티 사이에는 믿을 수 없는 소문이 걷잡을 수 없을 정도로 빠르게 확산되고 있었다.

─최초로 타이탄을 개발해서 판매하기 시작한 열두 마녀와 별도로 옥토 에스트레에 해당하는 시티 여덟 곳이 아니테라 시티와 기술 제휴를 맺고 마탑과 별도로 기가스를 생산하기로 했는데, 일주일에 한 번씩 경매를 통해서 판매할 예정이다.

─경매에 올라올 기가스의 수량은 시티 한 곳당 최소 250기 이상이라서 여덟 시티를 합하면 매주 최소 2천 기 이상이

며 경매 일정은 곧 해당 시티들이 공시할 예정이다.

－해당 시티에서 열리는 경매는 최초 2주 동안은 시티들만 참가할 수 있지만, 그 후에는 최소 30만 골드를 소지한 자에 한해서 누구든 참가할 수 있으며 낙찰받을 수 있다. 기동 및 정비 교습도 추가로 받을 수 있는데 이틀 일정이다.

－기가스를 생산하는 여덟 시티는 경매와 별도로 아니테라 시티가 새롭게 개발했고 엄청난 작업 속도와 작업량을 증명한 건설용 타이탄의 판매를 중개하기로 했다.

－이와 별도로 석 달 정도 후에는 꽤 많은 시티들이 기가스를 생산, 판매할 예정이다.

이미 건설용 타이탄의 놀라운 작업 효과에 대한 소문을 듣고 나름의 인맥을 통해서 사실관계를 확인한 시티들은 다투어 세이틀 시티를 포함한 여덟 시티로 연락을 취했고, 정해진 날짜에 방문을 하면 구입할 수 있으며 이틀에 걸친 기동 및 정비 교육을 받을 수 있다는 내용의 답변을 들을 수 있었다.

시티들만 난리가 난 것이 아니었다. 자금력이 막강한 대형 상단과 용병단도 난리가 났다.

상단의 경우 자체 전투력을 증강해서 상행을 보호한다는 이유밖에 없었지만, 용병단의 경우에는 익스퍼트가 아니더라도 탑승할 수 있으며 동화율이 엄청나서 일신의 전투력과 경험을 충분히 활용할 수 있는 기가스에 열광할 수밖에 없었다.

기존에 경매에서 기가스를 낙찰받은 용병단들이 진귀한 부산물이 나오는 마수나 몬스터 사냥은 물론 던전을 공략해서 얻는 막대한 수입에 대해서 알려지면서 기가스 보유에 열을 올릴 수밖에 없었다.

하지만 일정대로 경매가 열려도 막강한 자금력을 보유한 상단과 시티를 상대로 기가스를 낙찰받는 것은 결코 쉬운 일이 아니다.

일부 상단의 경우 낙찰받은 기가스를 넘기는 조건으로 엄청난 웃돈을 요구하기도 했다.

그런 상황에서 낭보가 들어왔다.

보통 20개에서 30개 정도의 시티를 관할하는 용병 길드가 주최하는 경매 소식이 들어온 것이다.

길드 본부로부터 경매 정보를 전달받은 용병단들은 다투어 본부가 있는 시티로 향했다. 비밀 유지 엄수가 조건이었기에 라이더 예정자 등 최소한의 인원만 동행한 상태로 출발한 것이다.

경매 당일, 용병단을 대표해서 경매에 참가한 용병들은 알파급 타이탄 20기와 기가스 200기를 놓고 열띤 경쟁을 벌였다.

경매 결과는 대부분 만족했다. 용병 길드 측에서 한 용병단이 낙찰받을 수 있는 타이탄과 기가스의 상한선을 정해 두었기 때문에 편중되지 않은 것이다.

경매에는 타이탄만 올라온 것이 아니다. 각 시티 주위에 있는 트롤 이하 등급의 던전에 대한 정보와 그런 던전을 공략하는 과정에서 얻은 아이템까지 나왔다.

특히 각종 무기와 장비 등 아이템을 강화할 수 있다는 강화석의 경우 오직 던전 공략을 통해서만 얻을 수 있는 아이템이기에 폭발적인 인기를 끌었다.

이제까지 타이탄이 없어서 한 용병단 규모로는 던전을 제대로 공략할 수 없었지만 지금은 달랐다.

알파급은 몰라도 기가스는 몇 기씩 낙찰을 받았기 때문에 던전에 대한 정보를 제대로 활용할 수 있게 된 것이다.

이틀에 걸친 교습을 받은 라이더들은 타이탄의 엄청난 전투력에 잔뜩 고무되었다.

알파급 타이탄의 경우 동화율도 낮은 편이고 마나를 증폭시킨 경우에 적응해야만 해서 기동에 어려움이 있었지만 기가스는 달랐다.

동화율이 높고 기동력이 뛰어나서 큰 불편 없이 기가스를 운용해서 라이더의 경험을 충분히 적용한 전투가 가능했다.

게다가 한 번 사용하면 충전하는 데 오랜 시간이 걸리는 상급 마정석이 아니라 하급 마정석으로 기동할 수 있다는 점이 자금력이 부족한 용병단한테는 가장 매력적이었다.

예지몽으로
히든랭커

그렇게 용병단만을 위한 경매의 결과는 놀라웠다. 대형 용병단들이 다투어 던전을 공략했고 그만큼 엄청난 전리품을 얻을 수 있었다.

그 결과 다양한 등급의 마정석은 물론이고 마수와 몬스터의 부산물과 무기 등이 시장에 풀려 해당 산업이 크게 부흥하게 되는 결과가 나왔다.

게다가 은퇴한 익스퍼트급 전사 중 일부가 건설용 타이탄의 라이더가 되어 시티의 타이탄 전사들과 함께 마차로 건설에 들어가자 시티들은 이전보다 훨씬 가까워졌고, 타이탄을 보유한 상단이나 용병단 덕분에 유통망이 만들어져서 시티들의 경제력이 크게 높아졌다.

다만 그런 변화에 소외된 지역도 있었다. 콰드라스 카르도의 영역에 속하는 시티들이었다.

그런 시티들은 소문도 들었고 진위 여부도 확인했지만 열두 마녀, 그중에서도 가장 큰 세력을 가지고 있는 이른바 콰드라스 카르도의 눈치를 볼 뿐 움직일 수가 없었다.

자칫 그들의 눈 밖에 나기라도 하면 무시무시한 악명을 가진 타이탄 연합전단에 의해서 시티가 완전히 파괴될 테니 말이다.

그래도 은밀하게 행동하는 시티들이 없는 건 아니었다.

어쨌거나 시티의 안전을 1차적으로 담보해 줄 수 있는 전력인 타이탄을 다소 높은 가격이기는 하지만 원하는 만큼 구입할 수 있는 절호의 기회를 놓칠 수는 없었다.

그런 시티는 사람들을 파견해서 예정된 경매를 통해서 기가스를 구입하기로 결정했고 더 이상 타이탄 확보를 위해서 콰드라스 카르도 측에 로비를 하거나 뇌물을 줄 생각을 하지 않았다.

그렇게 콰드라스 카르도의 영역에서도 변화의 바람이 은밀하게 불기 시작했다.

하늘을 찌를 듯 높이 솟아 있는 거대한 탑의 최상층.

열린 창문을 통해서 내려다보이는 거대한 도시는 잘 계획되고 건설되어 누가 봐도 번성함을 알 수 있었다.

메가시티로 유명한 니그롬.

상주인구 100만 명이 살아가는 거대한 도시로 거대한 강이 내성 주위를 해자처럼 휘감아 도는 이곳의 직경은 무려 30킬로무에 달할 정도이며 높고 견고한 외성 밖으로도 크고 작은 마을 100여 개가 위치해 있었다.

니그롬 마탑의 최상층은 탑주만의 공간인데 지금은 네 명이 모여 있었다.

"옥토 에스트레가 알파급 타이탄 생산을 중지하겠다고 통보해 왔소."

"알아보니 시티 측이 기가스를 생산해서 경매에 내놓고 있어서 경쟁력이 떨어지는 알파급은 더 이상 생산하지 않기로 결정했다고 하더이다."

"건방진 놈들! 제대로 된 기술력이나 마법진 지식도 없는 놈들에게 타이탄을 생산하게 도와주었더니 이런 식으로 뒤통수를 칠 줄이야!"

잔뜩 화가 난 것으로 보이는 세 명은 각각 노란색, 붉은색, 흰색의 로브와 모자를 착용했는데 드러난 얼굴과 목 그리고 손은 자글자글한 주름이 가득한 노인들이었지만 눈빛만은 형형했다.

그에 반해서 상석에 앉아 아무 말도 하지 않고 있는 장년인은 검은색 로브에 검은색 모자를 썼으며 마른 체구에 왜소한 몸이었지만 피부는 팽팽했고 보기 좋은 홍조가 떠올라 있었는데 눈이 무저갱처럼 깊었다.

"피레닐 탑주, 당신은 할 말이 없소? 회의는 당신이 소집하지 않았나?"

노란 모자 사이로 드러난 회색의 머리카락과 눈썹이 인상적인 노인이 장년인을 노려보듯 쳐다보았다.

"오늘 아침에 아르카누스 텔룸의 보고서가 올라와서 곧바로 여러분과 공유를 했소."

"봤으니까 당신의 소집 요청에 바로 이곳으로 왔지."

"아르카누스 텔룸은 보고서만 올린 것이 아니라 아니테라라고 하는 새로운 시티가 개발한 건설용 타이탄과 기가스 타이탄 그리고 전용 아공간 카드까지 구해 가지고 왔소."

"호오! 흥미롭군. 정말 보고서의 내용이 맞았소?"

"맞았소, 세롬 탑주. 특히 건설용 타이탄의 경우 경악할 정도로 놀라운 건설 작업 능력을 보유하고 있었소. 그동안 우리가 왜 이런 타입의 타이탄을 개발하지 못했나 싶을 정도로 대단했소이다. 네 종의 타이탄만 있으면 주위 시티로 연결되는 마차로를 쉽고 빠르게 건설할 수 있을 것 같소."

피레닐은 건설용 타이탄에 대한 감탄을 아끼지 않았다.

"그럼 기가스는 어떻소?"

"하급 마정석을 구동원으로 하는 것치고는 동화율도 그렇고 출력이나 전투력도 굉장히 높은 편이었소. 실제로 기동을 해 본 라이더들은 서너 기 정도면 알파급을 무난하게 상대할 수 있을 것으로 판단했소."

"호오! 그렇게 대단하단 말이오?"

"정정하지요. 상대할 수 있는 것이 아니라 처치할 수 있다고 했소."

피레닐의 말에 세 탑주의 안색이 변했다. 기가스의 전력이 그 정도로 대단할 것이라고는 전혀 생각하지 못했기 때문이다.

그들은 이제야 옥토 에스트레가 알파급 타이탄 생산을 포기한 이유를 알 수 있었다.

"아쉬운 것은 해체 과정에서 핵심적인 마법진들이 모두 파괴되고 말았다는 사실이오."

"그쪽도 보안에 엄청난 공을 들인 모양이군. 그럼 전용 아공간 카드는 어떻소?"

"그 역시 수준이 아주 높았소. 전혀 모르는 공간 마법진이 여섯 개나 중첩되어 있었고, 상급 마정석 가루와 알 수 없는 재료를 혼합해서 마법진을 새겼소. 하지만 그 역시 해체를 시도한 직후 파괴되었소."

"설마 건설용 타이탄도 마찬가지로 높은 보안이 걸려 있었소?"

피레닐은 묵묵히 고개를 끄덕였다.

탑주들의 안색이 변했다. 피레닐의 말이 사실이라면 아니테라라고 하는 생소한 시티의 기술력이 수백 년에 걸쳐 타이탄 기술을 선도해 온 그들의 수준을 넘어섰다는 것을 의미했다.

"허어! 대체 어느 곳에 존재하는 시티기에 이렇게 생소한 마법진을 활용해서 타이탄과 아공간 아이템을 만들 수 있는 것일까?"

"그에 대한 대답은 내가 하리다. 소문에 의하면 마르트 산맥 깊숙한 곳에 있다고 했소만, 아르카누스 테룸에서 소환 비행수를 활용해서 광범위 탐색을 해 봤지만 도시 비슷한 장소는 전혀 찾지 못했소."

"크크크. 루보르 마탑의 소환사들의 실력이 허접해서 그런 거 아니오?"

"닥쳐! 그래도 우리 마탑은 소환사라도 있지만 루튬 마탑은……. 흥!"

"허어! 레이트, 이노옴! 뚫린 입이라고 막말을 하네. 근본도 없는 놈 주제에 뭐가 어째?"

"근본? 영인의 후예도 아닌 네놈이 감히 내게 근본을 운운해?"

"사생아 주제에 무슨 영인의 후예. 흥!"

오가는 말은 시퍼렇게 날이 섰지만 표정은 말과 달리 덤덤했다.

그만큼 오랜 세월 동안 서로 경쟁을 하고 사안에 따라 협조를 하면서 쌓은 정이 있었다.

어쨌거나 갑자기 방 안이 시장통처럼 시끄러워지자 피레닐이 인상을 쓰며 전신으로 격렬하고 짧은 파동을 방출했다.

"커흠! 아무튼 논의를 통해서 우리의 입장을 정해야 할 것 같소."

당장 좌중이 조용해지더니 세 사람 모두 진정이 되었다.

"논의를 할 필요까지 있겠소이까. 항상 그랬듯 임시로 연합전단을 만들어서 깡그리 쓸어 버리면 될 일이 아니오?"

알붐 마탑의 칼리판 탑주가 냉혹한 얼굴로 말했다.

"칼리판 탑주는 너무 공격적이오. 상대에 대한 정확한 정보를 수집하는 것이 먼저요."

"동감이오. 조금은 신중하게 상대할 필요가 없소."

"맞소. 사실 아니테라 시티는 이전에 우리가 처리했던 마탑들과 다르오. 일단 그들은 기술자를 빼돌리거나 우리의 기술을 훔친 것이 아니니 손을 쓸 명분이 없소."

레이트는 반대 의사를, 그리고 루툼 마탑의 세롬 탑주는 신중하게 접근하자는 의견을 피력했다.

"명분은 무슨! 힘이 명분이오. 이제까지 우리가 꽤 많은 잠재적 경쟁자들을 제거했지만 감히 우리에게 불만을 드러내는 자들은 없었다는 사실을 기억하시오."

"불만을 드러내지는 않았지만 우리에 대한 시티들의 거부감이 강해졌지."

"세롬 탑주의 말대로 그동안 무력을 동원해서 처리한 마탑들이야 잘못을 저질렀다는 명백한 증거가 있었으니 우리도 할 말이 있었지만, 이번 아니테라 건은 그렇게 간단하게 처리할 수 없는 문제요."

이어진 칼리판의 강경한 주장에 반응에 레이트와 피레닐은 명백한 반대와 신중하게 행동하자는 입장을 표명했지만, 세롬의 경우 침묵을 지켰다.

마음은 레이트나 피레닐과 같았지만 칼리판처럼 과격하게 처리하는 것도 나쁘지 않다고 생각한 것이다.

"흥! 그럼 순식간에 우리의 경쟁자로 떠오를 것이 분명한 아니테라를 그냥 두고 보자는 것이오?"

칼리판의 말에 세 마탑주의 얼굴에 고심이 떠올랐다.

"음. 나 역시 신중을 기해야 한다는 입장이긴 하지만 칼리판 탑주의 의견도 일리가 있소. 이렇게 설치는 자들을 내버려 두면 안 그래도 타이탄 판매 문제로 우리에게 불만을 가지고 있는 시티들이 크게 흔들릴 것이오."

결국 세롬이 입장을 바꾸었다.

"하지만 보고서에 따르면 타이탄 판매를 위해서 아니테라 시티에서 내보낸 특사가 후계자를 포함해서 다섯이고, 각기 베타급 20기와 알파급 100기, 기가스급 200기 정도를 보유하고 있다고 했소. 손을 쓰기에는 부담스러울 수밖에 없는 전력이오."

"흐음. 다섯 명의 특사가 보유한 타이탄 전력이 그 정도라면 좀 더 알아보고 다시 논의를 해야 할 것 같소이다."

피레닐의 말에 세롬의 태도가 다시 신중을 기하자는 쪽으로 바뀌자 마음이 다급해진 알붐 마탑의 칼리판이 혀로 마른 입술을 핥더니 입을 열었다.

"우리 마탑이 베타급 100기, 알파급 300기를 동원하겠소. 세 마탑은 알아서 타이탄을 지원하고 연합전단이라는 이름을 사용하게 해 주시오. 우리는 항상 콰드라스 카르도의 이름으로 움직이지 않았소. 대신 아르카누스 텔룸의 정보망을 이용하는 데 동의해 주시오."

알붐 마탑이 주도할 테니 이름만 올리라는 의미다.

"흐음."

다른 두 탑주처럼 고심을 하던 세롬 탑주가 결연한 얼굴이 되어 입을 열었다.

"다짜고짜 손을 쓰는 것이 아니라 일단 그들에게 우리의 힘을 보여 주고 협상을 이끌어 내겠다고 약속하면 찬성하겠소."

"나 역시 바로 공격하는 건 안 된다고 생각하오."

"힘의 과시를 통한 위협으로 타협을 이끌어 내는 것이라면 나 역시 받아들이겠소."

조건부 찬성 의견을 제시한 세롬에 이어 신중론을 취하던 레이트와 피레닐이 동조하자 칼리판의 얼굴이 순간적으로 일그러졌다가 뭘 생각했는지 묘한 미소를 지으며 고개를 끄덕였다.

"뭐 그렇게 합시다. 타이탄을 얼마나 내놓을 건지 말해 보시오."

"실제로 교전할 것은 아니지만 연합전단의 위용만큼은 드러내야 하니 연식이 오래된 것으로 베타급 100기와 알파급 300기를 내놓겠소. 대신 라이더는 알붐에서 책임지시오. 요즘 주위 시티로 파견을 나간 라이더들이 많아서 여유가 없소."

타이탄 판매 수량은 정해져 있어서 시티들의 불만이 팽배해지자 루툼 마탑은 몬스터 웨이브와 같은 상황이 벌어졌을 때 타이탄 전사단을 파견하는 방식으로 불만을 눌러 왔기에 타이탄 전사단은 동원할 수가 없었다.

그런 건 아예 신경도 쓰지 않는 알붐과 달리 루툼과 루보르, 니그룸은 비슷한 정책을 시행하고 있었다.

"우리 루보르 역시 라이더를 동원하지 않는 조건으로 베타급 10기, 알파급 50기를 내놓겠소."

"하아! 우리 니그룸 역시 그 정도 전력만 내놓겠소."

세롬과 레이트 그리고 피레닐은 칼리판의 주장을 무조건 반대할 수만은 없어 라이더를 빼고 타이탄을 제공하기로 했다. 물론 타이탄들도 연식이 오래되어 소속 라이더들이 기피하는 기체들로 보낼 생각이다.

세 탑주는 명분이 없는 일이라 내키지 않았지만 이런저런 이유로 알붐의 칼리판 탑주의 주장을 무시할 수가 없었다.

어쨌든 아니테라 시티가 계속 지금처럼 행동하면 결국 자신들의 수익이나 영향력이 크게 감소할 것이 분명하기에 결연하게 반대도 하지 못했다.

"좋소! 그럼 임시 연합전단은 아니테라의 후계자로 알려진 특사를 목표로 하겠소."

"베타급 220기에 알파급 700기라. 타이탄 전력은 충분한 것 같지만 그쪽 후계자가 소드마스터라고 들었는데, 가능하겠소?"

피레닐의 말에 칼리판은 걱정하지 말라는 듯 자신만만한 얼굴로 놀라운 얘기를 꺼냈다.

"그래서 레넥스를 연합전단의 단장으로 임명하려고 하오. 어차피 우리 콰드라스 카르도 소속의 미트라 연합전단은 물론이고 시티의 타이탄 전사단은 내 말을 따르지 않을 가능성이 높으니, 그를 단장으로 하고 그를 따르는 자들을 라이더로 고용할 생각이오."

"설마 도살자 레넥스를 단장으로 하자는 것이오?"

의아함이 가득한 피레닐의 물음에 칼리판은 고개를 끄덕였다.

"왜 하필 그자를?"

"레넥스는 안 되오. 실력은 뛰어나지만 고문을 즐기는 잔혹한 성격에 남녀를 가리지 않고 아동을 강간하고 교살하는 극악한 범죄자요!"

"게다가 놈은 지금 시티 후계자를 강간하고 교살한 죄목으로 수감 중이지 않습니까. 우리가 놈을 풀어 준 것이 알려지면 정말 난리가 날 겁니다."

당장 세 마탑주가 반대를 했지만 칼리판은 예상을 한 듯 덤덤한 얼굴로 입을 열었다.

"상대는 소드마스터라고만 알려졌을 뿐 자세한 정보가 없소. 다만 베타급 20기를 지휘해서 몬스터 웨이브를 일으킬 수 있는 오우거 주술사를 포함한 50여 마리의 오우거를 죽였다고 알려졌지. 그렇다면 대략 소드마스터에 라이더로서도 기량이 아주 출중하다는 것인데, 우리 네 마탑에 그런 실력을 갖춘 라이더가 있소? 아니, 미트라 연합전단에야 몇 명이 있지만 그들은 네 시티가 위험에 처하지 않으면 움직이지 않을 테니 그들을 동원할 수는 없소."

세 마탑주는 칼리판의 물음에 아무런 대답을 하지 못했다.

비록 통칭해서 콰드라스 카르도라고 불리는 네 마탑이 타이탄을 빌미로 아이테르 차원에 오랫동안 강력한 영향력을 발휘해 오고 있지만 명예를 아는 전사들은 그들을 싫어했다.

본래 마법사를 싫어하는 전사들이 마법사이면서 시티의 권력까지 장악해 버린 그들에게 충성할 뛰어난 전사는 많지 않았다

물론 그럼에도 불구하고 라이더를 꿈꾸는 전사들이 있어 대규모의 타이탄 전단을 보유할 수는 있었지만, 시티가 아닌 마탑을 위해 봉사하겠다는 소드마스터는 찾기가 힘들었다.

소드마스터는 보통 타이탄에 필적하는 개인적인 능력을 가지고 있기에 굳이 타이탄을 타려고 하지 않는다.

마나를 증폭시켜 사용할 수 있다는 점 때문에 파괴력은 강해지지만 동화율이 낮기 때문에 오래 기동할 수가 없어서 어떤 면에서는 전투력이 더 낮아지는 것이다.

물론 감마급 타이탄 정도라면 그런 단점을 어느 정도는 극복할 수 있기에 보통 소드마스터를 영입하기 위해서는 감마급

타이탄을 지급하고 추가로 막대한 보수를 지급해야만 했다.

가온이 아이테르 차원에 와서 놀란 점 중 하나는 전사의 수는 많지만 소드마스터 경지의 실력자는 생각보다 드물다는 점이었다.

처음에는 그 이유를 잘 몰랐지만 지금은 아니테라의 전사들을 통해 대충 짐작할 수 있었다. 그건 타이탄이라는 막강한 전투 무기 때문이었다.

마나를 증폭시켜 주는 타이탄이 있기 때문에 개인의 기량을 향상시키려는 노력보다 더 높은 사양의 타이탄을 원했기에 개인의 실력 향상이 미진한 것이다.

타이탄이 보급된 후 아니테라 전사단에서도 그런 문제가 대두되어서 지금 대전사장들이 대책 마련을 하고 있었다.

아무튼 그렇게 소드마스터 경지의 실력자가 많지 않기에 고위급 던전을 공략하기를 꺼리게 되고 브레이크가 발생하는 던전이 늘어나는 악순환이 벌어지고 있었다.

"그대들의 말처럼 레넥스는 중범죄자지만 소드마스터 중급 경지에 오른 강자요. 그것도 라이더로서의 기량도 아주 출중한 편이고. 어차피 얼굴은 가면으로 가릴 예정이라서 이번 경우처럼 명분이 부족한 일을 처리할 때는 적격이라고 할 수 있소."

말은 그렇게 했지만 칼리판은 아니테라 시티의 타이탄 전력을 완전히 부숴 버릴 생각이다.

'레넥스가 거칠기는 하지만 고문에도 능하니 타이탄과 관련된 기술까지는 무리겠지만 아니테라 시티에 대한 비밀을 확실하게 파악할 수도 있지.'

레넥스의 고문 실력은 그를 꽤 자주 고용했었던 칼리판이 누구보다 잘 알고 있었다. 끔찍하긴 하지만 놈의 고문을 견디는 이는 아직까지 보지 못한 것이다.

그런 고문 실력으로 아니테라의 타이탄 관련 기술을 알아낼 가능성이 있기에 칼리판은 세 탑주가 내건 조건을 들어줄 생각이 전혀 없었다.

"어차피 위협 정도라면 레넥스도 나쁜 선택은 아니오. 그런데 어디까지 건드릴 생각이오? 옥토 에스트레 전체요? 아니면 세이틀 마탑까지요?"

이번에는 세롬이 물었다. 칼리판의 성정이라면 그저 아니테라의 특사를 위협할 목적으로 연합전단을 거론하지는 않았을 거라고 생각한 것이다.

"보고서를 봤으면 알겠지만 세이틀 마탑은 그대로 둘 수 없소. 세이틀 시티의 메를렌이라는 앙큼한 년은 제가 마치 아니테라의 대리인이라도 된 것처럼 건설용 타이탄을 중개하면서 영향력을 확대하고 있고, 세이틀 마탑은 나머지 옥토 에스트레를 설득해서 우리를 배반했으니, 뜨거운 맛은 몰라도 제대로 겁을 줄 생각이오. 다른 마탑들도 괘씸하기는 하지만 우리에게는 오랫동안 마르지 않는 화수분 역할을 해 주었으니 일단 세이틀을 겁박한 후에 반응을 보고 대응 수위를 결정합시다."

칼리판이 잔혹한 얼굴로 그렇게 주장했다.

"흐음. 그렇게 합시다."

세 탑주는 아무리 협박 선에서 그친다고 하더라도 명분이 없는 일에 참여하는 것이 마음에 걸렸기에 대답은 늦었지만 어쩔 수 없이 고개를 끄덕였다.

세 탑주의 반응을 확인한 칼리판은 잠깐 불만족스러운 표정을 지었지만 이내 의미심장한 얼굴로 안건을 확정했다.

'어차피 연합전단은 우리 마탑이 이끌게 되었으니 일단 내 방식대로 처리를 하고 나중에 통보를 하면 되겠지.'

칼리판은 늘 그래 왔듯 나중에 세 탑주의 항의를 받더라도 일단 자기 마음대로 저지르기로 결심했다.

'이미 힘의 균형은 우리 마탑으로 쏠린 상황인데 지들이 뭘 어떻게 하겠어.'

항의가 감내할 수준을 넘어서는 순간 칼리판은 꾸준히 증강한 타이탄 전력으로 세 마탑을 차례로 쓸어 버리기로 결정했다.

"휘유!"

가온은 경매를 마치고 파로스 시티를 나오며 자신도 모르게 한숨을 쉬었다.

'모레는 알타 용병 길드 차례군.'

요즘은 너무 바쁘다. 이삼일 간격으로 경매를 열기 시작한 지 벌써 20일이나 지났다.

메를렌에게 소개를 받은 네 시티에서 성공리에 경매를 마치고 난 후에는 라치온 시티와 에보른 시티를 차례로 방문해서 경매에 물건을 내놓았다.

그게 끝이 아니다. 경매를 주선한 용병 길드장으로부터 다른 지역을 관할하는 용병 길드를 소개받는 식으로 네 번이나 더 경매를 열었다.

그렇게 한 달여 동안 판매한 타이탄은 알파급 200기에 기가스는 무려 2천 기에 달했다.

'며칠 전에 여덟 개의 시티에서 기가스를 판매하기 시작했을 텐데 왜 수요가 줄어들지 않는 거지?'

낙찰액도 높아졌다. 알파급은 60만 골드, 기가스도 35만 골드에 육박한 것이다.

덕분에 그야말로 천문학적인 수익을 올릴 수 있었다. 경매를 주최한 시티들이 대부분 수수료를 포기했기 때문에 낙찰액이 그대로 들어왔다.

거기에 여덟 개 시티에서 중개하는 건설용 타이탄의 판매도 순조로웠다. 벌써 200개가 넘는 시티들이 4종 세트를 구입한 상태였다.

그동안 아니테라와 자신의 권속들이 필요로 하는 물건들, 타이탄 공방에서 요구하는 재료, 그리고 자신이 언젠가는 필요하겠다 싶은 것들을 마구잡이로 사들였음에도 불구하고 10억 골드가 넘는 엄청난 재물이 아공간을 채우고 있었다.

그래도 그렇게 엄청난 숫자의 타이탄과 기가스를 판매한 덕분에 옥토 에레스트 권역에서는 새로운 바람이 불기 시작했다.

시티뿐 아니라 용병단들도 적극적으로 마수와 몬스터 사냥에 나서면서 안전한 영역이 빠르게 확대되었고 던전들도 더 이상 위험한 존재가 아니었다.

인적이 드문 숲속으로 들어온 가온은 대륙 전도를 꺼낸 후 알타 용병 길드가 위치한 홀론 시티의 좌표를 머리에 새긴 후 나인테일을 착용하고 공간 이동을 감행했다.

'이번에는 땅속은 피해야지.'

한번 가 본 곳은 괜찮은데 이렇게 대충 지도를 보며 위치 확인을 한 후 공간 이동을 하는 경우 위험 요소가 많았다. 세 번은 시티 상공으로, 두 번은 지하로 공간 이동을 했던 것이다.

물론 어디든 다칠 염려는 없었다. 공간 이동을 하기 전에 오행막을 펼치면 도착한 곳의 환경이 어떠하든 상관이 없었기 때문이다.

그래도 지하 깊숙한 곳으로 공간 이동을 한 경우 지상으로 올라오려면 힘을 써야 했기 때문에 귀찮았다.

파앗!

가온의 신형이 꽤 규모가 큰 시티의 상공에 나타났다.

'투명날개!'

현재 위치가 허공이라는 사실을 인지한 가온이 곧바로 투명날개를 장착하고는 본격적으로 추락하기 전에 다시 하늘로 날아올랐다.

그렇게 안정을 찾은 후 아래쪽에 있는 홀론 시티를 찬찬히 살펴보던 생각보다 더 큰 규모에 먼저 놀랐다.

성의 규모도 준메가시티에 해당할 정도로 컸지만 외성을 기준으로 대략 10킬로미터 정도의 땅에 농작물이 자라고 농지와 가축을 키우는 목장 그리고 과실수들이 심어져 있었다.

그렇게 홀론 시티를 확인한 가온은 주위로 시선을 돌렸다.

'생각보다 도시들이 가까이 붙어 있네.'

릴센 시티와 규모가 비슷한 이 홀론 시티의 인근에는 열 개나 되는 도시가 있었는데 울창한 숲과 늪지대가 가로막고 있어서 그렇지 직선거리로는 상당히 가까웠다.

'길만 제대로 뚫리면 홀론 시티는 빠르게 발전할 수 있겠군.'

주위에 있는 다른 시티와 달리 상당히 큰 호수를 끼고 있는 홀론은 본격적으로 인구가 증가하고 개발되면 충분히 메가시티로 도약할 수 있는 입지를 가지고 있었다.

좀 더 높이 올라가자 홀론 시티와 열 개의 시티를 원형으로 둘러싸고 있는 낮은 산맥이 눈에 들어왔다. 즉 열한 개의 시티는 거대한 분지 안에 위치하고 있었다.

'저 산맥 너머는 알붐 마탑의 영역이라고 했지.'

알붐은 이른바 콰드라스 카르도라고 불리는 네 개의 초대형 마탑 중 하나다.

'이곳에 타이탄과 기가스를 풀면 금방 저쪽으로 소문이 퍼지겠군.'

가온이 이곳을 선택한 이유가 바로 그 때문이다. 굳이 물리적인 충돌을 할 필요가 없이 소문으로 콰드라스 카르도의 영역 내에 있는 시티들을 흔들 생각인 것이다.

물론 그 전에 할 일이 있었다.

"다들 나와!"

카오스를 시작으로 정령들이 모두 출동했다.

―던전을 찾으면 되는 거지?

이제 시키지 않아도 할 일을 알고 있었다.

"저 낮은 산맥 안쪽을 샅샅이 뒤져."

가온의 지시를 받은 정령들이 빠르게 흩어졌고 얼마 후부터 속속 던전의 위치와 정보에 대한 내용의 의념이 전해지기 시작했다.

이제 가온이 할 일은 적당한 던전을 선정하고 그곳으로 가서 대기하고 있는 아니테라의 타이탄 전단들을 차례로 소환해서 던전으로 투입하면 된다.

그동안 많은 던전을 공략하는 데 성공한 타이탄 전단들은 비행 아이템을 소지했으며 마법사와 사령술사, 결계술사 들이 포함되어 있고, 어떤 방식으로 공격을 해야 시너지 효과가 나는지 확실하게 알고 있었기에 어지간한 규모의 던전은 채 하루도 걸리지 않아서 클리어할 수 있었다.

그렇다고 가온이 노는 것은 아니다.

'이곳에도 비행 마수 던전이 있었네.'

그런 던전이 세 개나 되어서 그런지 분지를 둘러싸고 있는 산맥 곳곳에 와이번과 같은 비행 마수들이 서식하고 있었다.

'비행 아이템을 추가로 획득할 수 있는 절호의 기회다!'

그동안 꾸준히 비행 마수 던전을 공략한 결과 타이탄 전사단은 100개에 육박하는 비행 아이템을 보유하게 되었지만 가온의 성에 차지는 않았다.

가온은 비행 마수 던전 세 곳은 물론이고 산맥 곳곳에 서식하는 비행 마수들을 이틀 안에 정리하는 것을 목표로 움직였다.

당일 오후에 소환된 아니테라의 타이탄 전단들은 총 54개의 던전을 공략하는 데 성공했다.

물론 대부분 시티 차원에서나 공략이 가능한 오크 이상 트롤 이하 등급의 던전이었다.

　당연히 수없이 많은 전리품이 나왔다. 마정석부터 시작해서 오크의 무기와 가죽 들이 산더미처럼 쌓였다.

　하지만 트롤의 전리품은 이전에 비해서 크게 적었다. 그 사이에 사령술의 경지가 올라간 사령술사들이 오크 전사장과 대전사장 그리고 트롤을 대상으로 구울을 만들기로 했기 때문이다.

　사령술사들이 제련한 구울들이 던전을 공략하는 과정에서 크게 활약을 하게 되자 사령술사들의 숫자도 크게 늘어서 지금은 거의 100명에 육박할 정도가 되었다.

　사령술사들은 스켈레톤이나 좀비는 아예 제련하지도 않았다. 그런 언데드는 생전에 비해서 전투력도 낮을 뿐 아니라 지능이 거의 없어서 사냥이나 전투에서 큰 역할을 하지 못했다.

　그래서 사령술사들은 던전 클리어에 따른 보상으로 얻은 명예 포인트로 수준이 더 높은 관련 스킬을 구입했고 그 결과 트롤을 구울로 제련할 수 있게 되었다.

　저돌적으로 돌진해서 사지가 떨어져 나갈 때까지 살아 있는 동족은 물론 트롤까지 공격하는 오크 구울 덕분에 큰 효과를 봤기에, 아니테라의 전사들은 될 수 있으면 트롤을 사지가 멀쩡한 상태로 죽이려고 신경을 썼다.

그렇게 오크 구울보다 한 차원 더 높은 전투력을 보유한 트롤 구울 전단이 빠르게 만들어지고 있었다.

한편 가온은 따로 움직이면서 이제까지 제련한 비행 마수 구울로 비행 마수 던전을 공략했다.

'던전을 공략하고 나올 전사들을 기다리지 않게 하려면 한 던전당 최대 4시간 안에 클리어해야 해!'

충분히 가능하다고 생각했다. 이제부터는 정령들도 본격적으로 공략에 참가할 테니 말이다.

처음 들어간 던전은 사방이 드넓은 초지로 둘러싸인 고산 지형이었는데, 곳곳에 크고 작은 호수와 물 엉덩이가 있는 초지에는 수많은 초식동물들이 있었고 산들은 고도가 얼마나 높은지 중턱에 구름이 걸려 있는 곳들이 많았다.

'이런 곳이라서 와이번들이 던전 브레이크를 일으키지 않았군.'

이 던전 근처의 바깥은 드넓은 열대 혹은 아열대 수림지대다. 시력이 뛰어나다고는 하지만 숲을 뚫어볼 수 없는 이상 와이번이 사냥하기는 결코 쉽지 않았다.

그나마 만만한 것이 인간들의 도시였지만 그곳에는 마력포나 마법사들이 배치되어 있었다. 비록 와이번을 사냥할 수는 없지만 성을 방어하는 것은 큰 문제가 없었다.

물론 그럼에도 불구하고 흉포한 성정의 와이번은 사냥을

포기하지는 않지만 사냥 과정에서 동족들이 한두 마리씩 죽어 나가니 굳이 인간의 성을 공격할 필요는 없었다. 던전 안에서는 보다 안전하고 쉽게 사냥을 할 수 있었기 때문이다.

그래서 이 던전의 와이번 대부분은 던전 밖으로 나가지 않고 있었기에 숫자가 수천 마리에 달했다.

투명날개를 장착한 가온이 와이번의 둥지를 비롯해서 고산지대 곳곳을 꼼꼼하게 살피고는 정령들에게 몇 가지 지시를 내렸다.

마침 공략이 시작되었다. 가장 먼저 소환한 1천 마리의 하피 구울이 와이번 한 무리가 서식하는 곳 근처로 날아가서 소름 끼치는 피어로 와이번을 도발했다.

안 그래도 한 입 거리도 되지 않는 하피라 와이번들은 크게 긴장하거나 경계하지도 않고 하피들을 찢어 죽이기 위해서 날아왔는데 그 숫자가 무려 사오백 마리나 되었다.

하피 구울들은 언데드답지 않고 겁을 먹은 것처럼 재빨리 도망을 쳤고 와이번들은 그럴 줄 알았다는 듯 빠르게 쫓아왔다.

하피 구울들은 좁고 경사가 가파른 두 산봉우리 사이를 곡예를 하듯 통과했고 거대한 몸집과 날개로 인해서 한순간 정체가 되었던 와이번들은 킹의 명령으로 젊고 강한 수컷 와이번들을 선두로 줄지어 그 뒤를 쫓았다.

그렇게 산봉우리 사이를 통과한 하피 구울들은 양쪽의 산을 따라 휘어져 도망쳤고 와이번들도 절반으로 나뉘어서 그 뒤를 쫓았다.

마침내 모든 와이번이 산봉우리 사이를 빠져나왔을 때 구름 위에서 갑자기 그리핀과 와이번 구울 수천 마리가 거대한 창처럼 아래를 향해 쏟아져 내렸다.

끄아아아!

막 하피 구울 한 마리를 발톱으로 움켜쥐어 몸통을 터트려 버린 와이번 킹이 상황을 눈치채고 경호성을 내질렀을 때는 이미 늦었다.

파바바밧!

끼아아앗!

하피 구울에게 정신이 팔려 있던 와이번들은 산 위쪽에 걸려 있는 짙은 구름을 뚫고 창처럼 날아오는 그리핀 구울과 와이번 구울의 공격에 혼비백산해서 흩어졌지만 절반 이상은 급소라고 할 수 있는 목이 물어뜯기거나 부러져 버렸다.

비록 구울이 되었지만 마나를 사용하는 능력을 잃지 않았기에 비행 마수 구울의 이빨과 발톱에는 검은 오러가 일렁이고 있었다.

특히 와이번 구울들은 사기에 더해서 가온의 음양기까지 가지고 있어서 살아 있을 때보다 더 강력한 전투력을 발휘했다.

간신히 습격에서 살아남은 와이번들은 심상치 않은 상황

을 눈치채고 킹의 주위로 몰려들었다.

그때였다.

우르릉! 꽝! 꽝!

하늘이 터지는 것 같은 천둥과 함께 구름 위에서 시퍼런 뇌전 다발들이 떨어져 내리기 시작했는데 그 속도가 너무 빨라서 순식간에 몰려 있던 와이번들을 직격했다.

'습도가 높거나 비가 오는 날이 아니라서 아쉽긴 하지만 레벨이 오른 효과가 크네!'

이제 4레벨이 된 뇌룡의 질주는 24개의 타깃을 지정할 수 있었기에 그에 해당하는 놈들이 시퍼런 뇌전에 휩싸여 비명도 지르지 못하고 추락하고 있었다.

하지만 전격은 그게 전부가 아니었다. 혼비백산한 와이번들이 본능적으로 사방으로 흩어지려고 할 때 구름 위에서 100여 개에 달하는 뇌전 다발이 떨어졌다.

아무리 와이번이 하늘의 제왕이라고는 하지만 전격을 피할 수 있을 정도는 아니다. 순식간에 100여 마리가 뇌전에 휩싸여 아래로 추락했다.

'마누의 능력이 엄청나게 높아졌네.'

마누가 A등급 스킬인 뇌룡의 질주를 한참 넘어서는 위력을 보인 것이다.

목숨이 경각에 달렸다는 사실을 깨달은 와이번들은 아래쪽으로 방향을 잡고 빠르게 하강하는 킹의 뒤를 따랐다.

하지만 적은 위에만 이는 것이 아니었다. 닿는 순간 그 질긴 가죽이 녹는 것 같은 엄청날 열풍이 소용돌이치듯 아래쪽에서부터 놈들을 향해 솟구쳤다.

'카오스와 카우마의 합공도 제법이고.'

카우마가 방출한 초고온의 열기를 카오스가 바람으로 이동시킨 결과, 킹을 포함해서 아래쪽으로 쏜살같이 날아내리던 와이번들의 머리를 통째로 익혀 버렸다.

그렇게 400마리를 크게 상회했던 와이번 무리가 전멸하는 데 걸린 시간은 10여 분에 불과했다.

─쳇! 나는 이런 거나 시키고!

아래쪽에서 빠르게 날아다니면서 추락하는 와이번들을 챙기고 있는 녹스가 투덜거렸다.

'하하하. 한 무리는 통째로 네게 맡길게.'

가온은 삐친 녹스를 그렇게 달래고 하피 구울들을 다른 와이번 무리에게 보냈다.

⊰⊱

다른 정령들도 마찬가지지만 녹스의 능력도 대단했다. 거의 1천여 마리로 이루어진 와이번 한 무리를 모두 중독시켜 버린 것이다. 심지어 킹과 퀸까지 중독사했을 정도이니 얼마나 강력한 독 능력을 지니고 있는지 알 수 있었다.

그렇게 비행 마수 구울과 정령들은 와이번 던전을 채 1시간도 되지 않아서 와이번 던전을 공략하는 데 성공했다.

가온이 한 것이라고는 던전의 보스인 한 쌍의 와이번 커플을 처리한 것뿐이다.

하지만 얻은 것이 꽤 많았다.

'오행 지배술의 위력이 이렇게 엄청날 줄이야!'

오행 지배술은 초당 5천의 오행 속성력과 영력으로 소모해서 100입방미터의 공간을 자신의 영역을 만들고 그 영역 안에서는 오행기를 마음먹은 대로 사용할 있었다.

하지만 와이번 보스 커플의 몸통과 날개가 워낙 거대했기에 가온은 초당 5만의 오행 속성력과 영력을 소모해서 2레벨이 되어야 지배할 수 있는 영역을 만들어서 보스 커플을 가두었다.

스킬을 사용하기 전에는 영역을 지배한다는 의미를 잘 몰랐지만, 한번 써 보니 얼마나 대단한 것인지 알 수 있었다. 그 공간에서 가온은 그야말로 창조주나 다름없었다.

장면을 떠올리는 것만으로도 오행기가 움직여 그에 해당하는 현상을 만들어 냈다.

수기와 화기로 얼리고 태우는 것은 물론이고 토기를 이용해서 꼼짝도 못하게 구속시키고 금기를 이용해서 금속 화살을 생성해서 상대가 인식조차 할 수 없을 정도로 빠르게 날려 급소를 뚫을 수도 있었다.

심지어 목기를 이용해서 관통상이나 자상 그리고 화상까지 말끔하게 치료할 수도 있으니 그야말로 공간의 지배자라고 할 수 있었다.

오행막도 시험을 해 봤는데 그 무시무시한 와이번의 이빨이나 발톱을 가볍게 튕겨 낼 정도였다. 오행력이 서로 상생해서 만들어 낸 막은 단순히 충격을 막는 데 그치지 않고 흘리기도 했고 오행력에 해당하는 에너지는 흡수하기도 했다.

'와이번이 발톱이나 이빨로 가하는 공격은 충격량이 1천 줄이 안 된다는 거네.'

소모되는 오행 속성력과 영력이 초당 1천이라서 그렇지 방호력은 파르보다 더 뛰어난 것 같다는 생각이 잠깐 들었다.

그렇게 와이번 던전과 혼합 비행 마수 던전 그리고 거대 흡혈박쥐 던전을 차례로 클리어한 가온은 결과에 만족했다.

그동안 경매와 함께 꾸준히 던전을 공략하는 과정에서 주로 보스만 처치했기에 레벨은 겨우 5밖에 오르지 않았지만 던전 등급이 높아서 명예 포인트는 210만이나 획득했고 그렇게 오르지 않았던 파워 드레인 스킬도 드디어 2레벨이 되었다.

무엇보다 이번 던전 공략에서 다양한 쓸모를 증명한 비행 마수 사체 2만여 구를 얻은 것이 가장 뿌듯했다.

그렇게 세 비행 마수 던전을 정리한 가온은 전사들이 나올 때까지 은밀한 곳에 자리를 잡고 이제까지 모은 비행 마수 사체들을 구울로 제련하는 데 집중했다.

이제부터는 던전 공략은 잠시 멈추고 시간이 날 때마다 구울을 제련할 생각이다.

비행 마수 구울을 3만 마리까지 늘린 후에는 아끼던 포인트를 써서라도 더 수준이 높은 사령술을 구입해서 익힐 작정이다.

구울은 지능이 낮은 편은 아니지만 탐식과 공격 본능에 사로잡힌 언데드라서 놈들을 지휘할 수 있는 더 높은 언데드가 필요했다.

'아틀라스가 이제 완전히 회복을 했다니 슬슬 데뷔전을 치러야겠군.'

그런데 아틀라스와 함께 발견한 세 기의 여성형 입실론급 타이탄의 주인을 슬슬 정해야만 했다.

'한 기는 모둔에게 주자!'

그건 아주 쉽게 결정했다. 세 여인 모두 사랑하는 것은 동일하지만 모둔은 아레오와 아나샤와 달리 영혼이 이어져 있어 더욱 특별했다.

진체는 정령이지만 자신의 곁에 있겠다는 일념으로 아득한 세월 동안 모은 에너지를 소모해서 여성체로 현신한 모둔은, 태생적으로 모든 속성의 에너지를 다루는 정령사지만 자신처럼 전사가 되고 싶다고 열심히 수련을 하고 있었다.

의지도 강하고 성실하게 노력하는 성격이라서 그런지 벌

써 익스퍼트 상급의 실력에 포르투 검술도 수준급이다.

얼마 전에는 모둔에게 알파급 타이탄을 주었는데 어렵지 않게 타이탄을 운용했다. 소질이나 적성이 맞는 것이다.

문제는 다른 두 기의 주인이다.

'한 기는 시르네아에게 줄까?'

시르네아는 얼마 전 소드마스터 상급이 되었다.

익스퍼트급에서도 그렇지만 소드마스터가 되면 한 등급을 올리는 데 엄청난 노력과 실전 그리고 깨달음이 필요하다.

그런 의미에서 보면 아니테라에서 시르네아보다 더 입실론급 타이탄에 적합한 인물은 없었다.

문제는 입실론급 타이탄이 가지는 상징성이다. 아틀라스가 황제를 위한 타이탄이라면 나머지 세 기는 황비를 위한 타이탄이니 말이다.

아니, 상징성이야 일부러 얘기를 하지 않으면 추측을 하다가 말뿐이겠지만 아틀라스의 얘기를 들어 보면 실제로 부부처럼 영혼이 깊이 이어진 사이여야만 시너지 효과가 난다고 했다.

시르네아가 자신을 사모하는 것을 눈치채지 못할 가온이 아니다.

사실 시르네아는 어떤 남자라도 거부할 수 없는 미모와 매력을 가지고 있었고 능력마저 뛰어나니 말이다.

문제는 이미 자신의 여인이 된 아레오, 아나샤, 그리고 모둔이 어떻게 생각할지 알 수가 없었고, 또한 아니테라를 지탱하는 축에 해당하는 나가족과 스노족의 수장들 역시 시르네아처럼 자신을 사모한다는 사실이다.

왕이나 황제를 꿈꾸는 것은 아니지만 그런 이들이 많은 여인을 거느리는 이유가 있었다.

단순히 성욕을 만족시키기 위해서 많은 황비와 후궁을 두는 것이 아니라는 얘기다.

세력들 간의 균형을 맞추고 충성심을 유지시키기 위해서 하는 정치적인 행사로 그렇게 하는 것이다.

물론 가온은 아니테라의 절대적인 지배자이다. 그러니 시르네아만 곁에 둔다고 해도 표면적으로는 누구도 반발을 하지 못할 것이다.

하지만 자신들의 퀸이나 수장이 시르네아보다 못한 대접을 받는다고 생각하면 지금까지와 달리 진심으로 그를 아니테라의 지배자로 여길지는 알 수 없었다.

물론 예하나 헤르나인도 시르네아와 마찬가지로 전사이며 주술과 결계술까지 익힌 천재들이다. 거기에 타고난 미모와 독특한 매력까지 갖춘 미인들이니 여인으로 부족함은 전혀 없었다.

'그렇게 되면 탄 차원의 투하란 왕녀까지 여인이 무려 일곱이나 되는데, 과연 내가 감당할 수 있을까? 아니 여인들끼리 잘 지낼 수 있을까?'

어지간해서는 한 명도 만족시켜 주기 힘든데 일곱 명이라니.

자신이 비록 금방 사랑에 빠지고 쉽게 사랑을 받아들이는 편이지만, 그렇다고 마구잡이로 여인을 받아들이면 서로 불행하다는 사실을 모르지는 않는다.

'만약 그렇게 되면 요일별로 한 명씩 동침을 해야 하는 건가?'

갑자기 쓸데없는 생각이 들어 고개를 흔들어 지워 버렸다.

고민이 될 수밖에 없었다.

홀론 시티에서 예정된 경매일 전날, 시티 인근의 한 숲속에서 공간이 이지러지는가 싶더니 한 인간이 나타났다. 아니 테라에서 막 건너온 가온이었다.

'어?'

아이테르 차원으로 건너오는 순간 통신석이 울리는 것을 느낀 가온이 통신기에 마나를 주입해서 활성화시켰다.

─들리십니까?

목소리의 주인공은 세이틀 시티의 우세른 시장이었다.

"네, 잘 들립니다. 그런데 이 시간에 무슨 일이십니까?"

─아! 미안합니다. 이곳과 멀리 떨어져 있어 시간이 다를

거라는 생각을 못 했습니다.

세이틀 시티와 홀른 시티는 경도도 차이가 나지만 위도도 차이가 나기 때문에 시간 차가 있었다.

"아닙니다. 급한 일이라서 연락을 하셨을 텐데 자느라고 못 받았습니다."

─드디어 콰드라스 카르도가 움직였습니다.

잔뜩 흥분했는지 커진 우세른의 목소리에는 기대와 불안감이 강하게 느껴졌다.

"언제요?"

─그곳 시간을 기준으로 대략 하루 전에 홀른 시티를 목표로 콰드라스 카르도의 악명 높은 연합전단이 텔레포트를 했다는 정보가 들어왔습니다.

"혹시 연합전단의 전력도 아십니까?"

─그건 알 수 없지만 알붐 마탑에서만 타이탄 라이더가 1천여 명이나 사라졌다는 보고가 올라왔습니다.

"한 마탑이 그 정도 전력을 동원했다면 큰일이군요."

─그건 아닐 겁니다. 다른 마탑은 보유한 타이탄의 절반 이상을 늘 파견하는 상황이라서 그 정도의 여력이 없습니다.

우세른이 그렇게 말은 했지만 최대 베타급 400기에 알파급 1,600기에 달하는 무지막지한 타이탄 전력이 동원될 수도 있다.

물론 가온은 그 정도의 전력은 충분히 감당할 자신이 있었다.

"다행히 예상한 범위 안쪽이네요."

-그, 그렇습니까?

우세른은 가온이 그렇게 반응할 줄은 몰랐는지 당황한 것 같았다.

-아마 그쪽은 미리 홀론에 도착해서 아니테라 시티의 특사가 도착하기를 기다릴 것 같습니다. 그쪽 마탑주와 시장에게 연락을 시도했지만 콰드리스 카르도가 이미 장악했는지 실패했습니다.

아니테라 시티 측 인사가 경매 당일 아침에야 경매가 열리는 시티에 입성한다는 사실은 알고자 하면 금방 알 수 있었을 테니 미리 홀론 시티로 이동해서 기다리고 있을 거란 추측을 하는 건 어렵지 않았다.

"차라리 잘됐습니다. 모두가 보는 앞에서 박살을 낼 수 있겠네요."

-정말 자신이 있습니까?

"상대의 전력과 움직임을 알고 있는데 패배할 리가 없지요."

-사실 내심 좀 불안했는데 온 훈 경이 그렇게 자신하니 안심이 되는군요. 그리고 혹시 모르니 성벽과 너무 근접해서 전투를 벌이지는 마십시오. 홀론 시티를 장악해서 몬스터 웨이브에 대비해서 성벽에 거치한 무기를 사용할 가능성도 있

습니다.

"참고하겠습니다."

―경도 잘 알겠지만 이번 전투의 결과에 따라서 많은 것이 바뀌게 될 겁니다. 만약 아니테라 측이 패배하면 우리 세이틀도 끝장입니다. 다른 시티들은 몰라도 우리는 가만히 두지 않을 테니까요.

"너무 걱정하지 마십시오. 우리 시티의 타이탄 전력은 콰드라스 카르도 전체보다는 약하지만 둘 정도는 충분히 상대할 수 있습니다."

―허허허. 알겠습니다. 우리 시티에서 지원하지 않아도 되겠습니까?

그제야 목소리가 밝아졌지만 여전히 안심이 되지 않는지 그렇게 말했다.

"굳이 그럴 필요는 없습니다. 우리 시티가 오롯이 감당할 일이니까요."

―믿겠습니다. 그리고 한 가지 더 알려 줄 것이 있습니다.

"뭡니까?"

―콰드라스 카르도의 연합전단에 소속된 라이더들도 그렇지만 전단장을 조심하십시오. 레넥스 반타라고 하는 자인데 얼마 전에 소드마스터 중급에 올랐다고 합니다. 원래 한 시티의 후계자인데 성정이 워낙 포악해서 어릴 때부터 사람을 닥치는 대로 잡아서 폭행은 물론이고 고문하거나 강간을 하

고 살해한 흉악한 자입니다. 게다가 소드마스터가 된 이후로
는 살인은 예사고 어린아이라면 남녀를 불문하고 강간하는
변태적인 성벽을 드러낸 자입니다.

"시티나 마탑이 그런 자를 가만히 놔두었습니까?"

─성정은 개차반이지만 천재인 데다가 콰드라스 카르도
중 가장 강력한 세력을 가진 알붐 마탑주의 비호를 받았기
때문에 누구도 건드릴 생각을 하지 못했습니다. 항간에는 시
장의 핏줄이 아니라 알붐 마탑주의 핏줄이라는 소문이 퍼져
있습니다. 이번에 임시로 편성된 연합전단에 소속된 라이더
들도 레넥스에게는 못 미치지만 살인을 예사로 저지르는 자
들입니다. 아예 그런 자들로 연합전단을 구성했다는 얘기도
있습니다.

신분과 비호하는 세력 때문에 마음대로 악행을 저지른 자
들이 타이탄 라이더라는 얘기다.

"그런 자들이라서 더 마음에 드는군요."

가온은 어지간하면 같은 인간은 건드리지 않았다. 다른 차
원에서도 말이다.

같은 인간을 죽이는 것은 마음이 불편하기도 했지만 마수
나 몬스터는 처리하면 레벨업 등 다양한 보상이 주어지지만,
인간은 그런 보상도 없었다.

하지만 살아 봤자 사람들에게 피해만 끼치는 자들에게는
다르다.

게다가 살인을 예사로 저지르는 자들이라면 처리하는 데 마음의 부담을 가질 필요가 없으니 더욱 잘됐다.

통신을 마치고 홀론 시티 쪽을 쳐다보는 가온의 눈빛이 무척 스산했다.

콰드라스 카르도의 공격

전날 홀론 시티에 도착해서 순식간에 시티와 용병 길드 그리고 마탑 수뇌부를 제압한 콰드리스 카르도 연합전단의 수뇌부는 시장실에 자리를 잡고 전날 저녁부터 외성의 네 성문에 배치한 정보원들의 연락을 기다렸다.

"아직도 연락이 없나?"

"네, 단장님. 하지만 곧 나타날 겁니다. 다른 시티의 경우에도 주로 경매 당일 아침에 도착했답니다."

잠을 자지 못해서 한껏 짜증이 난 레넥스의 물음에 아르카누스 텔룸의 책임자가 무심한 얼굴로 대답했다.

"젠장! 이럴 줄 알았으면 어젯밤에 먼저 재미를 보는 건대. 제법 삼삼한 것들이 많아서 제대로 즐겼을 텐데 아쉽군."

전단의 전사들이 시티와 마탑을 장악하는 동안 레넥스의 뒤를 따라다니면서 예쁘고 잘생긴 미소녀와 미소년 10여 명을 납치해서 따로 한 건물에 가두었다.

열 살 내외에 불과한 아이들은 대부분 마탑의 제자이거나 시티 수뇌부의 자녀들이었지만 레넥스는 신경도 쓰지 않았다. 막강한 뒷배를 가진 그가 하지 못할 행동은 별로 없었다.

마음에 드는 상대를 잡아다가 강간을 하고 교살하는 행위야 소드마스터인 자신의 무력으로 대부분 해결할 수 있고, 그도 부담스러운 상대일 경우 뒷배인 알붐 마탑의 칼리판 탑주가 해결해 줄 것이다.

그 해결이라는 것이 대부분 '죽은 자는 말이 없다'의 경우에 해당하는 것이지만 말이다.

'기다리기 지루한데 먼저 짧게 즐길까?'

레넥스가 막 그런 생각을 했을 때 콰드라스 카르도의 정보 조직 책임자의 손에 들린 통신기가 울렸다.

"나다! 서문이군. 300명 정도라면 예상했던 그대로군. 알겠다. 무슨 핑계를 대서라도 우리가 도착할 때까지 시간을 끌어!"

이름조차 밝히지 않는 아르카누스 텔룸의 책임자가 하는 말에 레넥스 등 콰드라스 카르도 연합전단의 수뇌부가 일제히 일어났다.

"가자!"

레넥스를 필두로 네 가지 문양의 방어구를 입은 연합전단의 수뇌부가 빠르게 시장실을 빠져나갔다.

레넥스 등 연합전단의 전사와 아르카누스 텔룸의 정보원까지 500명이나 되는 대인원이 통신을 마치고 채 10분도 되지 않아서 외성의 서문에 도착했다.

동행한 고위급 마법사들이 모두를 대상으로 헤이스트 마법을 걸어 준 것이다.

"아니테라 놈들은 어디에 있나?"

가면을 쓴 듯 무표정한 얼굴을 하고 있는 아르카누스 텔룸의 책임자가 닫힌 성문 위쪽에 있던 경비 전사들 사이에서 빠져나오는 한 청년에게 물었다.

"1천 무 거리까지 접근한 이후 우리를 기다리기라도 하는 것처럼 20열 종대로 도열한 채 서 있습니다."

"기다리는 것 같다고?"

"후후후! 시장이나 용병 길드장이 반겨 주길 기다린 모양이지. 잘됐어. 시티 안에서 처리하려면 걸리적거리는 것이 많았는데 외성 밖이라면 마음껏 손을 봐 줄 수 있겠어."

두 사람의 대화에 끼어든 레넥스의 한쪽 입꼬리가 위로 올라갔다.

"성문을 열어라! 환영을 해 줘야지!"

그렇게 명령을 내리는 레넥스는 상대가 미리 들었던 대로 라이더 300여 명으로 구성된 한 부대임이 확인되자 빨리 처리할 수 있을 것 같아서 기분이 좋았다.

성문이 열리고 차례로 빠져나간 연합전단의 라이더들은 전원이 익스퍼트 경지였기 때문에 300무 거리에서 타이탄 기동을 위한 충분한 거리를 두고 20열 종대로 도열한 아니테라 전사들을 확인하고는 살기가 번들거리는 눈으로 광기를 머금은 미소를 지었다.

"저것들이 아니테라의 라이더들이군."

"후후. 아무래도 상황을 눈치채고 우리를 기다린 모양인데."

"크흐흐. 라이더 사냥은 오랜만이네."

"카카카! 타이탄 라이더를 타이탄과 함께 산 채로 찢어 죽일 때가 가장 짜릿하지."

"빨리 잡아 죽인 후에 봐 둔 여자들이나 품자고!"

콰드라스 카르도 연합전단의 라이더들은 상대를 확인하고 별로 긴장하지 않았다.

레넥스는 상대가 겨우 300여 명밖에 안 된다는 사실을 확인한 이후부터는 긴장감을 아예 풀어 버렸다.

"타이탄을 꺼내서 바로 탑승해!"

레넥스의 명령이 떨어지자 라이더들은 대형 아공간 주머니에서 자신의 타이탄을 꺼내더니 빠른 속도로 탑승했다.

"통상 포지션으로!"

거대한 방패와 짧은 검을 소지한 베타급 타이탄 100기와 알파급 타이탄 400기가 본진을 맡았다.

좌익과 우익은 각각 베타급 60기와 알파급 150기로 이루어진 부대가 자리를 잡았고 본진의 후미에는 감마급에 탑승한 레넥스와 베타급 30기가 자리를 잡았다. 체고가 무려 9미터에 이르는 레넥스의 감마급 타이탄은 당연히 그 중심에 탑처럼 자리했다.

"전진!"

좌익과 우익에 자리한 타이탄들이 성큼성큼 빠르게 걸었고 본진이라고 할 수는 타이탄들은 조금 느리게 걸었다.

그때가 되어서야 상대가 타이탄을 소환하고 탑승할 준비를 하는 상대의 대응을 지켜보던 레넥스의 얼굴에 비릿한 미소가 떠올랐다.

그는 애초에 대화를 시도할 생각이 전혀 없었다. 물론 의뢰를 한 알붐 마탑의 칼리판 탑주도 자신이 그런 지시를 무시할 거라고 예상하고 있을 것이다.

'제대로 된 타이탄 실전을 치러 보지 못한 놈들이었네.'

만약 다른 타이탄, 그것도 다수의 타이탄을 상대해 본 경험이 있었다면 이렇게 좌익과 우익이 빠르게 전진해서 포위하는 것을 두고 볼 리가 없었다.

보통 사람들은 타이탄의 거체와 위용에 감탄하기에 바쁘지만 타이탄은 거대한 체구와 무게로 인해서 마음대로 움직여지지 않는다.

　세상에 몇 안 되는 감마급 타이탄이라고 해도 마나를 증폭시키지 않으면 겨우 본신의 6할에 해당하는 능력만 발휘할 수 있었다.

　특히 타이탄을 탑승한 상태에서 행하는 모든 행위가 평소의 절반 속도에 불과하다는 점은 타이탄의 가장 큰 단점이다.

　그렇다고 평소처럼 움직이기 위해서 마나를 증폭시키게 되면 감마급은 겨우 10분 정도 기동할 수 있을 뿐이니 소드마스터 중급인 레넥스에게는 답답할 수밖에 없었다.

　다른 두 등급과 달리 감마급은 아직 완전하지 않다. 그래서 아직까지도 제대로 된 감마급을 판매하지 않는 것이다.

　그럼에도 불구하고 그 10분 동안 본인이 축적한 마나의 대략 다섯 배를 사용할 수 있다는 것은 엄청난 메리트다.

　오우거 킹도 단독으로 사냥할 수 있을 정도의 능력을 발휘할 수 있기 때문에 소드마스터 중급인 레넥스도 타이탄을 포기할 수 없는 것이다.

　벌써 동화를 마쳤는지 320기의 타이탄이 이제 100명씩 횡대 대형으로 서 있었는데, 그중 20기는 베타급이었고 80기는 알파급 그리고 나머지는 기가스라고 불리는 체고가 불과 3미터밖에 안 되는 소형 타이탄이었다.

　레넥스는 상대의 진형에 한심하다는 생각을 감출 수 없었다. 제대로 된 대형도 갖추지 않고 길게 늘어서서 자신들을 맞이하려는 것 같았다.

'설마 이런 대규모 타이탄 진투를 치러 본 경험이 없는 건가?'

그렇지 않고서는 이렇게 한심하게 대응할 리가 없었지만 콰드라스 카르도 연합전단에는 좋은 일이다.

그런데 상대의 동향을 지켜보던 레넥스는 놀라운 사실을 발견했다.

'호오! 저렇게 빨리 동화를 한다고?'

타이탄을 소환하고 탑승한 후 기동하는 과정이 물 흐르듯 너무나 자연스럽고 빨랐다.

은밀하게 도는 소문에 의하면 아니테라의 타이탄은 동화 시간이 무척 짧다고 했는데 진짜였다.

전용 아공간 아이템이 있다는 점과 중급이나 하급 마정석으로 구동할 정도로 에너지 효율이 뛰어나다는 장점과 함께 알려진 얘기였다.

'마탑의 늙다리들이 욕심을 낼 만하네.'

그가 받은 명령은 아니테라의 타이탄 전력을 괴멸시키고 수뇌부를 생포해서 어떻게든 타이탄의 비밀을 캐내라는 것이다. 즉 대놓고 고문을 하라고 부추기는 것이다.

하지만 믿을 수 없는 얘기도 있었다. 아니테라의 타이탄이 동급의 기존 타이탄보다 전투력이 더 높다는 내용이었다.

'그럴 리가 없지만 그게 사실이라고 해도 물량은 당해 낼 수 없지.'

그렇게 생각하며 아니테라 측을 쳐다보던 레넥스의 눈이 어느 순간 화등잔처럼 커졌다.

100열 횡대로 늘어선 앞 열에 자리한 베타급과 알파급 타이탄들이 등 뒤에 메고 있던 거대한 활을 풀더니 옆구리에 차고 있던 전통에서 창만큼이나 거대한 화살을 시위에 걸고 당겼다.

그리고 그 뒤쪽에 늘어선 기가스들도 조금 작은 크기의 활의 시위에 거대한 화살을 걸었다.

'타이탄 궁사라고?'

타이탄이 활을 사용한다는 얘기는 들어 본 적이 없었다. 활은 익스퍼트의 능력을 제대로 사용할 수 없는 무기였기 때문이다.

하지만 아니테라의 타이탄은 달랐다. 시위에 걸린 화살이 푸른 오러에 휩싸였는데 특히 붉게 빛나는 촉 부분이 공처럼 뭉툭한 것이 눈에 들어왔다.

"조심해!"

레넥스는 마나가 주입된 거대한 화살의 존재가 왠지 불길하게 느껴졌지만 좌익과 우익은 벌써 적과 100무 거리까지 접근한 상태였다.

육감처럼 레넥스의 경고는 너무 늦었다.

째앵! 째앵!

찢어지는 것같이 강한 파공성이 귀에 들렸을 때 거대한 화살은 이미 좌익과 우익의 선두에 있는 베타급 타이탄들을 향해 날아가고 있었다.

라이더들이 황급히 마나 증폭을 했지만 그 효과가 발동되는 것보다 화살의 속도가 더 빨랐다.

허공에 푸른 선이 그어지는 것 같더니 이내 몸을 움찔하게 만드는 강력한 폭발음이 귀청을 찢을 듯 터졌다.

꽝! 꽝! 꽝!

쿵! 쿵! 쿵!

귀청이 떨어질 것 같은 강력한 폭발음과 함께 개폐구, 즉 조종실 부분에 거대한 구멍이 뚫린 베타급 타이탄들이 관성을 이기지 못하고 몇 걸음 더 앞으로 달리는가 싶더니 큰 소리를 내며 지면과 충돌했다.

좌익과 우익에서 각각 10기 정도의 베타급 타이탄은 날아오른 화살을 대검으로 쳐 냈지만 강력한 폭발에 휘말려 뒤로 날아갔는데, 폭발한 화살의 파편에 전신에 구멍이 숭숭 뚫려 있었다.

하지만 폭발하는 화살은 그것만이 아니었다. 뒷 열에 있던 기가스들이 연이어 화살을 날린 것이다.

화살은 마구잡이로 날아간 것이 아니라 각자 목표를 특정했기 때문에 피해가 컸다. 특히 콰드라스 카르도 측 타이탄들은 뭉쳐 있었기 때문에 앞에 있는 타이탄이 피해도 뒤쪽의 타이탄은 피할 수가 없었다.

단 한 차례에 불과했지만 폭발하는 화살 세례에 좌익과 우익의 선두에 자리했던 베타급 타이탄은 거의 모두 막대한 피해를 입어 더 이상 기동할 수 없었다.

그 놀라운 광경을 높은 위치에서 지켜본 레넥스가 기함을 했다.

'화살의 폭발력이 저렇게 강하다고?'

타이탄의 동체는 후판으로 만들었다. 그리고 후판은 보통 두께가 3mm 이상의 강판을 의미하는데, 보통은 5mm 두께의 후판을 사용한다. 거기에 조종실 부분은 무려 10mm 두께의 후판을 사용한다.

게다가 조종실 부위의 후판에는 충격에 즉각 반응하는 방어 마법진이 새겨져 있어서 자동으로 조종실을 이중으로 보호한다.

그런데 아니테라의 화살이 폭발하는 순간 조종실 부분이 통째로 뚫리며 커다란 구멍이 생겼으니 화살의 폭발력이 어느 정도인지 대충 짐작할 수 있었다.

아무튼 조종실 부위가 통째로 사라졌다는 건 라이더의 죽음을 의미했다. 첫 번째 화살 세례로 좌익과 우익의 선두에 자리한 베타급 라이더의 절반 이상이 즉사해 버렸다.

파편의 위력도 어마어마했다. 폭발할 때 사방으로 날아간 작은 파편은 타이탄의 앞뒤 후판을 관통할 정도로 강력한 위력을 가지고 있어서 베타급 타이탄 라이더의 절반도 대부분 사상(死傷)을 당한 것이다.

그 참사에 놀란 좌우익의 타이탄들이 제 자리에 멈추었을 때 아니테라 측이 두 번째 화살 세례를 퍼부었다.

부대를 이끄는 베타급 타이탄 라이더들의 참사에 깜짝 놀라 발을 멈추고 아니테라 측을 주시하고 있었던 타이탄 라이더들은 자신들을 향해 날아오는 또 다른 거대한 화살을 발견하고 필사적으로 움직여 대부분 피할 수 있었지만, 뒤쪽에 있던 타이탄들은 그럴 수가 없었다. 아예 보지도 못했으니 말이다.

꽝! 꽝! 꽝!

"끄아악!"

"커흑! 살려 줘!"

처음처럼 조종실 부위가 통째로 날아간 타이탄은 많지 않았지만 옆구리나 조종실의 일부에 커다란 구멍이 뚫린 타이탄의 라이더들은 비명을 질렀다.

그그그그! 쫘앙!

조종실 내부에 새겨진 마법진이 충격을 받는 바람에 마나가 과부하되어 폭발을 일으킨 타이탄들까지 나왔다.

"매직 아이템이다! 조심해!"

타이탄의 몸통에 커다란 구멍을 뚫을 정도의 폭발력을 가진 화살이라면 아이템일 수밖에 없었고 당연히 라이더들은 피해야만 했다.

무기로 받아쳤다가는 충돌 시 폭발의 위력으로 어떤 피해를 입을지 알 수 없었다.

두 번에 걸친 화살 세례로 좌우익의 베타급 라이더 전부와 알파급 라이더의 절반 이상이 즉사했다.

그사이에 아니테라 측 타이탄들은 150무 거리까지 접근한 중앙의 본진을 향해 거대한 화살을 걸고 있는 시위를 당겼다.

"방패 들어!"

본진의 선두는 좌우익과 달리 거대하고 두꺼운 방패를 가지고 있었다.

느긋하게 본진의 뒤를 따라 걷던 레넥스를 포함한 30기의 타이탄들이 약속이나 한 것처럼 마나 증폭을 사용해서 전열의 타이탄 사이를 빠져나가 아니테라 측을 향해 달리기 시작했는데 손에 들린 거대한 검과 도에는 선명한 오러 블레이드가 생성되어 있었다.

레넥스는 전원 익스퍼트 상급 이상의 실력을 가지고 있는 별동대라면 날아오는 화살을 충분히 쳐 낼 수 있을 거라고 자신했다.

보통의 검기도 아니고 증폭된 마나를 이용해서 소드마스터의 전유물인 오러 블레이드를 생성했으니 말이다.

예자몽으로
히든랭커

하지만 화살은 그들을 향하지 않았다. 좌우익을 공격할 때와 달리 타이탄 궁사들이 잡고 있는 활이 위로 올라가면서 화살들이 포물선을 그린 것이다.

명백하게 본진의 전열이 아니라 후미에 자리한 연합전단의 타이탄 전력을 노리는 것이다.

그 사실을 알고 달려가던 타이탄 라이더들이 당황해하면서 자연스럽게 속도가 떨어졌다.

"젠장! 그냥 돌진해!"

짧은 순간 레넥스는 화살을 처리하러 돌아가기보다는 차라리 놈들의 진형을 부수고 궁사들을 모두 잡아 죽이는 것이 더 낫겠다고 판단했다.

⋘☧⋙

본진의 후미에 있던 감마급인 레넥스와 30기의 베타급 타이탄은 앞쪽에 있는 타이탄 사이를 빠져나와서 순식간에 아니테라 측 대형과 가까워졌다.

그때 아니테라 측 대형에서 21기의 타이탄이 이탈해서 그들에게 달려들었다. 모두 베타급이었다.

"찢어 죽여!"

레넥스는 분노했다.

타이탄 라이더의 명예를 저버린 자들이다. 자고로 타이탄 라이더는 무기로 승부를 해야 하는데 활이라니!

　가장 선두에서 달리던 레넥스는 마주 달려오는 아니테라의 타이탄의 목을 향해 이미 생성된 거대한 오러 블레이드를 휘둘렀다.

　'단번에 목을 베고 조종실을 엉망으로 만들어 주지!'

　타이탄 간의 전투는 투박할 수밖에 없다. 마나가 증폭된다고는 하지만 워낙 육중한 타이탄의 거체로는 검술을 제대로 펼칠 수가 없어 상대를 압도하는 강한 힘이 필요했다.

　횡으로 날아가는 오러 블레이드에 상대는 당황했는지 검기조차 발출하지 못했다.

　'타이탄이 아깝군!'

　꽈아앙!

　'어어?'

　귀청이 떨어져 나갈 것 같은 강력한 충돌음과 함께 자신의 의지가 아님에도 불구하고 사선으로 뒷걸음치게 되는 자신의 모습을 인지한 레넥스의 눈이 커졌다.

　부아아앙!

　얼마나 반발력이 강했는지 엔진이 오버히팅이 되는 바람에 조종실 내부를 빼곡하게 채우고 있는 마법진들이 연쇄적으로 깜박이며 명멸했다.

　'이건 동체 전체에 강력한 충격을 받았을 때나 생기는 현상인데⋯⋯.'

그런 생각을 하던 레넥스의 눈에 상대의 모습이 들어왔다. 발을 멈추기는 했지만 자신과 달리 전혀 흐트러지지 않았을 뿐 아니라 도약을 하려는 듯 두 다리가 접힌다.

그리고 다음 순간 자신을 향해 화살처럼 쇄도하는 육중한 거체가 눈을 가득 채웠다.

"제기랄!"

레넥스는 다급하게 왼손을 쳐들면서 팔뚝에 장착된 원형 방패에 마나를 밀어 넣었다.

달리 소드마스터 중급이 아닌지 원형 방패는 순간적으로 휘황한 빛무리와 함께 두꺼운 방어막을 만들었다.

꽈앙!

또다시 강력한 충격이 느껴지며 자신도 모르게 한쪽 무릎을 바닥에 짚었다. 시야의 한쪽 끝에는 부서진 방패의 파편이 날아가는 모습이 있었다.

'감마가 베타에 밀린다고? 거기에 순간적으로 오러 블레이드를 만든 것이 아니라면 이럴 수가 없는데…….'

도저히 믿을 수가 없다. 베타급이 이 정도의 출력을 낸다는 것도 믿을 수가 없거니와 상대 타이탄의 움직임이 너무 빠르면서도 검에 실린 힘이 너무 강력했다.

레넥스는 당혹스러운 감정에도 불구하고 레넥스는 증폭된 마나를 전신으로 퍼트려 뒤로 물러나 자세를 다시 잡았다.

다행하게도 상대는 주위를 돌아보느라 추가로 공격할 생

각은 없는 것 같았다.

그 모습에 내심 안도한 레넥스 역시 주위를 돌아보았다.

"커헙!"

'내가 꿈을 꾸는 건가?'

도무지 믿을 수 없는 광경이었다. 30기나 되는 베타급 타이탄이 20기에 불과한 상대 베타급 타이탄에 의해서 그야말로 박살이 나고 있었기 때문이다.

순식간에 팔다리가 떨어져 나간 타이탄은 절반이 넘고 조종실이 있는 부분에 구멍이 뚫려 움직임을 멈춘 타이탄도 7기에 달했다.

같은 베타급이고 이쪽 숫자가 10기나 더 많은데 이런 결과라니!

'설마 전부 소드마스터란 말인가? 대, 대체 어떻게 이런 일이!'

머릿속이 하얗게 변했다. 이런 결과는 전혀 예상하지 못했기도 했지만 일어나서도 안 되는 일이었다.

"네가 색광 도살자라는 악명을 가진 레넥스구나."

음성 증폭관을 통해 흘러나오는 목소리는 무척 젊었다.

"어린놈이, 감히!"

레넥스는 당혹감에서 벗어나 분노를 불태우며 증폭된 마나를 전신으로 퍼트리며 대검에 주입해서 3미터 길이의 거대한 오러 블레이드를 생성했다.

"그동안 네게 죽어 간 이들을 대신해서 벌을 내려 주마!"

그렇게 외친 타이탄이 레넥스를 향해 쇄도했다.

레넥스는 매서운 눈으로 자신이 생성한 오러 블레이드를 향해 휘두르는 상대의 대검을 살펴보았다.

'어떻게 오러 블레이드를 감당한 거지?'

그때 소드마스터 중급이 되면서 생긴 육감에 묘한 것이 느껴졌다.

'흐업! 투명한 오러 블레이드야!'

상대의 대검이 오러 블레이드와 가까워지지도 않았는데 강한 충격이 느껴졌다. 눈에 보이지는 않지만 상대 역시 오러 블레이드를 생성한 상태인 것이다.

레넥스는 상대 역시 소드마스터로 최소한 자신과 동급이라는 사실을 깨닫고 강한 위기감을 느꼈다. 무엇보다 상대는 투명한 오러 블레이드를 사용하고 있어서 더욱 등골이 서늘했다.

'젠장! 그래도 나이로 보면 내가 타이탄 라이딩 경험이 훨씬 더 많아!'

상대가 겨우 베타급 라이더라고 경시했던 마음을 버리고 전력을 기울이기로 한 레넥스가 침착하게 상대의 공격을 쳐내기 시작했다.

꽝! 꽝! 꽝!

오러 블레이드들이 부딪칠 때마다 주위 대기가 폭발하는

것처럼 거칠게 일렁였지만 둘 다 물러나지 않았다.

전력을 다했지만 승기를 잡을 수 없게 되자 이를 악문 레넥스는 마나를 최대로 증폭시켰다.

'오버히팅으로 타이탄이 고장 나더라도 어쩔 수 없어!'

콰드라스 카르도가 개발한 감마급 타이탄은 완성형이 아니다. 종종 고장이 나는 것은 물론이고 자주 오버히팅 현상이 발생해서 라이더를 죽음 직전의 위기로 몰아넣기도 했다.

하지만 레넥스는 마나를 최대로 증폭시키지 않으면 이번 위기를 벗어날 수 없다고 생각했다.

상대의 오러 블레이드는 완벽한 반면 자신의 그것은 조금씩 균열이 생기고 있었기 때문이다. 마나의 압축도가 달랐다.

기이이이잉!

거대한 엔진음과 함께 전신을 통해 막강한 위압감을 방출한 레넥스의 애기(愛機)는 바닥을 강하게 박찼다.

감마급이라 체고 자체가 큰 것에 더해서 도약을 통해 더욱 강한 힘을 추가해서 상대를 단숨에 베어 버리려는 것이다.

미끈!

휘청!

'무, 뭐야?'

마나를 최대로 증폭한 상태에서 강하게 바닥을 박차고 도약하려는 순간 타이탄의 거체가 심하게 흔들렸다. 마치 바닥이 얼음인 것처럼 미끄러진 것이다.

순간적으로 자세가 흐트러진 레넥스는 무섭도록 빠르게 가까워지는 투명한 오러 블레이드를 감지할 수 있었다.

늘 자신만만하던 레넥스의 동공이 파르르 떨렸다.

조종실을 향해 찔러 오는 대검의 끝부분에는 회색의 구슬 하나가 맺혀 있었기 때문이다.

'이런 개새끼들! 저런 강자가 있다고는 말해 주지 않았잖아!'

그는 저 구슬의 정체를 알고 있었다. 바로 오러 블레이드의 궁극적인 형태인 검환이었다.

검환은 소드마스터 경지의 마지막 단계에 오른 자만이 발휘할 수 있는 궁극의 기술로 오러를 한계까지 압축해서 발출하는 것으로, 무엇이든 부술 수 있으며 뚫을 수 있었다.

설사 그것이 뭐든 베고 부술 수 있다는 오러 블레이드라고 하더라도 말이다.

감마급 타이탄의 마나 증폭 기능을 사용하면 레넥스도 만들어 낼 수 있는 기예지만 이렇게 빨리, 그리고 저렇게 작게 만들지는 못한다.

얼굴이 하얗게 질린 레넥스는 비상시에 사용하려고 마련했던 텔레포트 스크롤을 황급히 찾았지만 상대는 아공간 아이템을 열 잠시의 시간조차 주지 않았다.

파앗!

"아, 안 돼!"

회색의 구슬이 갑자기 선명하게 빛난다고 느낀 순간 그의 의식이 끊어졌다.

쿠웅!

레넥스의 감마급 타이탄이 쓰러지는 모습을 본 콰드리스 카르도의 연합전단 라이더들은 그야말로 패닉에 휩싸였다.

"믿을 수 없어!"

"다, 단장이, 색광 도살자가 졌어!"

상대는 자신들보다 훨씬 적었음에도 순식간에 베타급 라이더를 전멸시켰다.

불과 얼마 전에 소드마스터 중급이 되었으며 수십 년에 걸쳐 수많은 실력자들을 잔인하게 살해하는 과정에서 색광 도살자라는 악명을 가지고 있는 레넥스마저도 말이다.

그렇게 베타급을 포함한 연합전단 측의 타이탄들이 머리가 잘리고 사지가 떨어져 나갔으며 조종실이 파괴된 모습을 보며 공황에 빠져 있던 알파급 라이더들은 상대가 별다른 행동을 하지 않는 것을 보고 슬금슬금 뒤로 물러났다.

'우리는 아예 상대가 안 돼!'

아니테라 시티의 베타급 타이탄은 감마급 타이탄이며 소드마스터 중급 실력자인 레넥스까지 죽였다.

베타급 타이탄 1기를 상대하려면 적어도 10기 이상의 알파급 타이탄이 필요하다는 상식을 생각하면 그야말로 말도 안 되는 일이다.

그러니 같은 베타급이지만 20기로 30기를 순식간에 전멸시킨 것은 충격 축에도 끼지 않는다.

'이 정도로 타이탄 대전을 끝내겠지?'

하긴 대륙 전역에 강력한 영향력을 발휘하는 콰드라스 카르도의 힘을 생각하면 자신들까지 처리하는 것은 부담스러울 수 있다는 생각이 들었다.

그렇게 살아남은 알파급 타이탄 라이더들이 불안감을 조금은 내려놓았을 때 기가스를 포함한 아니테라의 타이탄들이 일제히 움직였다.

각각 70기씩은 좌익과 우익으로, 그리고 140기는 본진으로 달려오기 시작했다.

"제기랄! 공격!"

살아날 길이 없다는 사실을 깨달은 연합전단의 타이탄 라이더들은 독기를 품고 투기를 끌어 올렸다.

콰드라스 카르도 측에서 생존한 타이탄은 전원 알파급으로 좌익과 우익에 각각 100기 정도, 본진은 150기 정도여서 상대보다 당연히 숫자가 많았다.

하지만 막상 맞붙자 전황은 순식간에 한쪽으로 쏠렸다. 수가 적음에도 불구하고 아니테라 측 타이탄들을 콰드라스 카르도 측을 압도한 것이다.

무엇보다 아니테라의 타이탄들은 타이탄을 탄 것이 아니라 거대화가 된 것처럼 민첩하게 움직였고 제대로 된 검술을 구사할 수 있었다.

곳곳에서 비명과 함께 부서지고 찢긴 조종실에서 핏물이 흘러나오고 쓰러지는 타이탄들이 속출했다. 그리고 그런 타이탄들 중 아니테라 측 타이탄은 보이지 않았다.

성벽에는 어느새 수많은 사람들이 올라와 있었다.

콰드라스 카르도 측에 의해 구속되었던 시티, 마탑, 용병 길드의 수뇌부들이 갇혀 있던 감옥이 정체를 알 수 있는 이들에 의해 열린 것이다.

거기에 타이탄들이 대규모로 전투를 벌인다는 소리를 듣고 한달음에 달려온 전사와 마법사는 물론이고 용병과 병사들까지 있었다.

대부분의 사람들은 타이탄 대전을 처음부터 볼 수는 없었지만 어떻게 진행이 되었는지는 경비 병사들을 통해 충분히 들었고 지금은 눈으로 직접 한쪽이 압도하는 모습을 편한 마음으로 지켜볼 수 있었다.

"하아! 두려울 정도로 강하군. 아예 상대가 되지 않아. 어른이 어린아이를 상대하는 것 같군."

두툼한 뱃살과 늘어진 볼살이 인상적인 홀론 시티의 시장 볼드가 오늘 경매를 이끌어 낸 용병 길드의 길드장 데인을 보며 말했다.

"아니테라의 타이탄이 기존 타이탄보다 동급 대비 15% 정도 전투력이 높다는 소문이 있었는데 사실이군요. 움직임이 너무 자연스럽습니다!"

"타이탄 기체 차이도 있지만 저건 라이더의 역량 차이라고 할 수 있습니다."

시장의 뒤편에 서 있던 타이탄 전사단장 홀트맨의 말에 사람들의 시선에 그에게 쏠렸다.

"노련한 라이더는 동화율이 높지요. 잘 보시면 마나 증폭과 상관없이 아니테라 측 타이탄의 움직임이 상대에 비해서 눈에 띄게 자연스럽고 빠르다는 것을 알 수 있습니다. 거기에 들은 것이 사실이라면 아니테라의 타이탄 라이더들은 사냥 경험이 아주 풍부합니다. 그저 압도적인 숫자로 밀어붙이기만 하는 범죄자 출신의 라이더로서는 감당할 수 없습니다."

"우리 시티의 라이더들에 비하면 어떤가?"

"부끄럽지만 우리 라이더들의 능력은 콰드라스 카르도 연합전단에도 미치지 못합니다."

아니테라 측 라이더와는 감히 비교할 엄두도 나지 않았다.

"훈련이 부족했나?"

"아닙니다. 기동 시간 자체가 부족한 것도 있고 무엇보다 제대로 된 실전을 제대로 치르지 못한 탓입니다. 사냥 혹은 던전 공략 등을 통해서 실전을 겪어야 하는데 훈련과 시티를 지키는 것에만 전념하다 보니…….”

시장의 질문에 그렇게 대답하는 홀트맨 단장의 얼굴에는 부끄러운 표정이 가득했다.

“흐음. 그건 단장을 탓할 수 없는 일입니다. 몬스터 웨이브도 걱정되고 상급 마정석이 충분하지 않아서 그동안 훈련조차 제대로 할 수가 없었으니까요.”

이번에는 마탑주가 홀트맨을 편들었다.

“일리가 있는 말입니다. 아버님. 그래서 더욱 이번 참에 아니테라의 알파급과 기가스를 많이 구입해야 합니다.”

“알겠다. 그동안은 돈이 있어도 타이탄을 마음껏 구입하지 못했는데, 이번에 한 번 제대로 타이탄 전사단을 만들어 보도록 하지.”

장남이자 후계자의 의견에 시장은 단춧구멍 크기의 눈이었지만 무척이나 강렬한 안광을 번뜩이며 이제 정리 수순으로 들어가는 타이탄들의 전투를 끝까지 지켜보았다.

이어지는 공격

상대보다 월등한 전력을 보유한 콰드라스 카르도의 연합 타이탄 전단이 아니테라의 타이탄 전사단에 의해 전멸당했다는 정보는 빠르게 퍼져 나갔다.

비록 시티 단위로 격리된 것 같은 세상이지만 그래도 마탑이나 시티는 나름대로 통신 수단이 있었다.

당연히 대부분의 시티와 마탑은 이 소식을 듣고 처음에는 과연 맞는 것인지 의심을 했지만 교차 검증을 통해서 사실임이 확인되자 열광했다.

콰드라스 카르도의 만행에 대해서 모르는 시티나 마탑은 없었다. 그들은 수백 년에 걸쳐서 타이탄을 자체 개발하거나 그럴 가능성이 있는 시티나 마탑을 온갖 이유를 들어 잔혹하게 파괴했다.

그와 동시에 새로운 사실도 널리 퍼졌다. 옥토 에스트레라
고 불리는 열두 마녀 중 여덟 개의 마탑이 콰드라스 카르도
때문에 연간 600기 이상은 판매할 수 없었다는 사실과 가격
까지 통제하고 있었다는 내용이었다.

그런 정보는 옥토 에스트레에 속하는 여덟 마탑이 판매 영
역에 있는 전 시티를 대상으로 알렸는데, 그들은 타이탄 1기
당 무려 5만 골드에 달하는 금액을 콰드라스 에스트레가 가
져갔으며, 자신들은 수익을 올리기 위해서 어쩔 수 없이 재
료를 낮은 가격에 매입하고 공식적으로 뇌물을 받을 수밖에
없었음을 토로했다.

그와 더불어 앞으로 콰드라스 카르도와 절연을 하고 앞으
로는 기가스를 생산하는 시티와는 별도로 베타급 타이탄 생
산에만 주력하겠다고 공식적으로 알렸다.

그런 와중에 은밀한 소문이 급속하게 퍼졌다.

내용은 콰드라스 카르도가 타이탄을 고가에 지속적으로
판매하기 위해서 일부러 던전을 방치해서 던전 브레이크 사
태를 유발했으며, 그 결과 주기적으로 몬스터 웨이브가 발생
할 수밖에 없었다는 것이다.

그게 사실이라면 몬스터 웨이브로 인해서 그동안 죽거나
다친 천문학적인 희생자는 콰드라스 카르도가 만든 것이나
다름없었다.

검증된 사실은 아니지만 그 소문을 들은 사람들은 콰드라스 카르도에 이를 갈았다. 자신들의 사리사욕을 위해서 오랫동안 타이탄을 가지고 세상을 통제해 왔음을 비로소 깨달은 것이다.

콰드라스 카르도의 연합전단이 궤멸된 직후, 알붐 마탑.

꽝!

마탑주인 칼리판은 집무실의 책상을 주먹으로 후려쳤는데 전사가 아님에도 마력이 가득 담긴 주먹질에 여러 개의 마법이 인챈트된 책상이 산산조각이 났다.

화아악!

마탑에서 방출된 엄청난 살기에 탑 내부는 물론이고 마탑과 가까이 있던 마법사와 전사 들이 사색이 되었다. 영혼까지 공포에 질릴 정도로 가공할 정도의 살기였다.

역시 8서클에 오른 대마법사다운 광포한 마력 유동에 사람들이 공포에 질리는 것 따위는 신경도 쓰지 않고 분노를 터트렸던 칼리판은 금방 진정하고 바로 어린아이 머리통 크기의 수정구에 마력을 주입했다.

지이이잉.

잠시 후 수정구에는 한 얼굴이 떠올랐다. 칼리판이 나름 친하다고 생각하는 루툼 마탑의 탑주인 세롬이었다.

─무슨 일인가?

"우리의 연합전단이 처참하게 박살 났네! 타이탄도 모조리 빼앗기고!"

—그게 무슨 소리인가?

세롬이 믿을 수 없다는 얼굴로 물었다.

"방금 전 홀론 시티에 파견한 수하로부터 보고를 받았는데 성문 앞에서 벌어진 타이탄 전투에서 우리 연합전단이 몰살당했다고 하네. 이쪽에서는 먼저 대화부터 하려고 했기에 미처 전투에 대비하지 않은 상태에서 기습을 받아서 그런 건지 생존자는 한 명도 없다네. 타이탄도 손상 여부와 상관없이 모조리 빼앗겼고."

—……사실인가?

충격을 받았는지 시간이 조금 흐른 후에야 세롬이 다시 확인을 구했다.

"당연히 사실이지!"

—그럼 레넥스는?

"온 훈이라는 소드마스터 라이더에게 죽임을 당했다고 하네. 으드득!"

칼리판은 이를 갈았다.

—어찌 그런 일이? 그럼 상대의 실력은 최소한 소드마스터 중급이었다는 말이군.

"레넥스는 중급에 오른 지 불과 몇 달밖에 안 됐으니 사실 제대로 된 중급이라고 할 수도 없지. 아무튼 이제 어떻게 했으면 좋겠나?"

─뭘 어떻게 한단 말인가? 아니, 그 전에 왜 교전이 벌어졌지? 분명히 위협 선에서 그칠 거라고 하지 않았나?

세롬은 레넥스는 물론이고 칼리판의 성정을 잘 알고 있어서 임시 연합전단이 상대의 습격을 받았다는 사실을 믿지 않았다. 기습을 하면 몰라도 당할 리는 없었다.

"지금과 같은 상황에서 그걸 알아서 뭘 어떻게 하려고. 저간의 사정이야 죽은 레넥스와 그놈이 이끌던 라이더들이 알겠지. 아무튼 이대로 소문이 퍼지게 놔둘 수는 없네."

─그럼 어떻게 하자는 것인가?

"어차피 다시 회의를 소집해 봐야 겁쟁이 녀석들은 어떻게든 끼지 않으려고 할 테니 우리 두 마탑만이라도 타이탄을 차출해서 부대를 편성해서 놈들을 응징하세."

─자네도 알고 있다시피 우리 마탑은 그럴 여유도 없거니와 그럴 생각도 없네.

"아무리 중고라도 그 정도의 타이탄을 잃었으면 피해가 클 텐데 괜찮겠나?"

칼리판의 말에 세롬의 얼굴이 흉하게 일그러졌다. 사실 칼리판의 말이 맞았다.

아무리 라이더 피해는 없다지만 베타급 100기와 알파급 300기가 사라졌으니 문제가 생기지 않을 수 없었다.

"이유를 막론하고 우리 연합전단을 그렇게 만들었으니 응당 피로 대가를 받아야 하지 않겠나?"

─대체 아니테라 측에서 얼마나 강력한 전력을 동원했기에 그런 황당한 일이 벌어진 건가?

"우리가 애초 파악한 그대로였네. 베타급 20기에 알파급 100기, 기가스 200기."

─하아! 그 전력으로 연합전단을 박살 냈다고?

"으드득! 폭발하는 화살과 같은 아이템을 사용했다고 들었는데 우리가 이렇게 나올 줄 알고 미리 대비하고 있었음이 틀림없어! 그렇지 않고서는 우리 연합전단이 이렇게 처참하게 궤멸될 리가 없다고!"

칼리판이 광기 어린 얼굴로 그렇게 말하자 세롬도 주저하지 않고 고개를 끄덕였다.

아무리 아니테라의 타이탄이 자신들의 그것보다 전투력이 높다지만 그래 봐야 15% 정도 높다는 사실을 생각하면 전투 경험이 풍부한 라이더들로 대비한 것이 틀림없었다.

"반드시 복수해야 하네! 안 그러면 옥토 에스트레나 일반 시티들이 우리를 우습게 생각하는 것은 물론 루보르와 니그룸도 우리를 우습게 보고 콰드라스 카르도에서 탈퇴한다고 지랄을 할 걸세."

칼리판의 감정에 완전히 동조할 수는 없지만 세롬도 곤란한 상황이 되었다.

'젠장!'

아무리 라이더들이 기피하는 오래된 기체들이라지만 그 정도의 타이탄을 반출하려면 당연히 마탑 원로회의의 인가를 받아야만 했는데, 목적이 상대를 위협하는 것에 그칠 거라고 생각해서 독단으로 타이탄을 반출한 것이다.

인가도 받지 않고 타이탄 400기를 반출했는데 그것들이 모조리 사라졌다는 사실이 알려지면 마탑의 원로들은 물론이고 숨죽이고 지내던 시장 세력도 난리를 칠 것이다. 게다가 믿기는 힘들지만 상대는 연합전단이 대화를 시도하려고 할 때 기습했다고 하니 이대로 일을 끝낼 수는 없었다.

-좋아. 어느 정도 전력을 원하나? 다만 라이더는 역시 보낼 수 없네.

시티 측의 라이더들은 물론 마탑에 소속된 라이더들도 이런 임무를 거절할 것이 분명했다.

"하하하! 역시 자네와는 말이 잘 통해서 다행이야. 라이더는 충분하니 상관없네. 타이탄의 경우 우리 쪽에서 감마급 10기, 베타급 200기, 알파급 300기를 동원하겠네. 감마급 라이더는 전원 익스퍼트 최상급 이상으로 하고 5서클 마법사 열다섯을 동행시키지."

-으음. 우리는 그 정도 전력은 뺄 수가 없네. 대신 감마급 3기, 베타급 200기, 알파급 400기를 내놓지. 물론 연식은 오래된 기체들이네.

현재 타이탄 전사단에서 사용하는 정상적인 타이탄은 자

신의 권한으로도 아예 반출할 수 없었다.

"그 정도면 되네. 아니테라 놈들이 경매에서 낙찰을 받은 라이더들에게 기동훈련을 시키기 위해서 홀론 시티에서 이삼일 더 머무른다고 하니 내일 당장 그쪽으로 타이탄 전력을 보내자고."

─대신 이번 전단장은 제대로 된 실력자여야만 하네.

"하하하. 걱정하지 말게. 야게닐이 나설 걸세."

─야게닐이라고?

이름을 들은 세롬의 눈이 커졌다.

─살육의 전사 야게닐 반크?

"맞네! 얼마 전에 운이 좋아서 그를 은밀하게 영입할 수 있었네."

세롬은 표정 관리를 했지만 내심 큰 충격을 받았다.

'아무리 알붐이라지만 살육의 전사를 영입했다니!'

야게닐 반크는 작은 시티 출신의 전사로, 몇 번 소속을 옮겼는데 그때마다 경지를 넘어서 10여 년 전에 사라졌을 때는 이미 소드마스터 상급이 된 지 오래였다.

자신을 충분히 지원해 주는 시티와 20년 단위로 계약을 한 야게닐은 돈과 영약을 밝히기는 했지만, 계약 기간 동안에는 시티에서 내리는 그 어떤 명령도 완수한 경력을 가지고 있었다.

성정이 잔혹하고 살인을 예사로 알아서 명령을 이행하는

방식이 이맛살을 찌푸리게 만들 정도로 과격하기는 하지만 일단 받은 명령은 모두 완수했기에 라이더가 많은 대형 시티들도 그의 계약이 끝나기만을 기다렸다.

문제는 보수로 원하는 것이 어지간한 준메가시티라도 부담이 갈 정도라는 것이지만, 그가 있는 20년 동안은 마수나 몬스터 걱정을 할 필요가 전혀 없어 대부분의 시티가 막대한 돈과 뛰어난 타이탄 등으로 그와 계약하길 원했다.

아마 지금은 소드마스터 최상급이 되었을 수도 있었다.

"거기에 베놈을 더할 생각이네."

─베놈은 마나오션이 파괴되어 감옥에 있는 거 아닌가? 게다가 중급이라면 레넥스보다 나을 것이 없지 않은가?

베놈은 10여 년 전에 소드마스터 중급에 오른 직후 마성이 폭발하는 바람에 마인이 되었다.

그 후 베놈은 열대여섯 개의 시티를 돌아다니면서 수천에 달하는 전사와 시민을 학살한 죄명으로 알붐 시티의 마인 전용 감옥에 수감되어 있다.

"중급은 예전이고."

─그럼 지금은?

"상급이 된 지 1년 정도 지났네."

─그럼 그동안 감옥에 있었던 것이 아닌가?

"말할 수 없는 사정이 있네."

─베놈이 세상에 나온 것을 사람들이 알면 어쩌려고?

세롬은 칼리판이 진작에 베놈을 빼돌려 개인적으로 이용하고 있었다는 사실을 눈치챘다.

"걱정하지 말게. 얼굴까지 확실하게 바꾸었고 제대로 된 목걸이를 채워 두었으니 예전처럼 날뛰지는 못하네."

─역시 자네답군. 아무튼 이번에는 제대로 해야 할 걸세. 나도 더 이상은 도울 수 없으니.

"걱정하지 말게. 이 정도 전력이면 어지간한 준메가시티라도 며칠이면 끝장을 낼 수 있으니까."

세롬은 칼리판의 자신만만한 말에 걱정을 내려놓았다.

하는 짓은 마음에 들지 않지만 소드마스터 최상급과 상급 라이더들이 이끄는 감마급 13기, 베타급 400기, 알파급 700 기라는 엄청난 타이탄 전력이라면 더 이상 피해는 없을 것이다.

"그럼 바로 준비해서 내일 오전까지 홀론으로 보내 주게. 아공간 아이템을 확실하게 챙겨서 보내 주겠네."

세롬은 불안하기는 했지만 이미 사자 등에 올라탄 상황이니 어쩔 수가 없었다.

이틀에 걸친 교습은 좋은 분위기 속에서 진행되었고 모두가 만족한 가운데 끝이 났다.

가온은 미리 오후 교습이 끝나는 대로 시티를 떠나겠다고 얘기를 해 두었기에 서운한 얼굴을 하고 있는 홀론 시티와 용병 길드 관계자들의 인사를 뒤로하고 성문을 나섰다.

그런데 성에서 보이지 않는 숲으로 들어선 순간 카오스가 경고를 보냈다.

—누군가 우리를 따라오고 있어!

인적이 드문 곳으로 가서 아니테라로 건너가려고 했기 때문에 현재 위치는 마차로에서 한참을 벗어난 곳이다. 그러니 상인이나 용병은 분명 아니다. 분명히 자신에게 용건이 있는 자들이었다.

바로 이틀 동안 고생한 교관들을 아니테라로 돌려보낸 가온은 투명날개를 장착한 후 투명 모드로 날아오른 후 카오스가 안내하는 대로 길을 되돌아갔다.

추격자는 금세 발견했는데 총 세 명이었다.

'호오! 한 명은 익스퍼트 상급이네.'

그자는 제대로 된 추적술을 익혔는지 바닥에 찍힌 발자국을 정확하게 찾아내어 따라오고 있었다.

'세 명만 있을 리가 없는데.'

엄청난 액수의 경매 낙찰금을 노린 강도라고 해도 세 명이 전부일 리가 없다. 어쨌거나 자신은 소드마스터에 베타급 라이더로 알려졌고 교관들도 있으니 말이다.

'카오스, 다른 놈들이 더 있을 거야.'

—알았어. 찾아볼게.

대답과 함께 사라진 카오스는 금방 돌아왔다.

─홀론 시티에서 나오는 자들이 있어. 1천 명이 넘는데 소드마스터 경지의 인간이 열둘이나 돼.

'콰드라스 카르도구나!'

가온의 눈이 살벌하게 빛났다.

선발대를 박살 냈더니 제대로 열이 받은 모양인데 상대를 잘못 골랐다.

'유인을 해야겠네.'

전사들이야 언제 어느 상황에서든 바로 불러낼 수 있기에 제대로 된 전장에서 붙어도 상관없지만 굳이 지형의 이점을 포기할 이유가 없었다.

'정말 같은 인간을 상대하기는 싫은데.'

마수나 몬스터는 마정석 등 부산물은 물론이고 일정 등급 이상은 레벨업과 명예 포인티까지 주는 데 반해서 인간은 메리트가 전혀 없다. 그래서 가온이 굳이 인간을 상대하지 않으려고 한 것인데 상대가 이렇게 집요하게 굴면 어쩔 수가 없었다.

'죽여도 마음에 부담도 없고.'

며칠 전에 상대한 레넥스라는 자의 영혼을 지배해서 콰드라스 카르도에 대한 정보를 많이 빼냈다.

하마터면 죽일 뻔했는데 마지막 순간에 검환을 흩어 버렸다.

막대한 마나가 주입된 검환으로 처리할 정도의 가치를 가진 자가 아니라 마나가 아깝다는 생각과 함께, 얻기는 했지만, 거의 사용하지 않았던 정신 지배 스킬을 활용해 볼 적당한 상대라고 생각했다.

그렇게 레넥스의 정신을 지배한 가온은 이제까지 대충 짐작만 했던 아이테르 차원에 대한 지식은 물론 콰드라스 카르도에 대한 다양한 정보를 습득할 수 있었다.

녀석의 말에 따르면 네 마탑으로 구성된 콰드라스 카르도에도 두 세력이 있었다.

하나는 알붐 마탑으로 힘의 우위를 통한 강압적이고 패도적인 태도를 견지하는 세력이었다.

특히 벌써 100년 가까이 탑주 지위를 놓지 않고 있는 칼리판이라는 자는 욕심이 많고 성정이 포악해서 막강한 타이탄 전력으로 주위 시티를 병합해서 시티를 아이테르 차원 최대의 규모로 확장시켰고, 해당 시티의 시장 일가를 거의 연금 상태로 만들어 시티의 권력을 장악했다고 한다.

다른 세 마탑은 알붐에 비하면 상대적으로 온건한 편이며 다양한 방법으로 주위 시티들을 챙기고 있었는데, 알붐에 비해서 전력은 약하지만 타이탄 관련 기술력이 뛰어나 새로운 타이탄 개발을 주도하고 있어서 알붐 마탑은 이들을 무시할 수가 없었다.

하지만 탑주부터 시작해서 수뇌부의 성향 자체가 패도적인 데다가 전력이 우월한 알붐 마탑이 콰드라스 카르도를 주도하는 것이 일반적이라고 했다.

알붐 마탑은 외부로 힘을 투사하는 가장 좋은 방법으로 타이탄 전단을 이용했는데 몇 번의 아픈 경험을 통해서 숫자가 많다고 해서 좋은 것이 아니라는 사실을 깨닫고 뛰어난 라이더를 자체적으로 육성하려고 시도했다.

하지만 라이더를 육성하기 위해서는 뛰어난 교관도 있어야만 했고 영약과 다양한 시설이 필요했다.

게다가 진짜 뛰어난 전사나 용병 들은 마법사의 수하가 되는 것을 본능적으로 혐오했기 때문에 교관을 제대로 영입하지 못해서 결국 라이더를 자체적으로 육성하려는 계획은 실패했다.

결국 알붐 마탑의 탑주를 포함한 수뇌부는 다른 수를 생각해 냈다.

시티들이 고립된 현실과 자신의 능력을 이용해서 무거운 죄를 짓고 세상을 떠돌며 갖은 범죄를 저지르는 이른바 유랑 전사들을 대거 영입한 것이다.

미끼야 마나의 양을 효과적으로 늘려 줄 수 있는 영약과 마나 집적진의 사용권 그리고 타이탄이면 충분했다.

특히 타이탄은 중죄를 지어 다시는 타이탄 라이더가 될 수 없다고 생각했던 자들에게는 거부하기 힘든 미끼였다.

그렇게 범죄자 출신의 라이더들은 알붐 마탑의 명령에 따라서 타이탄 개발에 성공했거나 성공 일보 직전인 시티들을 대상으로 몬스터 웨이브를 유발하거나 직접 타이탄을 몰고 쳐들어가서 시티를 완전히 말살하는 은밀하고 더러운 짓을 저지르기도 했다.

그 대신 새로운 신분과 엄청난 수준의 보수 그리고 다른 시티를 대상으로 어지간한 범죄는 저질러도 전혀 처벌을 받지 않는 면죄부를 받았다.

그렇기 때문에 알붐 마탑 소속의 타이탄 라이더들은 해당 시티에서는 날뛰지 못하지만 다른 시티에 가서는 무전취식부터 시작해서 폭행, 강간 등 다양한 범죄를 저지르며 악명을 떨쳤다.

물론 알붐 마탑은 그런 자들에게 그냥 타이탄을 넘긴 것은 아니다.

일정한 기간마다 복용하지 않으면 전신의 마나가 흩어지는 특별한 시술을 받았다. 그렇기에 한번 알붐 마탑의 타이탄 라이더가 되면 절대로 벗어날 수가 없었다.

그런 자들의 마지막은 보통 타이탄 라이더와 달랐다. 영약을 통해 올린 경지는 오랜 방탕한 생활로 인해서 쉽게 무너졌고 나중에는 폐인이 되고 말았다.

연합전단이라는 이름을 사용하고는 있지만 실제로는 알붐 마탑 소속이라고 할 수 있는 라이더들은 가온이 일부러 남긴 흔적을 따라 작은 분지로 들어섰다.

직경이 대략 1천 무 정도에 테두리와 중앙의 표고 차이는 100무 이상인 작은 분지의 안쪽은 얼마 전에 온 빗물이 빠지질 않아서 신발이 다 젖어 버렸고, 증발하지 않고 고인 물은 썩어서 고약한 악취를 풍기고 있었다.

"대체 이놈은 왜 이런 곳으로 온 거지?"

연합전단장이 된 야게닐의 가늘고 날카로운 눈이 탐색을 위해서 방출한 마나와 상관없이 주위를 훑었지만 습도가 높은 풀 속에 서식하는 흡혈충들의 기척을 제외하고는 사람이 지나간 흔적만 있을 뿐 아무것도 보이지 않았다.

'아무래도 들어가면 안 되겠군.'

아니테라의 특사라는 자가 뒤쫓고 있는 자신들의 존재를 알아채고 유인한다고는 생각하지 않았다. 1시간의 거리를 두고 은밀하게 뒤따르고 있었기 때문이다.

하지만 노련한 야게닐은 찝찝한 느낌을 무시하지 않았다.

연합전단원들은 야게닐의 수신호에 걸음을 멈추고 일제히 그를 주시했다.

"아무래……."

야게닐이 입을 열기 시작했을 때 분지의 안쪽에서 수십 명이 움직이는 기척과 함께 두 사람의 대화 소리가 들려오기 시작했다.

그리 큰 소리는 아니지만 연합전단에 속한 라이더들은 익스퍼트 이상이기에 조금만 집중하면 들을 수 있는 소리였다.

"방금 무슨 소리 못 들었어?"

"무슨 소리?"

"이상하다! 방금 사람 말소리가 들린 것 같은데."

"에이! 우리 숙영지를 찾아올 사람이 누가 있다고 그래."

"그래도 지금 안쪽에서는 홀론에서 고생한 단장님과 전사들이 술을 잔뜩 마시고 쉬고 있잖아. 혹시 모르는 거니까 숙영지를 둘러싼 마법진의 상태나 확인하자고!"

그제야 콰드라스 카르도의 연합전단은 이 분지 안쪽에 아니테라의 전사들이 만든 숙영지가 있으며 마법진이 그 숙영지의 존재를 은폐하고 있다는 사실을 깨달았다.

이렇게 되자 야게닐은 생각을 바꿀 수밖에 없었다.

'마법진이야 굳이 타이탄에 탑승하지 않더라도 일검에 부숴 버리면 되니 술을 마시고 늘어져 있다가 당황한 적들을 빠르게 죽일 수 있겠어!'

기습하는 입장에서는 그야말로 최상의 환경이다.

사실 야게닐은 상대가 얼마나 되건, 어떤 실력을 가졌건 몰살시킬 자신이 있었다.

시티를 옮겨 다니면서 박쥐라니 살육에 미친 전사라는 오명을 써 가면서 챙긴 대가를 이용해서 기어코 숙원이었던 그랜드마스터에 한 발을 올린 것이다.

알붐 마탑의 칼리판 탑주는 타이탄 라이더의 피해를 최소화하면서 아니테라 전사단을 몰살시키면 감마급 타이탄을 지급하는 한편 오래전 그랜드마스터의 심득이 담긴 고서(古書)를 넘겨주기로 약속했다.

잠시 대기하던 연합전단은 야게닐의 수신호에 미리 들었던 대로 흩어져서 분지 외곽을 둥글게 포진한 대형으로 조심스럽게 분지 안으로 진입했다.

'이상하군.'

야게닐의 얼굴이 심각해졌다. 꽤 안쪽으로 진입했음에도 방출한 마나에 걸리는 것이 없었기 때문이다.

'내 감각에 걸리지 않는 마법진이 있다니!'

소드마스터만 되어도 마나를 방출해서 마법진의 존재를 확인할 수 있었다.

하물며 그는 스스로 그랜드마스터가 되었다고 자부했다. 그렇기에 분명히 존재할 마법진을 감지할 수 없는 상황이 무척 당황스러웠다.

다시 찜찜한 기분이 들었다.

하지만 야게닐은 굳이 움직임을 멈추지는 않았다. 그랜드마스터의 경지에 한 발을 올린 만큼 어떤 상황이건 해결할 자신이 있었기 때문이다.

그때 우연히 뒤를 돌아본 한 전사가 눈이 휘둥그레지더니 버럭 소리를 질렀다.

"뒤! 뒤에서 적이 나타났다!"

소리에 놀란 연합전단원들이 일제히 뒤를 돌아보자 분지

의 외곽에 쭉 늘어선 수백 기의 타이탄이 눈에 들어왔는데 베타급부터 시작해서 알파급과 기가스까지 거의 500기에 달했다.

"빨리 타이탄을 꺼내!"

마나를 담아서 경고성을 지른 야게닐이 먼저 최상급 아공간 주머니에서 감마급 타이탄을 꺼냈다.

하지만 순식간에 동화를 마친 아니테라의 타이탄들은 연합전단의 라이더들이 타이탄을 꺼내고 탑승해서 동화하는 그 몇 분을 기다려 줄 생각이 전혀 없었다.

아니테라 측의 타이탄들은 어느새 거대한 활을 꺼내 창처럼 거대한 화살을 시위에 걸고 당기더니 바로 쐈다.

"폭발하는 화살이다! 다들 조심해!"

'제기랄! 독 안의 쥐 신세가 되어 버렸군!'

야게닐을 비롯한 소드마스터들은 타이탄에 탑승하는 대신 속속 나타나는 타이탄들 사이로 파고들었다.

1,100기나 되는 타이탄들이 작은 분지에 가운데 부분에 몰려 있는 상황이라서 안쪽이라면 동화가 끝날 때까지 시간을 벌 수 있을 거라고 판단한 것이다.

비록 그들이 연합전단의 수뇌지만 수하에 대한 책임감이나 애정은 전혀 없었기에 가능한 일이다.

슉! 슉! 슉! 슉!

꽝! 꽝! 꽝! 꽝!

거대한 화살은 폭발시였다.

곧 분지 안은 연거푸 터지는 폭발음과 비명으로 아비규환으로 변해 버렸다.

타이탄을 꺼냈지만 미처 탑승하지 못했거나 탑승하려고 했던 라이더들이 폭발의 충격으로 인한 파편이 사지나 급소를 관통하자 비명을 지르며 죽어 갔다.

연합전단이 감당해야 하는 공격은 폭발시가 끝이 아니었다.

"마법이다!"

파이어볼을 십여 배로 확대한 것 같은 거대한 화염 덩어리들이 포물선을 그리며 연합전단의 외곽이 아니라 내부로 떨어진 것이다.

콰앙!

화르르르.

마력으로 만들어진 화염 덩어리는 일정한 충격을 받으면 바로 폭발했고 거의 동시에 사방으로 화염이 퍼졌다.

그것만이 아니었다. 갑자기 컴컴해진 하늘에서 거대한 벼락 줄기들이 신의 창처럼 하얗게 빛나며 연합전단의 중심부를 직격했고, 바닥에 차 있는 물을 타고 사방으로 퍼져 나갔다.

"크아아아아악!"

"커헉! 사, 살려 줘!"

연합전단이 모여 있는 영역은 쉴 새 없이 폭발이 발생했고 화염과 뇌전으로 가득 채워졌다.

그렇게 장내가 아비규환이 된 상황에서도 감마급 7기와 베타급 130여 기, 알파급 200여 기가 기동하기 시작했다.

1,100여 기에 달했던 원래 전력을 생각하면 7할에 가까운 엄청난 피해를 입은 것이지만 연합전단은 자신이 있었다.

현저하게 전투력이 높은 감마급과 베타급 타이탄의 경우 상대를 압도한다고 생각했기 때문이다.

그도 그럴 것이 이 자리에는 스스로 그랜드마스터가 되었다고 생각하는 야게닐을 포함해서 무려 열두 명이나 되는 소드마스터가 타이탄에 탑승한 상태였다.

"모두 죽여 버려!"

음성 증폭관을 통해서 야게닐의 분노에 가득한 명령이 떨어지자 연합전단의 타이탄들이 제각기 다른 방향으로 흩어져서 분지의 테두리 쪽으로 달리기 시작했다.

야게닐은 비록 상대의 기습으로 적지 않은 피해를 입긴 했지만 자신과 연합전단의 전력이라면 적들을 말살할 수 있을 거라고 자신했다.

⟨≋⟩

투명날개를 이용해서 분지 상공으로 올라가서 전황을 확

인하고 있던 가온은 황당했다.

'그냥 산개해서 적을 상대하겠다는 건가?'

타이탄만 무려 1,100기가 넘는 엄청난 전력을 이끄는 자가 제대로 된 정찰도 없이 유인당했다는 것도 그랬지만 전략 전술도 전혀 없이 이렇게 대응한다니, 가온에게는 너무 한심하게 보였다.

그래도 완전히 흩어져서 개별적으로 움직이는 것이 아니라 대여섯 혹은 10기의 타이탄이 함께 움직이는 것을 보면 처음부터 조를 나누고 조별로 움직이기로 했을지도 모른다는 생각이 들었다.

특히 감마급 5기가 뭉쳐서 빠르게 분지 밖을 향해서 달리는 것을 보면 압도적인 전력으로 한 방향을 먼저 뚫은 후 후방을 공격하려는 것일 수도 있었다.

'아무래도 감마급은 내가 처리해야겠구나!'

아니테라의 타이탄들을 향해서 달리고 있는 감마급 타이탄들의 대검에는 선명한 오러 블레이드가 생성되어 있었다.

물론 베타급이라고 해도 소드마스터들이 타고 있어서 충분히 감당할 수는 있지만 그중 1기가 쥔 대검에는 유난히 길고 거대한 오러 블레이드가 위협적인 기세를 방출하고 있었다.

나머지 감마급 타이탄들은 시르네아 등 대전사장들이 충분히 상대할 수 있으니 신경을 쓸 필요가 없었다.

가온은 신속하게 부서진 타이탄들이 널려 있는 곳에 내려 앉은 후 아틀라스를 소환했다.

─오래 기다렸습니다, 마스터!

얼마 전 원래의 힘을 되찾았다고 알려 온 아틀라스가 모습을 드러냈다.

체고가 무려 15미터에 이르는 검은 색의 거대한 타이탄이 나타나자 중상을 입고 신음하던 연합전단 측 라이더들은 통증도 잠시 잊고 하얗게 질린 얼굴로 눈을 부릅떴다.

"이. 입실론급 타이탄이다!"

감마급도 체고가 9미터나 되어 그냥 서 있는 것만으로도 강한 위압감을 느낄 수밖에 없는데 그보다 현격하게 더 거대한 아틀라스는 공포 그 자체였다.

소환과 거의 동시에 아틀라스에 탑승한 가온은 어느새 연합전단 측의 감마급 타이탄들이 분지 외곽에 거의 도착한 것을 확인하고 사람 몸통 크기의 반월 형태의 강기를 날렸다.

"반월참!"

본래 철월검술에는 초승달 형태의 검기를 날리는 신월비라는 스킬이 있는데 그것을 응용해서 만든 강기용 스킬이다. 다만 반월참의 경우에는 염력까지 사용하기 때문에 그 속도가 빛이 이동하는 속도에 가까웠다.

쉬익!

잔영을 남기고 순식간에 공간을 가르며 날아간 오러 블레이드는 가장 뒤편에 있는 감마급 타이탄의 허리 위쪽을 관통했다.

쿠우웅!

체고가 9미터에 달하는 거체가 큰 소리를 내며 앞으로 엎어졌다.

그제야 변고를 알아챈 감마급 타이탄들이 발걸음을 멈추고 뒤를 돌아봤는데 그때는 이미 또 다른 반월 형태의 강기가 그다음 타이탄의 허리 위쪽을 파고들었다.

반월참에 의해서 조종실의 라이더가 두 쪽으로 갈라진 상태이기에 비명조차 없었다. 그저 타이탄이 비틀거리다가 쓰러지는 것이 고작이었다.

"입실론이다!"

아틀라스를 본 라이더들이 공포에 질렸다. 입실론급 타이탄이 존재한다는 사실은 그들도 알고 있었지만 그저 고대문명의 유물에 불과해서 연구용이나 관상용으로 사용된다고 알고 있었는데, 이렇게 실제로 나타나서 자신들을 공격할 줄은 꿈에도 생각하지 못했기 때문이다.

그런 라이더들의 반응과 상관없이 아틀라스가 감마급 타이탄들을 향해서 뛰기 시작했다.

그 거대한 몸집에도 불구하고 뛰는 동작이 얼마나 가볍고 빠른지 순식간에 거리가 가까워지고 있었다.

"빌어먹을! 합공해!"

야게닐은 설마 아니테라 측이 입실론급 타이탄을 동원할 줄은 몰랐지만 넋 놓고 있다가는 방금 전 당한 2기처럼 순식간에 썰릴 수밖에 없다는 사실을 깨닫고 비장하게 소리쳤다.

화르르.

본래 화 속성의 마나를 가진 야게닐의 대검 끝에 솟아났던 오러 블레이드가 줄어들더니 어느새 아이 머리통 크기의 붉은 구슬이 맺혔다.

"오러 비드!"

검환이 작을수록 위력이 강하다는 점을 고려하면 완벽한 검환은 아니지만, 둥근 강기가 마치 포탄처럼 아틀라스를 향해 발사되었다. 감마급 타이탄의 마나 증폭 덕분에 만들어 낸 위력적인 원격 공격기였다.

슈웅!

오러 비드는 눈 깜박할 사이에 날아갔는데 막 아틀라스의 몸을 직격하기 직전에 아틀리스의 왼 주먹에서 방출된 주먹 형상의 강기와 부딪혔다.

꽈아앙!

고오오오!

엄청난 충격음과 함께 격렬한 충격파가 사방으로 퍼져 알파급들은 거의 예외 없이 태풍 앞의 갈대처럼 흔들렸고 베타급들도 정도의 차이만 있을 뿐 비틀거렸다.

하지만 아틀라스는 아무런 충격도 받지 않았다. 그저 달려

가던 걸음을 멈추었을 뿐이었다.

"히익!"

오러 비드를 발출할 때까지만 해도 희색이 만연했던 야게닐의 얼굴이 창백해졌다.

무기가 아닌 주먹으로 오러 비드에 해당하는 강기를 순식간에 방출한 상대의 무력에 기함한 것이다.

하지만 아틀라스는 야게닐을 주시하지 않았다.

자리에 멈춘 아틀라스의 대검 끝에 주먹 크기의 붉은 구슬이 순식간에 맺혔다.

"허어!"

자신이 생성한 오러 비드의 크기보다 한참 작은 상대의 오러 비드를 확인한 야게닐과 그 옆에 있던 베놈이 벌벌 떨더니 황급히 마나 출력을 최대로 조정했다.

"그랜드마스터! 제기랄! 어쩐지 원하는 것 이상으로 준다고 했더니! 개새끼들!"

검환의 크기로 보아 상대는 자신처럼 그랜드마스터에 발을 올린 정도가 아니라 그 이상이었다.

안색이 하얗게 변한 야게닐과 베놈은 엔진이 과부하되는 것도 인지하지 못한 채 마나를 최대로 증폭시켰다.

그러는 동안 아틀라스가 발출한 검환은 허공에 또렷한 선을 그리며 또 다른 감마급 타이탄의 조정실을 직격했다.

타이탄의 강판을 파고들 때는 아무런 소음도 없었지만 이내 폭발음과 함께 해당 타이탄의 몸이 허공으로 1무 정도 붕 떴다가 떨어져 쓰러졌는데 그 이후 아무런 반응도 없었다. 그저 조종실에 해당하는 강판의 부분이 부풀어 올랐고 일부는 찢어진 상태였다.

야게닐과 베놈은 도망치는 것을 포기하고 신속하게 아틀라스를 가운데 두고 자리를 잡았다. 상대가 그랜드마스터에 입실론급 타이탄이라면 도망을 치는 건 불가능했다.

어쨌거나 상대를 참살해야 이 위기에서 벗어날 수 있다고 생각한 야게닐과 베놈의 얼굴은 잠시 공포의 빛이 떠오르기도 했지만, 이내 참을 수 없는 분노로 일그러졌고 눈빛은 살기로 가득해서 무척이나 흉흉했다.

"베놈, 최강의 위력을 가진 필살기를 구사해야 해!"

-말 안 해도 알고 있소!

우우우웅!

최대 출력으로 마나 증폭으로 했는지 두 감마급 타이탄들이 살짝 진동하더니 손에 쥔 대검에는 5미터가 넘는 선명한 오러 블레이드가 나타났다.

그리고 오러 블레이드가 구현된 순간 아틀라스를 향해 빠르게 쇄도했다.

꽈아앙! 꽈아앙!

마나를 최대로 증폭시켜서 만든 오러 블레이드답게 강도나 절삭력은 대단했지만 가온의 아틀라스는 가볍고 빠르게 움직이면서 거의 동시에 두 오러 블레이드를 쳐 냈다.

그렇게 충돌하는 순간이 짧았지만 라이더들이 깜짝 놀라 몸을 멈출 만큼 강렬한 충격음과 함께 공기가 찢어지는 것 같은 음파가 일대를 휘저었다.

'제법이네!'

지난번에 기습한 적의 수괴는 제대로 된 소드마스터가 아니어서 너무 허탈했었는데, 그래도 이번에 찾아온 놈들의 수괴들은 경지가 안정된 최상급과 상급 소드마스터라 흥이 났다.

가온은 마음만 먹으면 얼마든지 빠르게 두 감마급 타이탄을 압도할 수 있지만 일부러 검술로 두 놈을 상대했다.

'이런 강자들을 상대할 기회를 놓칠 수는 없지.'

철월검술부터 시작해서 중검류인 에르트 검술과 쾌검류인 포르투 검술 등 다섯 검술을 두루 펼쳐서 감마급에도 통하는지 시험을 해 보기로 한 것이다.

꽈앙! 꽈앙! 꽝! 꽝! 꽝! 꽝!

세 거대한 타이탄이 만들어 낸 오러 블레이드가 연속해서 부딪히자 분지 내의 공기가 격렬하게 끓어올랐고 충격파가 고막을 터트릴 것처럼 위협했다.

충격파와 함께 공간이 베어진 결과로 만들어진 파동은 안 그래도 분지 외곽을 둘러싸고 있는 타이탄들의 원거리 공격을 힘겹게 감당하고 있던 연합전단의 알파급과 베타급 타이

예지몽으로
히든랭커

탄들을 힘들게 했다.

충격파를 이기지 못하고 제대로 중심도 잡지 못하는 적의 모습을 가만히 지켜볼 아니테라의 마법사와 전사 들이 아니었다.

파이어볼과 익스플로전 그리고 선더볼트와 같은 마법은 물론 폭발시가 연합전단의 타이탄들을 직격했다.

남은 두 감마급 타이탄은 애초에는 적을 상대하려고 했지만 아틀라스의 존재로 인해서 충격을 받았는지 순식간에 분지의 포위망을 뚫기 위해서 전속력으로 달려 나갔다.

그런 두 감마급 타이탄을 6기의 베타급 타이탄이 막아섰다. 시르네아, 바르덴, 예하, 그리고 헤르나인의 전사용 타이탄과 아레오와 아나샤의 마법사용 타이탄이었다.

두 감마급 타이탄은 아무리 자신들이 위태로운 처지이기는 하지만 6기에 불과한 베타급 타이탄을 날려 버리고 도망칠 자신이 있었다. 그렇기에 처음부터 전력을 다했다.

기이이잉.

선명한 형태의 오러 블레이드가 막아서는 베타급 타이탄을 향해 공간을 가르며 쇄도했다.

꽝! 꽝!

강력한 힘이 실린 일격이었지만 4기의 베타급 타이탄 역시 오러 블레이드를 생성해서 2기씩 감마급 타이탄 1기의 공격을 감당했다.

폭음과 함께 양측 타이탄들이 뒷걸음질을 쳤다.

비록 타이탄의 등급은 차이가 났지만 베타급 타이탄들의 오러 블레이드는 감마급의 그것과 비슷한 정도의 강도를 가졌고 마나는 더 강하게 압축되어 있었다.

그때 뒤에 빠져 있던 아레오와 아나샤의 마법이 충돌로 인해서 본의 아니게 뒷걸음질을 치던 두 감마급을 향해 날아갔다.

"선더 캐논!"

"홀리 스피어!"

시퍼런 뇌전의 구와 성스러운 빛으로 만들어진 창이 생성되기가 무섭게 엄청난 속도로 두 기의 감마급 타이탄의 조종실 부분을 향해 날아갔다.

"허억!"

대경한 두 라이더가 본능적으로 대검을 휘둘러 막으려고 했지만 상대의 오러 블레이드와 부딪힌 충격으로 어쩔 수 없이 뒷걸음을 치던 상황이라 마음먹은 대로 빠르게 움직여지지 않았다.

게다가 믿어지지 않게도 마치 살아 있는 것처럼 선더 캐논과 홀리 스피어는 감마급 타이탄들이 휘두르는 대검의 궤적을 절묘하게 피해서 목표를 노렸다.

퍽! 퍽!

"끄아아아악!"

후판을 관통한 뇌전의 구는 조종실 내부를 전격으로 가득 채웠고 성스러운 빛으로 만들어진 창은 조종실 중앙에 서 있는 소드마스터의 몸통을 짓이겨 버렸다.

한편 가온은 각각 소드마스터 최상급과 상급 라이더가 조종하는 감마급 타이탄들을 상대로 다섯 검술의 위력을 충분히 확인한 후 오행 지배술과 오행막을 펼쳤다.

새로 얻은 두 스킬의 위력은 굉장했다.

굳이 막대한 영력을 소모해서 오행 영역을 구축하지 않더라도 토기로 땅을 흔들어 몸의 균형을 무너뜨리는 것만으로도 상대의 전투력을 큰 폭으로 하락시킬 수 있었고, 오행막은 상대의 오러 블레이드에도 부서지지 않을 정도로 견고했다.

'이 정도면 고위급 마족과 상대해도 안전하겠어!'

적당히 손맛을 본 가온은 상대하던 두 적이 다른 감마급 타이탄들의 참사에 잠시 정신이 팔린 사이에 대검 끝에 생성한 은색 검환을 야게닐에게, 그리고 다른 손의 중지로는 붉은색 마나탄을 구현해서 베놈을 향해 발사했다.

파앗!

짧고 강한 파공성이 들리는 순간 은색 검환과 붉은색 마나탄은 이미 두 감마급 타이탄의 조종실을 종잇장처럼 가볍고 빠르게 뚫고 들어갔다.

"헉! 정말 그랜드마……."

"커헉!"

다른 감마급 라이더들이 마법에 당하는 모습에 경악했던 야게닐과 베놈은 금방 정신을 차렸지만 이미 상황은 최악이 되어 버렸다.

상대의 대검과 손가락 끝에서 은색 검환과 붉은색 마나탄이 생성되는 모습을 보긴 했지만 대응할 수가 없었다. 망막에 검환과 마나탄의 상(像)이 맺혔다 싶은 순간 이내 망막을 가득 채워 버린 것이다.

퍽! 퍽!

야게닐은 그 와중에도 호신강기를 만들었지만 소용이 없었다. 금기로 생성한 검환의 위력은 호신강기 열 겹을 둘러도 뚫을 정도로 막강한 힘이 압축되어 있었기 때문이다.

야게닐의 머리통이 터져 나가는 것과 동시에 베놈의 몸이 산산조각이 났다.

소드마스터 최상급과 상급에 감마급 타이탄 라이더의 최후치고는 너무 허무했다.

그렇게 감마급 라이더 둘을 격살한 가온이 주위로 눈을 돌리자 분지 안쪽으로 쇄도하는 아니테라의 타이탄들이 보였다.

그리고 무리의 두 수장이 너무 어이없이 당하는 모습을 지켜본 연합전단 측 타이탄들은 충격과 공포로 인해서 이성을 잃은 채 사방으로 흩어지고 있었지만 벗어날 곳은 없었다.

절망적인 상황에 항복을 하려는 듯 무기를 던지고 바닥에 꿇어앉는 타이탄들도 보였지만 항복은 받아 주지 말라는 명령을 진작에 내려 두었다.

'한 놈은 시르네아에 근접하는 실력자로 보였는데 감마급을 타고도 손맛도 제대로 못 느낄 정도로 그렇게 무력하게 쓰러질 줄은 몰랐네.'

숫자만 많았지 원거리 공격력은 물론 방패조차 제대로 활용하지 못하는 콰드라스 카르도 측의 타이탄은 아니테라 타이탄의 손쉬운 먹잇감에 불과했다.

이럴 줄 알았다면 굳이 아틀라스를 소환할 필요도 없이 시르네아 등에게 맡겼어도 될 것 같았다.

'쩝! 입맛만 버렸네.'

아틀라스도 제대로 된 적이 아니라서 그런지 별다른 말을 남기지 않았다.

충격적인 보복

콰드라스 카르도 중 한 곳인 루보르 시티.

붉은색이 상징인 이 도시의 규모는 어마어마했다. 수백 년에 걸쳐서 타이탄 판매로 축적한 막대한 자금을 바탕으로 세개의 외성 벽을 가진 대도시를 건설한 것이다.

상주인구 80만 명, 유동인구까지 합하면 100만에 육박하는 이 거대한 도시는 거의 500개에 달하는 시티에 막강한 영향력을 행사하고 있으며, 다른 시티와 달리 시티에서 일주일 거리까지는 마수나 몬스터를 거의 찾아보기 힘들 정도로 안전했다.

두 개의 넓은 외성 구역에는 수많은 작물이 자라고 목초지에는 헤아릴 수 없이 많은 가축이 한가로이 풀을 뜯어 먹고 있어 무척이나 풍요로워 보였다.

하지만 루보르 시티는 아무나 살 수 있는 곳은 아니다. 원래 주민이 아닐 경우 특별한 능력이 있음을 인정받아야만 거주 허가를 받을 수 있는데, 루보르 시티의 시민이라는 것만으로도 인근 시티에서는 행세를 할 수 있을 정도로 인정을 받는다.

마탑은 도시의 정중앙에 위치하고 있었다. 본래라면 시청이 자리할 곳이지만 루보르 시티는 마탑주가 영인의 후예인 시장보다 더 권력이 강해서 마탑이 대신 자리한 것이다.

마탑이라는 이름이 붙었지만 단일 건물이 아니라 넓은 부지에 40여 개의 고층 건물들로 구성되어 있으며 5천 명에 육박하는 마법사와 그 몇 배에 달하는 고용인들이 드나들고 있어 무척 혼잡했다.

하지만 마탑 구역 중에서도 한적한 곳이 있었다. 정중앙에 있는 10층 건물은 마탑주를 비롯한 마탑 수뇌부가 업무를 보는 곳으로 특별한 신분이 아니라면 아예 들어갈 수도 없었다.

10층은 마탑주 전용 공간이다. 집무실부터 회의실은 물론 연구실까지 한 층에 모두 있었다.

그중 회의실은 밤이 늦었지만 마력 등이 환하게 불을 밝히고 있는 실내에는 두 사람이 마주 앉아 있었다.

한 명은 루보르 마탑의 탑주인 레이트였고 다른 한 명은 꽈드라스 카르도가 만든 정보조직 아르카누스 텔룸의 수장인 부르톤이었다. 아르카누스 텔룸의 본부는 이곳 루보르 시티에 있었다.

"어제 아침에 홀론에서 레넥스가 이끄는 연합전단이 전멸했다고?"

바래고 탄력을 잃은 붉은색 모발과 눈썹에 주름진 얼굴이지만 보기 좋은 홍조가 떠올라 있는 마법사가 가면을 쓴 듯 무표정한 얼굴의 중년인에게 물었다.

"조직원들의 눈으로 직접 확인한 사항만 보고서에 올렸습니다."

"으음."

홍안의 노인, 즉 루보르 마탑의 탑주인 레이트는 눈을 질끈 감으며 침음을 흘렸다.

레이트가 다시 눈을 뜨자 뜨거운 화염이 일렁이는 것 같더니 이내 사라졌다.

"아니테라 측이 우리의 움직임을 읽고 준비했다는 거겠지?"

"아닌 것 같습니다."

"아니라고?"

"네. 아니테라의 후계자이며 타이탄 전사단장으로 알려진 온 훈이라는 자는 알려진 대로 베타급 20기, 알파급 100기, 그리고 기가스 200기만 대동하고 시티로 들어오려는 중이었습니다."

"그런데 연합전단이 전멸을 당했다고? 전력 차이가 그렇게 큰데 말이 된다고 생각하나?"

"저도 몇 번이나 제 귀를 의심했지만 지켜본 이들이 한둘이 아니었습니다."

그럼 틀림이 없다는 얘기다.

"하아! 그럼 아니테라 측 피해는?"

"전혀 없었습니다."

연합전단이 전멸당했다는 사실도 믿기가 힘들었지만 이번은 아예 현실감이 느껴지지 않았다.

"……내가 제대로 들은 건가?"

레이트는 어제 이미 이와 관련된 보고서를 받았지만 믿기가 힘들어서 보다 정확한 내용을 파악하기 위해서 콰드라스카르도의 정보조직인 아르카누스 텔룸의 책임자인 부르톤을 소환한 것이다.

"정확하게는 기체 일부가 파손된 알파급과 기가스를 합해서 대략 80기 정도였지만 나머지는 멀쩡하게 기동했답니다."

"감마급 한 기에 베타급 80기, 알파급 400기를 그 전력으로 상대하면서 아무런 피해가 없었다는 황당한 말을 내가 믿어야만 하나?"

레이트의 물음에 부르톤이라는 이름의 무표정한 얼굴의 중년인은 탑주의 매서운 시선을 받으면서도 굳게 입을 닫았다.

"하아! 좋아! 시작부터 끝까지 말해 보게."

"시작은 이쪽이 먼저였습니다."

그렇게 운을 뗀 부르톤이 타이탄 대전의 시작부터 끝까지 소상하게 털어놓았다.

"……미쳤군!"

눈으로 직접 보듯 상세한 얘기를 들었지만 레이트는 아직도 믿을 수가 없었다. 그의 상식으로는 도저히 받아들일 수 없는 내용인 것이다.

"타이탄 궁사의 출현도 놀라운데 폭발하는 화살을 사용한다니……."

타이탄 라이더가 보통 익스퍼트이고 마나 증폭까지 사용할 수 있다는 점을 고려하면 활도 매력적인 무기가 될 수 있었지만 타이탄으로 상대해야 할 마수나 몬스터는 대형이고 급소를 맞히지 못하면 화살로는 큰 타격을 줄 수 없기에 보통 사용하지 않는다.

그런데 아니테라는 타이탄의 두꺼운 후판에 커다란 구멍을 뚫을 수 있을 정로 강력한 폭발력을 가진 화살을 만들어서 타이탄의 활용도를 높이고 전투력을 증강시켰으니 놀라지 않을 수 없었다.

"사실 타이탄이 전용으로 사용하는 폭발시는 이전에도 목격된 적이 있습니다. 릴센 시티에서 경매가 열리기 전에 인근의 블러디 오우거 던전에서 아니테라 측이 사용한 적이 있지요."

"그런 사실을 알면서도⋯⋯."

"그 정보는 불과 몇 시간 전에 입수했습니다."

화가 나서 눈을 부릅떴던 레이트 탑주는 자신의 말이 끝나기도 전에 한 부르톤의 말에 입을 닫았다.

"이번 교전에서 파악한 몇 가지 사실이 있습니다."

"말해 보게."

"일단 온 훈이라는 아니테라 후계자의 경지는 레넥스 단장의 아래가 아니었습니다."

"그럼 그자가 소드마스터 중급이라고? 젊다며? 아무리 영인의 후예라고 해도 서른 살도 안 되는 애송이라고 들었는데."

"에브라 경이 말년에 겨우 사용했다고 들은 오러 비드 기술을 구사해서 레넥스 단장을 격살했다고 하니 바디체인지를 한 것으로 추정됩니다."

"하아. 좋아! 그럴 가능성이 없는 것은 아니지. 다른 건?"

어지간한 시티라도 타이탄 전사단장은 보통 익스퍼트 최상급이고 대형 시티의 경우 보통 소드마스터다. 아니테라 시티는 타이탄은 물론 기가스까지 생산하는 시티이니 어쩌면 당연한 일일 수도 있다.

"더 놀라운 사실이 있습니다. 베타급 라이더 스무 명의 실력은 소드마스터이거나 최소한 익스퍼트 최상급이었습니다. 오러 블레이드를 능숙하게 생성하고 사용했습니다."

"……그 정도라고?"

소드마스터가 아니라고 해도 익스퍼트 최상급이라면 보통 시티에서는 타이탄 전사단장급인데 그런 강자가 스무 명이나 된다니 레이트가 경악할 수밖에 없었다.

"알파급과 기가스 라이더들의 경우에도 실전 경험이 아주 풍부했습니다. 특히 난전에 특화되어 있었습니다. 큰 동작 없이 빠르고 정확하게 급소를 공략했다고 합니다."

"험한 마르트 산맥의 마수와 몬스터를 오랫동안 상대했다 이건가?"

"실전 경험이 굉장히 풍부한 라이더들입니다. 목격자의 말을 들어 보면 기가스 2기가 알파급 타이탄을 상대했다고 했으니까요. 참고로 우리 측 베타급 타이탄이 전멸할 때까지 아니테라 측의 베타급 라이더들은 움직이지 않았습니다."

"알파급과 기가스 라이더의 실력을 신뢰했다는 얘기군."

"그런 것으로 보였습니다."

부르톤의 말에 레이트는 입술을 굳게 다물고 잠시 아무 말도 하지 않았다. 너무나 큰 충격에 머리가 어지러웠기 때문이다.

한참 만에 입을 연 레이트의 기세는 확연하게 약해졌다.

"이렇게 되면 더 많은 전력을 투입해야 하는 건가?"

"그럴 경우 일이 커집니다. 저쪽의 특사는 넷이나 더 있습니다. 그간의 동선으로 보아 그들은 텔레포트와 관련된 진귀한 아이템까지 가지고 있는 것으로 보입니다. 그래서 추가 공격보다는 그들의 다른 행보에 대비해야 할 것 같습니다."

"설마 그들이 우리를 공격할 수 있다고 생각하는 건가?"

레이트가 펄쩍 뛸 듯한 동작을 취하며 물었다.

"가능성이 농후합니다. 아니테라에 대해서 아는 것이 전혀 없기 때문에 오히려 저쪽의 보복 공격에 대비해야 할 것으로 보입니다."

"정말 우리 쪽을 공격할 가능성이 있다고 보는 건가?"

"어떤 방식일지는 알 수 없으니 그 정도의 타이탄 전력이라면 당연히 보복을 하려고 하지 않겠습니까?"

"감히 저들이 말인가?"

몇 번이고 반복해서 묻는 레이트에 부르톤은 고개를 끄덕였다.

"하아! 좋아! 만약 그렇다면 우리가 감당해야 할 피해의 규모는?"

"정보가 부족해서 거기까지는 예측할 수 없습니다만 절대로 약한 수준은 아닐 겁니다."

"그렇다면 그쪽과 협상은 가능할까?"

사실 레이트는 굳이 아니테라를 공격할 의사까지는 없었다. 그저 콰드라스 카르도를 좌지우지하는 알붐 마탑의 칼리판의 강력한 주장을 말리지 못했던 것뿐이다.

"옥토 에스트레는 아니지만 여덟 시티에 기가스 설계도를 넘긴 것으로 보아 협상의 어지는 충분하다고 생각합니다만 다른 마탑에서 동의할지는 모르겠습니다."

"허허허! 골치가 아프게 되었……."

꽝! 꽝! 꽝!

레이트 탑주가 말을 끝마치기 직전에 문을 요란하게 두드리는 소리가 났다.

"들어와!"

들어온 인물은 붉은색 모자를 어디에 잊어버렸는지 얼굴은 물론 벗겨진 머리까지 땀에 젖은 몰골의 중년 마법사였다.

"왜? 어디에서 무슨 통신이 들어온 거야?"

레이트가 묻는 것으로 봐서는 통신을 전담하는 마법사로 보였다.

"아르카누스 텔룸 수석 조장으로부터 들어온 통신입니다!"

자신이 철수하면서 홀론 시티에 남겨 둔 수석 조장이 언급되자 통신 마법사를 쳐다보는 부르톤의 눈빛이 강해졌다.

"내용은?"

"알붐과 루툼 마탑이 연합해서 보낸 타이탄 전단이 방금 몰살했다는 소식입니다."

"그, 그게 무슨 소리인가?"

레이트의 눈은 튀어나올 듯 커졌고 평소 감정을 거의 드러내지 않는 부르톤도 경악한 얼굴로 벌떡 일어나며 물었다.

 "어젯밤에 텔레포트를 이용해서 홀론 시티에 들어온 정체불명의 전사들이 있었답니다. 홀론 측에서는 텔레포트를 허가하지 않으려고 했지만, 알붐 마탑과 루툼 마탑의 탑주들의 강요로 어쩔 수 없었다고 합니다."

 "하아! 두 마탑에서 추가로 타이탄 전단을 보냈군. 그런 일을 벌이면서 내게 연락도 하지 않다니. 두 탑주가 루보르와 니그룸을 무시한 것이 아니라면 어떻게 이럴 수 있지? 그래, 그 소식이 왜 이렇게 늦게 전달된 거지?"

 "그게 그들이 텔레포트한 직후 시청을 장악하고 시티 수뇌부를 억류한 터라 홀론 시티는 그들이 떠나고 나서야 관련 정보를 전달했다고 합니다. 그 정보를 전달받은 아르카누스 텔룸 한 개 조가 그 뒤에 따라붙었는데, 성과 얼마 떨어지지 않은 한 숲에서 아니테라 측과 연합전단 측이 전투를 벌이는 모습을 목격했다고 합니다."

 "그렇다면 알붐과 루툼에서 타이탄을 얼마나 동원했나?"

 레이트의 질문에 통신 마법사가 하얗게 질린 얼굴로 입을 열었다.

 "감마급 13기, 베타급과 알파급을 합해서 1천 기 이상이었다고 합니다."

 그 보고에 레이트는 반사적으로 부르톤을 쳐다봤는데 그

의 얼굴에 드물게 경악한 표정이 떠오른 것을 보고 사정을 짐작할 수 있었다.

지난 세월 동안 이런 일이 종종 있었다. 콰드라스 카르도에서 합의하지 못하는 사안이 생기면 알붐이 단독으로 나서거나 루툼과 연합해서 따로 처리를 했다.

물론 외부에는 콰드라스 카르도의 연합전단이라는 이름으로 말이다.

그 바람에 오히려 두 마탑의 행사를 말리고 거부했던 루보르 마탑과 니그룸 마탑도 오랫동안 오명을 뒤집어써야만 했었지만, 두 마탑의 힘이 워낙 강력해서 어쩔 수가 없었다.

"……그런데도 몰살을 당했다고?"

레이트가 믿을 수 없다는 얼굴로 부르톤을 쳐다보더니 그렇게 물었다.

"네. 혹시 아니테라 측에서 눈치를 챌까 봐 멀리 떨어진 곳에서 지켜봤는데 연합전단이 몰살당한 것은 확실하답니다."

"하아!"

"허허허."

보고를 들은 레이트와 부르톤은 허탈하게 웃었다. 도저히 현실감이 들지 않았기 때문이다.

"그런데 수석조장이 반드시 보고하라는 내용이 더 있었습니다."

"뭔가?"

"아니테라 측 타이탄 중에 감마급보다 훨씬 큰 타이탄이 있었다고 합니다. 혼자서 전단장을 포함한 감마급 4기를 처치했는데 체고가 대략 15미터는 되는 것 같다고 했습니다."

"체고가 15미터라면 입실론급인데……."

"입실론이라니! 믿을 수 없습니다!"

루보르 마탑도 입실론급 타이탄 2기를 보유하고는 있지만 너무 오래되어서 에고가 흩어지기 직전이고 기체마저 부식이 심하고 마법진이 대부분 훼손된 상태라 관상용에 불과했다.

그런데 아니테라의 입실론급 타이탄은 실제로 기동했다고 하니 믿을 수가 없었다.

"실제로 활동할 수 있는 입실론급 타이탄을 보유하고 있다고? 이거 보통 일이 아니군. 일단 칼리판과 함께 얘기를 해봐야겠어. 아! 그런데 이 정보는 알붐과 루툼 측에도 들어갔겠지?"

"그럴 겁니다."

아르카누스 텔룸은 네 마탑이 연합해서 만든 정보조직이라 어떤 정보건 네 마탑에 전달할 의무가 있었다.

"난리가 났겠군. 그 정도 전력을 잃었다면 알붐과 루툼도 꽤 부담이 갈 텐데."

콰드라스 카르도에 속하는 네 마탑 중 알붐과 루툼은 루보르와 니그룸에 비해 두 배 정도 높은 타이탄 전력을 보유하고 있다. 특히 알붐의 경우 보유한 타이탄 전력이 얼마나 되는지 아무도 알지 못했다.

이번에 알붐과 루툼이 동원한 타이탄 전력은 루보르 마탑의 그것과 비슷했는데 특히 감마급의 경우 5기밖에 없었다.

"그래도 상당한 전력이 남아 있기는 하겠지만 문제가 있습니다."

"뭔가?"

"두 번이나 연속해서 공격을 받은 아니테라 측이 가만히 있지는 않을 겁니다."

"정말 아니테라 측이 우리 콰드라스 카르도에 보복을 할까?"

"그 정도로 강력한 타이탄 전력을 가지고 있다면 당연한 거 아닐까요?"

부르톤의 말을 들은 레이트는 잠시 생각을 해 보고는 천천히 고개를 끄덕였다.

그렇게 강력한 타이탄 전력을 보유한 아니테라 측이 두 번이나 연속해서 공격을 당했는데 가만있을 리가 없었다.

"미치겠군. 지난번도 그렇지만 이번 공격은 우리와 전혀 상관도 없는데."

"일단 내일까지 지켜보도록 하지요. 마음 같아서는 추가 전력을 홀론 쪽에 투입하고 싶은데 저희도 마르트 산맥 쪽으로 여섯 개 조를 보냈기 때문에 지금 아니테라의 움직임을 감시할 전력이 부족합니다."

"그러세."

두 사람은 불안한 마음으로 자리를 파했다.

다음 날 아침, 밤을 새웠는지 눈 밑이 거뭇거뭇해진 부르톤이 레이트의 집무실을 찾았다.

그런데 두 사람이 미처 대화를 시작하기도 전에 어제와 다른 통신 마법사가 급하게 문들 두드렸다.

"무슨 일이야?"

"아, 알붐 마탑이! 알붐 마탑이 지난밤에 파괴되었답니다!"

"그게 무슨 소리야?"

얼마나 놀랐는지 얼굴이 파랗게 질린 통신 마법사의 보고에 레이트가 경악한 얼굴로 벌떡 일어나며 물었다.

"차근차근 얘기해 보게."

부르톤이 얼마나 놀랐는지 몇 층 뛰어오르지 않았음에도 헐떡거리는 중년 마법사를 진정시켰다.

"해가 질 무렵에 알붐 시티의 상공에 수를 헤아릴 수 없을 정도로 많은 비행 마수들이 나타났다고 합니다."

"비행 마수?"

"네. 두 달이 모두 상현달과 하현달이라 하늘이 어두웠고 너무 높은 상공이라 종류는 알 수 없었지만 하늘을 가릴 정도로 많은 비행 마수들이 마탑에 거대한 바위를 투하했답니다."

"알붐 마탑의 방어막이 그렇게 허술하지 않은데. 설마 방어막이 발동하지 않은 건가?"

"아, 아닙니다! 하늘이 갑자기 캄캄해지고 비행 마수들이 몰려왔다는 사실을 인지하는 순간 바로 방어 마법진을 활성화시켰다고 했습니다."

"그런데도 마탑이 파괴되었다고?"

당장 루보르 마탑만 해도 유사시 세 겹의 마법 방어막이 마탑을 반구형으로 감싸서 보호를 한다.

"수천, 아니 수백 개밖에 안 된다고 하더라도 사람 크기의 바위가 아득히 높은 고공에서 떨어졌다면 그 충격량은 엄청날 겁니다."

부르톤의 말에 레이트의 얼굴이 심각해졌다. 그런 상황을 상정하니 자신조차 세 겹의 방어막이 견딜 수 있을 거라고 장담할 수 없었기 때문이다.

"그, 그래서 어떻게 되었나? 아니, 피해는?"

"바위가 떨어진 곳은 마탑과 타이탄 공방, 타이탄 전사단의 격납고, 그리고 창고 단지밖에 없는데 다행히 밤이라서 인명 피해는 없었지만 완벽하게 파괴되었다고 합니다."

"전부 박살이 났다고?"

"네. 얼마나 충격이 강했는지 강력한 마법 방어막을 가진 마탑 건물과 타이탄 생산 시설은 물론이고 타이탄들과 재료들까지 완전히 박살이 났다고 합니다."

"그 정도라면 다시 타이탄을 생산하려면 꽤 오랜 시간이 걸리겠군."

그렇게 말하는 레이트의 얼굴에 다양한 표정이 번갈아 떠올랐다.

"알붐에게는 불행한 일이지만 인명 피해가 없어서 다행이군. 그런데 그 높은 곳에서 비행 마수들이 정확하게 세 곳을 지정해서 바위를 떨어뜨렸다고? 실전된 운석 소환 마법은 분명히 아닐 텐데 대체 어떤 놈들이? 그런 비행 마수를 길들일 테이머나 사령술사가 세상에 있던가?"

"어쩌면 비행 마수들이 한 짓이 아닐 수 있습니다."

충격을 받은 레이트가 이성을 찾지 못하는 것으로 보이자 부르톤이 그렇게 말했다.

"그럼 뭔가?"

"스톤 스트라이크를 응용한 마법일 수도 있습니다."

"스톤 스트라이크라고? 그럴 리가 없어!"

지상의 바위를 허공의 한 지점으로 공간 이동을 시킨 후 목표 지점을 향해 낙하시키는 스톤 스트라이크는 원래 대지와 공간 계열의 7서클 마법이지만 타이탄이 개발된 후에는 8

서클로 분류되는 무시무시한 마법이다.

스톤 스트라이크는 운석 소환 마법, 즉 미티어 스트라이크의 하위 버전으로 우주에서 끌어오는 운석만큼은 아니지만 고공에서 목표를 향해 거대한 바위를 떨어뜨리기 때문에 위력은 무시무시했다.

하지만 레이트는 스톤 스트라이크 마법이 펼쳐졌다는 사실을 인정할 수 없었다. 공간 계열의 마법은 이미 오래전에 사라졌기 때문이다.

사실 안타까운 일이지만 아이테라 차원의 마법 수준은 오래전에 크게 떨어진 상태다.

막강한 전투 병기인 타이탄이 개발된 이후에는 고차원의 공격 마법을 익힐 필요성이 크게 떨어졌거니와 대부분의 마탑은 타이탄에 필수적인 마법진을 연구하고 개발하는 데만 골몰했기 때문이다.

마탑들은 그런 마법사를 선호하고 지원할 뿐 아니라 지원과 보상도 크게 했기 때문에 자연스럽게 마법에 입문하는 자들도 그 길을 선호했다.

그 결과 현재 마법사의 8할 이상은 마법진과 인챈트 계열이었고 정통 마법사는 겨우 2할에도 미치지 않았다.

마법의 풍조가 그렇게 바뀌자 자연스럽게 많은 마법이 사장되었고 마법 수준이 전체적으로 하락하기 시작했다. 그리고 어느 순간부터는 7서클 이상의 고위급 마법은 거의 사장

되거나 실전되었다.

그렇기 때문에 지금은 8서클의 마법사라고 해도 종래에 8서클로 분류되는 마법을 구사하지 못하고 기껏해야 7서클의 마법만 익히고 있을 뿐이었다.

"공간 속성의 마법 주문이 실전되었으니 대신 비행 마수를 이용한 것으로 생각됩니다."

부르톤의 주장에 레이트 탑주가 천천히 고개를 끄덕였다. 그의 주장이 타당하게 여겨진 것이다.

"하지만 그래도 비행 마수를 길들이고 조종할 수 있는 뛰어난 테이머와 목표 설정과 동시에 바위를 음속으로 낙하시킬 가속 마법을 펼칠 수 있으려면 적어도 7서클 마법사가 있어야 하는데 과연 아니테라에 그런 역량이 있을까?"

비행 마수를 이용해서 바위를 허공의 한 지점으로 공간 이동시키는 과정이 빠졌다고 해도 허공에서 그런 마법을 펼치려면 동시에 둘 혹은 셋 이상의 마법을 구현해야만 하기에 7서클은 되어야 가능한 마법이다.

"우리보다 타이탄 관련 기술이 높다는 점을 고려하면 아니테라에도 7서클은 물론이고 8서클 마법사가 존재하는 것은 확실합니다."

그 말에 입실론급으로 짐작되는 타이탄이 나타났다는 사실을 떠올린 레이트가 고개를 끄덕였다.

그렇게 레이트와 부르톤이 얘기를 나누고 있을 때 보고

를 했던 통신 마법사가 비로소 호흡을 고르고 다시 입을 열었다.

"그리고 오후에 이상한 통신이 들어왔습니다."

"어떤 통신인데?"

"발신지는 홀론 마탑인데 내용이 이상했습니다. '남을 죽이려는 자는 자신도 죽음을 각오했을 테니 마땅히 벌을 받으리라'라는 짧은 내용인데 문제는 홀론 측에서는 그런 통신을 보낸 적이 없답니다."

"으음."

통신 마법사의 보고에 레이트 탑주와 부르톤이 서로 눈빛을 교환하며 침음을 흘렸다.

이건 틀림없이 보복 공격을 암시하는 경고문이다. 잘못하면 콰드라스 카르도와 아니테라 간의 전쟁이 발발할 수 있었다.

"수고했네. 자네는 나가 보게."

"네, 탑주님."

통신 마법사가 방을 나갔지만 두 사람은 잠시 아무 말도 하지 않고 생각에 잠겼다.

한참이 지나서야 레이트의 입이 열렸다.

"우리까지 공격할까?"

"그럴 가능성이 농후하지만 경고가 없는 것으로 보아서 아닐 수도 있습니다. 문제는 그게 아닙니다."

"그럼 뭔가?"

"우리는 아니테라 측에 대한 정보가 전무하다시피 한데 그쪽은 우리의 내밀한 사정까지 꿰뚫고 있습니다. 이번 일만 봐도 알붐 마탑이 공격을 주도했다는 사실을 알고 있음이 확실합니다."

"으음. 부상을 입은 라이더들을 통해 알아냈겠군."

생각해 보니 충분히 가능한 일이었다.

"만일 그들이 동일한 공격을 이곳이나 루툼 그리고 니그룸에 가한다면 과연 막아 낼 수 있을까요?"

"이런! 당장 마법사들을 대기시켜야겠어!"

부르톤의 질문에 레이트의 낯빛이 어두워졌다. 대규모 마법진으로 가동되는 세 겹의 방어막이 그렇게 쉽게 파괴되었다면 이렇게 멍하니 있어서는 안 된다.

"부르톤, 당장 통신실로 내려가서 루툼과 나그룸에도 아니테라의 보복 가능성이 크다는 사실을 전해 주게. 급해!"

그렇게 지시한 레이트 탑주가 체신도 생각하지 않고 황급히 비상시 마법사들을 소집하기 위해서 방을 나섰다.

'후유! 대체 아니테라는 어떤 시티이기에!'

이번 사태로 아니테라는 콰드라스 카르도와 단단히 척지게 되었고 공적이 될 가능성이 높아졌지만 부르톤은 아니테라보다는 콰드라스 카르도에 속한 네 마탑이 걱정되었다.

'적을 알아야 상대할 수가 있는 법인데…….'

지금의 형국은 아니테라를 공격하고 싶어도 어디에 있는지 알지 못해 할 수 없어서 그저 공격이 가해지기만 기다리는 수밖에 없었다. 즉, 아니테라는 완벽한 어둠 속에 숨어 있는 반면 콰드라스 카르도는 환한 곳에 드러나 있는 상태였다.

　그날 오후, 콰드라스 카르도의 네 마탑주가 다시 니그룸 마탑에서 모임을 가졌다.

　이번에 공격을 받은 알붐 마탑의 칼리판은 가장 늦게 도착했는데, 얼마나 화가 났는지 '홍안의 마도사'라는 이명을 가지고 있는 루보르 마탑의 레이트보다 얼굴이 더 붉었다.

　"피해는 어떻소?"

　항상 중립 입장을 취했던 피넬리가 물었다.

　"마탑 건물과 타이탄 공방, 그리고 타이탄 격납고와 창고들이 완전히 가루가 되었소."

　"그래도 인명 피해가 없어서 다행이오."

　"인명 피해가 문제가 아니오. 격납고에 있던 타이탄이 파손을 거론할 필요가 없을 정도로 가루가 되어 버렸고 창고 수십 동에 보관되어 있던 재료들도 마찬가지요."

　칼리판이 식식거리면서 한 말에 세 탑주는 잠시 입을 다물지 못했다.

　칼리판이 속이 쓰려서 숫자를 언급하지 못한 것이지 금액으로 치면 그야말로 천문학적인 규모였다.

"파괴된 것이 아니라 사라졌단 말이오?"

"해당 건물들이 있던 자리에 깊이가 50미터에 달하는 거대한 구덩이가 생길 정도로 파괴력이 엄청났으니 격납고와 창고에 보관하고 있던 타이탄과 재료 들은 대부분 파괴되었을 것이오, 다만 파괴력이 너무 강했는지 타이탄의 잔해는 물론이고 파손된 재료조차 전혀 찾을 수 없었던 것은 좀 이상하오."

"하아."

화가 난 칼리판의 말에 세 마탑주는 할 말을 잃었다.

'잔해물이 전혀 남지 않을 정도로 강력한 파괴력이었다고?'

'믿기가 어렵군. 그냥 바위를 낙하시키는 단순한 공격이 아니었다는 말이군.'

'그렇다면 떨어진 바위가 그냥 바위가 아니었겠군.'

"우리 마탑의 원로 몇 명은 그 시설들에 바위들이 떨어진 것은 사실이지만 그에 더해서 물질을 분해시키는 모종의 아이템이 포함되었다고 보고 있소."

칼리판의 말에 세 마탑주는 그런 의견이 일리가 있다고 생각했다.

그게 아니고서는 건물은 물론 타이탄과 재료의 잔해물이 전혀 남지 않았을 리가 없었다.

물론 누군가 그것들을 챙겨 간 것으로 의심할 수도 있지만 바위들이 낙하하기 직전까지는 아이테르 차원에서 가장 강력한 세력을 자랑하는 알붐 마탑의 방호막을 뚫고 누군가 침입했을 가능성은 거의 없었다.

"그나저나 핵심 시설에 떨어진 바위의 크기나 위력은 어떻게 되오?"

"평균적으로 방 한 칸 크기였고 얼마나 빠른 속도로 낙하했는지 지상에 가까워졌을 때는 이미 거대한 화염 덩어리였소. 그 화염 덩어리들이 핵심 시설을 보호하는 대규모 방어막은 물론이고 건물 자체의 방어막까지 단숨에 파괴했소. 바위들 역시 충격을 이기지 못하고 산산조각이 나 버렸고."

레이트의 질문에 대답을 하는 칼리판의 얼굴은 이전에 비해 현저하게 늙어 보였다.

'하아! 감당하기 힘든 적이군.'

이건 타이탄 전력으로 시티를 공격하는 것보다 훨씬 더 강력한 보복이다. 알아도 대비하기가 힘들었기 때문이다.

세 사람은 등골이 서늘했다. 정확하게 어떤 방법을 사용한 것인지는 모르겠지만 상급 마정석 수백, 수천 개로 작동하는 대규모 마법 방어막은 물론이고 건물 자체에 걸려 있는 방어 마법진들까지 무력화시킬 정도로 엄청난 파괴력을 가진 공격이었다.

게다가 마법 공격조차 닿기 힘든 높은 공중에서 가해진 공격이었기에 방호하거나 상대하는 것이 거의 불가능했다.

콰드라스 카르도를 주도하고 있는 알붐 마탑이 이 지경이 되었다면 자신들의 마탑도 상대가 마음만 먹으면 똑같이 당할 수 있다는 것을 의미했다.

'비상이야!'

오랜 세월을 살아오면서 숱한 위기를 겪고 극복해 온 네 괴물들도 강렬한 위기감을 느낄 수 있었다.

다들 머리가 복잡해서 그런지 회의가 꽤 오래 이어졌지만 대화는 겉돌기만 했다. 피해 복구를 위한 알붐 측의 지원 요청이야 당연히 심도 있는 검토가 필요했고 향후 대책 또한 딱히 마음에 드는 내용이 나오지 않았다.

루툼 마탑

달빛도 거의 없어 별도 보이지 않는 어두운 밤.

이미 깊은 밤이라서 평소라면 인적이 끊겼어야 할 루툼 마탑은 아직 환하게 불을 밝히고 있었다.

불을 밝힌 곳은 그곳만이 아니었다. 타이탄 공방은 물론 공방과 가까운 곳에 지어진 수십 동의 창고 곳곳에도 역시 마력 등이 커져 있었다.

"긴장해!"

수백 명에 달하는 전사들은 마탑과 타이탄 공방 그리고 창고를 면밀하게 감시하고 있었다. 누군가 침입하면 바로 경보를 울리거나 마법 공격을 발출하는 마법진들도 건물을 둘러싸고 있어 보안 수준이 최상이었다.

그 시각, 세롬은 마탑의 꼭대기에 원로들과 함께 자리를 잡고 앉아 있었다.

'설마 우리 마탑까지 공격하지는 않겠지?'

세롬은 심연처럼 어두운 하늘을 올려다보고 있었다.

아무리 아니테라가 어둠 속에 숨어 있어 유리한 상황이라고 해도 대륙에서 가장 강대한 두 마탑을 차례로 공격할 정도로 어리석은 판단을 내릴 것 같지는 않았지만 불안감을 지울 수 없었다.

'아니, 기습한다고 해도 상관없어!'

이미 충분한 대비를 해 둔 상태다. 마탑에 귀환한 즉시 고위급 마법사들을 닦달해서 방어 마법진을 추가했기 때문에 이젠 유사시 여섯 겹이나 되는 방어막을 가동할 수 있게 되었다.

'시티 전체가 아니라 마탑과 공방 구역으로 범위를 축소했기 때문에 방어력은 열 배 이상 올라갔으니 스톤 스트라이크 마법이라도 파괴할 수 없을 거야.'

만약 방어막이 모두 부서진다고 해도 8서클인 자신은 물론 7서클인 원로 다섯 명의 능력이라면 충분히 세 구역을 방호할 자신이 있었다.

세롬과 원로들은 이 정도의 방비라면 기습은 더 이상 걱정하지 않아도 된다고 자신했다.

그때 오망성 위치에 앉아서 눈을 반개한 상태로 네 방향과 마탑 상공으로 마력을 풀어 감시를 하고 있던 페이튼 원로의 눈이 번쩍 뜨였다.

"위쪽의 대기가 움직입니다!"

페이튼의 말에 세롬과 네 원로가 마탑 상공을 향해 마력을 방사했다. 7서클 정도면 딱히 마법을 쓰지 않아도 마력을 방사해서 일정 거리 안에서 벌어지는 일을 감지할 수 있었다.

"대기의 요동으로 보아 수백, 아니 수천에 이르는 거대한 물체들이 마탑 상공으로 빠르게 이동하는 것으로 보여요!"

백발의 노부인이 소리쳤다.

"마력 유동은 없습니다!"

"비행체들이 우리 마탑의 상공 위에 멈추었습니다!"

원로들의 이어진 소리에 세롬 마탑주의 얼굴이 터질 듯 붉어져서 황급히 하늘을 보였다.

안 그래도 컴컴했던 하늘이 새까맣게 변했다. 매직 아이를 펼치자 와이번보다 훨씬 거대한 날개를 가진 생소한 모습의 비행 마수들이 하늘을 겹겹이 가리고 있었는데 발톱에 거대한 바위를 잡고 체공 비행을 하고 있었다.

'이럴 줄 알았으면 나머지 원로들까지 귀환시켰어야 했는데 너무 안일하게 생각했군.'

들은 것보다 훨씬 더 위험한 상황이다. 저렇게 높은 상공을 날고 있는 비행 마수들을 공격할 수 있는 마법은 몇 개밖에 되지 않았고 하나같이 거대한 마법진과 고위급 마법사들이 필요했기 때문이다.

하지만 현재 루툼 마탑은 그런 고위급 마법을 펼칠 수 있는 능력이 없었다. 7서클인 원로 열 명 중 절반만이 마탑에 남아 있었고, 나머지는 영역 내에 있는 시티들을 돌면서 늘 하던 일을 하고 있었다.

물론 비상을 걸면 전부는 아니더라도 절반 이상은 시티에 있는 텔레포트 마법진을 이용해서 귀환할 수 있지만 아니테라 측에서 알붐에 이어 바로 다음 날에 공격할 거라고는 생각하지 않았고 파견된 원로들이 하는 일이 워낙 중요해서 주저했던 것이다.

하지만 매직 아이 마법에 이어 서치 마법으로도 당연히 있어야 하는 마법사의 존재는 찾을 수가 없었다.

이렇게 되면 스톤 스트라이크를 펼치는 마법사를 마법으로 공격할 수도 없었다.

'제기랄! 알붐으로는 분이 가시지 않는다는 거군.'

상대가 아니테라 시티인지는 알 수 없지만 단단히 작심한 것 같았다.

"어디 한번 해봐라!"

그렇게 정체불명의 적에게 이를 가는 세롬은 만약 마탑이 공격을 받게 되면 그 어떤 방법을 써서라도 범인들을 색출해서 요절을 내겠다고 결심했다.

"꽤 큰 물체가 낙하합니다!"

"속도가 엄청납니다!"

한 원로의 경고성에 세롬은 곧바로 의념을 보내 메가 배리어를 발동시켰다. 수백 개의 상급 마정석으로 발동하는 복잡한 마법진의 코어들이 빛을 발하더니 이내 마탑을 중심으로 한 구역을 감싸는 세 겹의 거대한 반구형 방어막이 생성되었다.

"속도가 엄청납니다!"

"마찰열에 물체가 타면서 화염 덩어리로 변했습니다!"

"마력 유동은 아직도 감지할 수 없습니다!"

이어지는 원로들의 외침에 하늘을 쳐다본 세롬이 이를 갈았다.

바위로 짐작되는 물체가 낙하하면서 마찰열에 의해서 거대한 불덩어리로 변할 정도면 단순히 고공에서 떨어뜨리는 것이 아니라 정확한 지점을 설정하고 물체에 마력을 가해서 가공할 속도로 떨어뜨리는 스톤 스트라이크 마법이 맞았다.

"플레임 캐논을 준비해!"

플레임 캐논은 화염 덩어리를 만들어서 엄청난 속도로 발사하는 마법으로 본래 6서클에 해당하지만 원로 다섯 명이 합격해서 펼치기 때문에 목표 설정이 빠르고 마법의 위력도 강화된다. 무엇보다 마법진의 도움을 받을 수 있어서 연속해서 구현해도 큰 힘이 들지 않았다.

곧 오망성의 중앙에 사람 크기의 화염 덩어리가 나타났고 곧바로 하늘을 향해 발사되었는데, 그 속도가 얼마나 빠른지 조금 후에 파공성이 들릴 정도였다.

꽝!

우르르.

허공에서 서로 충돌한 화염 덩어리들이 부딪히며 거대한 불꽃들이 사방으로 터져 나갔고 마탑 꼭대기까지 충격파가 전해졌다.

원로들의 안색이 환해졌지만 이내 사색이 되었다.

"이번에는 다섯 개가 떨어집니다!"

"서둘러!"

원로들이 자신이 앉은 자리에 한 손바닥을 대고 마력을 주입한 후 주문을 외우자 마법진이 가동하면서 어둠 속을 환하게 밝히더니 중앙에 홀연히 다섯 개의 화염 덩어리가 나타났다.

"가라!"

원로들은 목표 설정을 끝내고 화염 덩어리를 상공으로 발사했다.

꽝! 꽝! 꽝! 꽝! 꽝!

그르르르르.

낙하하는 화염 덩어리와 그것을 향해 맹렬한 속도로 솟구친 화염 덩어리가 연쇄적으로 충돌하면서 하늘에는 커다란 불꽃이 만들어졌고 이내 마탑이 흔들릴 정도로 강력한 충격파가 연이어 전해졌다.

너무 속도가 빨라서 마찰열에 화염 덩어리로 변한 거대한 바위와 그것들을 요격하는 플레임 캐논은 계속해서 충돌하면서 요란한 폭발음과 강력한 충격파를 만들어 내어 루툼 시티의 시민들을 공포에 질리게 만들었다.

"젠장!"

세롬의 입에서 낮은 욕설이 흘러나왔다. 충돌 지점이 점점 더 아래로 내려왔기 때문이다.

게다가 낙하하는 화염 덩어리의 숫자가 빠르게 늘어나서 동시에 수십 개씩 떨어지는 화염 덩어리를 플레임 캐논으로 요격하는 것조차 힘들어졌다.

"마나포도 가동해!"

통신기를 쥔 세롬이 소리치자 이미 시티 상공을 향해 포신을 고정한 마나포 100문이 떨어지는 화염 덩어리를 향해 마나포탄을 발사하기 시작했다.

꽈과광! 꽈과광!

하늘이 환하게 빛날 정도로 엄청난 폭발이 연속해서 발생했다.

마나포탄들이 플레임 캐논과 함께 무서운 속도로 낙하하는 화염 덩어리를 요격하는 모습에 안도한 것도 잠시 화염 덩어리가 50개로 늘어나자 세롬과 원로들의 낯빛이 어두워졌다.

'더 이상 마력포로는 감당할 수 없어!'

방법은 플레임 캐논의 숫자를 늘리거나 그보다 더 위력적인 마법을 사용해야 하는데 그럴 수가 없었다.

아무리 7서클 마법사가 다섯 명이고 마법진의 도움을 받는다고 하지만 연속해서 플레임 캐논 마법을 펼치고 있는 원로들의 낯빛은 엄청난 마력 소모와 집중력의 소모로 인해서 어느새 창백해졌고 일부는 목표를 제대로 타격하지도 못했다.

'이렇게 공격 마법으로 대응하는 건 소용이 없어!'

마력과 집중력 소모를 줄이기 위해서는 플레임 캐논보다 한 서클 아래인 파이어 캐논을 사용해야 하는데 과연 그것으로 화염 덩어리가 되어 엄청난 에너지를 가지고 있는 바위를 요격할 수 있을지 자신이 없었다.

만약 공격하는 마법사의 위치만 안다면 마법으로 격살할 자신이 있었지만 아쉽게도 상대 마법사는 전혀 모습을 드러내지 않았다.

"계속 요격해!"

결국 세롬은 비행 마수들과 거의 동일한 고도의 한 지점으로 텔레포트를 했다. 수천 무 아래쪽에서 위를 향해 펼치는 마법으로는 적을 제압할 수 없다고 생각한 것이다.

그런데 허공의 한 지점에 모습을 드러낸 세롬은 공간 이동을 한 직후 바로 실드 마법을 펼쳤지만 다음 순간 머리끝이

쭈뼛하는 감각에 주위를 둘러보다가 눈을 부릅떴다.

"커헉!"

족히 500무는 떨어진 거리에서 길이가 5미터에 달하는 오러 블레이드가 벼락처럼 빠르게 자신을 향해 날아오고 있었기 때문이다.

'소드마스터 최상급!'

검에 생성된 오러 블레이드를 형체를 그대로 유지한 상태로 그 정도의 거리를 격해서 날려 보내는 건 최고급 기술이다. 당연히 소드마스터 최상급은 되어야만 구사할 수 있었다.

'대체 어디에서? 이런 강자가 있다면 공중에서는 상대할 수 없어!'

상대는 비행 마수를 탄 상태로 날린 오러 블레이드를 의지로 조종하는 신기를 보여 주었다.

물론 자신도 8서클이니 멀티 캐스팅이야 당연히 가능하지만 마법진의 보조나 호위 전력도 없이 허공에서 소드마스터 최상급 이상의 강자가 날리는 공격을 제대로 감당할 수는 없었다.

파지직!

세롬은 오러 블레이드에 담긴 엄청난 힘을 감지한 동시에 살기에 몸이 두 쪽이 나는 것 같은 긴박한 위험을 느끼고 곧바로 다시 텔레포트를 감행했다.

이전 위치에서 약 100무 정도 떨어진 서쪽의 허공에 모습을 드러낸 세롬은 마치 공간을 이동한 것처럼 그를 향해 쇄도하는 오러 블레이드를 보고 기함을 하며 창백한 낯빛으로 다시 텔레포트를 했다.

파르르.

원래 있었던 마탑 꼭대기에 모습을 드러낸 세롬의 낯빛은 창백하게 질려 있었는데 마법진과 원로들의 모습을 확인하고서야 안도의 한숨을 내쉬었다.

"허업!"

'무서운 자다! 조금만 대응이 늦었어도 죽었어!'

500무 거리를 한 호흡도 되지 않아서 날아왔으며 심지어 텔레포트를 하기가 무섭게 자신을 따라서 공간 이동을 한 것 같은 오러 블레이드를 떠올리자 뒤늦게 온몸에 소름이 돋았다.

5미터에 이르는 거대한 오러 블레이드를 그렇게 원하는 목표로 공간 이동을 하듯 빠르게 날려 보낼 수 있다면 소드마스터 경지의 끝이라고 할 수 있는 최상급 강자라야만 했다.

소드마스터 최상급은 굳이 검이 아니더라도 강기를 만들어 낼 수 있으며 오러 블레이드를 마음먹은 대로 움직일 수 있다. 심지어 가벼운 손짓만으로도 알파급 타이탄을 부수고 날려 보낼 수 있었다. 감마급 타이탄조차 그런 강자에게는 오래 버티질 못한다.

하지만 현재 아이테르 차원에 알려진 소드마스터 최상급 실력자는 없다.

물론 세상에 알려지지 않은 자가 있을 수는 있지만 세롬이 아는 한 없었다. 만약 있었다면 진작에 콰드라스 카르도의 행사에 간섭했을 것이다. 자고로 힘을 가진 자는 대우를 받으려 하니 말이다.

'대체 아니테라가 어떤 곳이기에 소드마스터 최상급이 존재한단 말인가?'

알려진 것이 거의 없는 아니테라가 아니라면 그런 실력자를 보유한 시티는 없을 것 같았다.

어쨌든 이렇게 되면 자신이 직접 고공에 떠 있는 비행 마수나 숨어서 스톤 스트라이크 마법을 펼치고 있는 것으로 보이는 마법사를 상대할 수는 없었다.

'지금 할 수 있는 방법은 하나뿐이군.'

"그만! 메가 배리어를 펼쳐!"

세롬의 명령에 다섯 원로가 마법을 거두고 곧바로 주문을 외우기 시작했다. 메가 배리어는 배리어를 중첩시켜 크기와 방어력을 높이는 마법이다.

원래 이런 상황에 대비해서 회의를 했는데 마법으로 요격할 수 없다면 차라리 방어에 집중하기로 했다.

휘이잉!

강한 진동과 함께 마탑을 중심으로 기존에 있던 세 겹의 방어막 사이에 여섯 개의 방어막이 층층이 생성되었다. 다섯 원로와 세롬이 만들어 낸 방어막이다.

'불완전한 스톤 스트라이크로는 열 겹의 방어막을 깰 수는 없겠지!'

그렇게 자신하고 있던 세롬의 몸이 순간적으로 비틀거렸다.

푸스스스.

소리는 없었지만 시티 전체를 방호하는 강력한 막이 강력한 충격에 의해서 안쪽으로 밀려오면서 막 내부의 공기가 심하게 요동친 것이다.

시티를 방호하는 거대한 반구형 막은 상급 마정석 수천 개가 필요한 거대한 마법진에 의해서 만들어졌지만 누적된 충격량을 이기지 못하고 결국 부서져 버렸다.

쿵! 쿵! 쿵!

시티 방어막이 사라지자 마탑과 타이탄 공방 그리고 창고를 포함하는 공간을 층층이 감싸고 있는 방어막에 강한 충격이 전해지기 시작했다.

하지만 그건 시초에 불과했다. 마치 유성처럼 하늘에서 떨어지는 바위에 담긴 힘이 얼마나 강한지 순식간에 원로들이 만든 세 겹의 방어막이 짧은 간격으로 부서져 버렸다.

"크헉!"

마법진을 이용해서 마력을 증폭시켜 메가 배리어 마법을

펼쳤던 원로 세 명이 연쇄적으로 피를 토하며 오망성 위치에서 튕겨 나갔다.

세롬은 방어막이 너무 빨리 부서지자 얼굴이 창백해졌지만 아직 남은 방어막들을 믿었다.

세 겹의 방어막이야 급하게 만든 마법진으로 만든 것으로 개인이 운용하는 것이지만 가장 안쪽에 있는 두 개의 방어막은 최상급 마나석과 오랫동안 공들인 마법진이 만든 것이니 방어력은 몇 배에 달해서 충분히 막을 수 있을 것이다.

퉁! 퉁! 퉁!

"크흑!"

"쿨럭!"

이제 충격파와 함께 소리까지 전해지는가 싶더니 원로 두 명이 연거푸 피를 토하며 마법진 밖으로 튕겨 나갔다.

이제 남은 것은 세롬이 만들어 낸 메가 배리어와 대형 마법진이 만들어 낸 두 겹의 방어막밖에 없었다.

8서클 러너인 세롬 탑주의 마력은 실로 강대해서 50여 개에 달하는 화염 덩어리가 직격되었음에도 배리어는 꿈쩍도 하지 않았다.

하지만 그것도 잠시에 불과했다. 또다시 50여 개의 거대한 화염 덩어리가 배리어를 강타하는 충격에 배리어가 희미해졌다가 다시 밝아지기를 반복하더니 기어코 부서지고 말았다.

세롬은 피를 토하고 뒤로 날아간 원로들과 달리 안색만 창백해졌을 뿐이지만 눈빛이 약해졌다.

세롬 탑주는 미리 준비한 내상 치료용 포션을 복용하고 놀랍도록 빠른 운공으로 내상을 치유했다.

그가 다시 눈을 떴을 때 원로들은 이미 내상을 치유하고 다시 오망성에 자리를 잡고 앉아서 마법진을 통해 끌어낸 마력으로 새롭게 메가 배리어 마법을 만들고 있었는데 만들기가 무섭게 부서지고 있었다.

이제 하얗다 못해 파랗게 질려 가는 원로들의 안색을 본 세롬의 얼굴이 바위처럼 딱딱하게 굳었다.

"그만! 페이튼 원로, 바위가 얼마나 남았나 확인해 보게!"

세롬의 말에 한 원로가 굳은 얼굴로 매직 아이 마법을 펼쳐 하늘을 쳐다보았다.

'이젠 거의 다 떨어지지 않았나?'

이제 바랄 것은 그것밖에 없었다.

세롬은 비행 마수들이 쥐고 있는 바위가 얼마 남지 않았기를 바랐지만 상황은 그의 기대와는 달랐다.

"아직도 남아 있는 바위가 엄청납니다!"

위를 올려 보니 아직도 하늘에는 비행 마수들로 가득했는데 절반 정도는 바위를 움켜쥐고 있었다.

카오스가 가온이 아공간에서 꺼내는 바위들을 플라위스들

에게 전해 주고 있다는 사실을 모르는 세롬 등 루툼 마탑의 원로들은 플라위스가 수천 마리 이상인 것으로 알 수밖에 없었다.

그때였다.

쿵! 쿵! 쿵!

이제까지와 달리 100여 개에 달하는 화염 덩어리가 거의 동시에 두 번째 방어막을 직격했다.

쿠르르르.

마탑이 심하게 흔들리며 결국 두 번째 방어막이 부서지면서 충격으로 인해 산산이 부서진 화염이 시티 곳곳으로 날아가서 화재가 발생했다.

세롬과 다섯 원로는 사방으로 날아가는 화염 파편을 통해서 환하게 빛나는 시티를 쳐다보며 얼굴을 일그러뜨렸다.

이제 남은 방어막은 하나밖에 없었다. 그게 부서지면 마탑은 물론 타이탄과 관련된 중요 시설은 박살이 날 것이다.

그런데 상황은 더 안 좋아졌다. 하늘에서 200여 개의 화염 덩어리가 한데 뭉쳐서 떨어져 내리고 있었다.

"탑주, 이대로라면 얼마 버티지 못합니다! 당장 탈출해야 합니다!"

결국 수석원로인 페이튼이 다급하게 소리쳤다.

비행 마수들이 움켜쥐고 있는 바위가 한참 더 남았으니 이대로 마탑에 계속 남아 있다가는 무슨 일을 당할지는 명약관

화했다.

"하아! 나름 대비를 했건만 이 꼴이라니!"

결국 세롬과 다섯 원로는 미리 마련해 둔 텔레포트 마법진을 활성화시켜 외성 구역으로 탈출했다.

파앗!

대응 마법진에 모습을 드러낸 세롬과 다섯 원로는 울렁거리는 속에도 불구하고 바로 내성의 마탑 구역을 매직 아이로 살펴보았다.

하늘에서 유성이 떨어지듯 거대한 화염 덩어리들이 엄청난 속도로 마탑과 타이탄 공방 그리고 창고를 감싸고 있는 방어막을 강타한 후 산산조각이 나서 시티 곳곳으로 날아가서 건물들을 불태우고 있었다.

충격이 얼마나 컸는지 그들이 있는 외성의 목장 지역까지 충격파가 전해졌고 땅까지 크게 흔들렸다. 충격파에 내성 벽은 곳곳에 금이 가고 일부는 부서져 버렸다.

그때 다시 하늘에서 200여 개의 화염 덩어리가 떨어졌다.

"제에엔자앙!"

마지막 방어막이 더 이상 견딜 수 없다는 사실을 잘 알고 있는 세롬이 부들부들 떨며 하늘을 향해 주먹을 흔들었다.

그들은 모두 7서클 이상의 고위급 마법사이기 때문에 지금 이곳에서 떨어지는 화염 덩어리를 요격하거나 아득히 높은 곳에 있는 비행 마수들을 향해 공격 마법을 날릴 수 있지만 그럴 수도 없었다.

한 번에 저 많은 비행 마수들을 죽이지 못한 채 자신들의 위치가 노출되면, 마력 유동조차 감출 수 있는 상대편 마법사가 스톤 스트라이크의 목표 지점을 바꿀 것이 분명했다.

'최소한 7서클인 마법사와 최상급 소드마스터가 우리를 공격하면 과연 막아 낼 수 있을까?'

세롬은 그런 가정을 떠올렸다가 이내 고개를 흔들었다.

'자신이 없어!'

상대가 두 명에 불과하더라도 그동안 너무 오랫동안 온실 안에서 지낸 터라 실전 경험이 극히 적은 자신들이 이길 가능성은 없었다.

탑주라는 명예로운 자리에 오른 지 벌써 50년이 넘었지만 그 전까지 합해서 거의 80년은 전투다운 전투를 치르지 않았다.

타이탄 전력이 강대했고 던전을 공략하지도 않았으니 굳이 실전을 치를 이유가 없었기 때문이다.

꽈앙! 꽈앙!

결국 마지막 방어막이 부서지자 굉음과 함께 화염 덩어리에 맞은 마탑이 박살 나기 시작했다.

마탑만이 아니다. 거대한 타이탄 공방은 물론 거대한 규모를 자랑하는 창고까지 화염 덩어리에 맞아 산산조각이 나고 있었다.

비록 마법사를 포함해서 사람들은 모두 피신시켰고 타이탄이나 생산 라인 등 중요한 물건과 시설들은 다 옮긴 상태지만 유구한 역사를 가진 마탑 건물 등이 부서지는 모습은 너무나 끔찍했다.

세롬은 너무나 원통해서 피가 거꾸로 솟는 심정이었다. 이런 짓을 저지른 자들을 세상 끝까지 쫓아가서라도 복수를 하고 싶었다.

하지만 원로들의 생각은 다른 것 같았다.

"화염 덩어리들이 정확한 표적만 강타하는 것을 보니 스톤 스트라이크가 맞네."

"마법이라서 다행이야. 저 화염 덩어리가 시티 전체를 직격했다면 우리 루툼은 한동안 풀 한 포기 자라지 못하는 폐허가 되었을 거야."

"이런 고준위의 마법을 우리가 감지할 수 없을 정도의 마력 유동도 없이 펼칠 정도라면 7서클이 아닌 것 같소."

"그럴 가능성이 높아요. 분명히 러너나 비기너 수준은 아닐 거예요!"

"나는 상대 마법사가 두려운 것이 아니라 저 많은 비행 마수를 길들인 테이머가 두렵네. 저 정도면 우리 다섯이 마법을 난사해도 막아 낼 수 없을 걸세."

원로들이 하는 말을 들은 세롬은 머리끝까지 치밀었던 분노가 쏙 들어갈 정도로 충격을 받았다. 미처 생각하지 못했는데 상대의 능력은 정말 가공할 정도였다.

그 역시 수천 마리의 비행 마수를 길들여서 원하는 행동을 하게 만든 테이머의 존재를 생각하자 등골이 오싹했다. 비록 자신이 8서클 마법사였지만 저렇게 많은 비행 마수를 상대할 자신은 없었다.

'그나마 알붐에 비하면 다행인 건가?'

건물이나 타이탄 공방의 시설이야 어쩔 수 없었지만 재료와 타이탄은 미리 치워 두었다. 이상이 생기면 즉각 도망치라고 해 두었으니 인명 피해도 전혀 없었고.

'아니테라가 맞겠지?'

정황상 아니테라 시티 측이 보복을 하는 것 같지만 그동안 타이탄을 두고 워낙 많은 원한 관계를 맺어서 확신할 수 없었다.

'설마 우리 콰드라스 카르도가 무너뜨렸거나 노골적으로 판매를 금지한 마탑이나 시티 들이 연합한 것은 아니겠지?'

그럴 가능성이 아예 없는 건 아니었다. 콰드라스 카르도의 이름으로 무너뜨린 마탑이나 시티만 해도 두 자릿수에 달했고 타이탄 판매 금지 처분을 내려 원수가 된 곳도 그에 못지않았다.

그렇게 생각할 수밖에 없는 것이 그런 마탑이나 시티는 약간의 도움만으로도 당장 타이탄을 생산할 수 있는 역량을 갖춘 곳이었다. 그런 곳들이 힘을 모으면 이런 사태를 충분히 벌일 수 있었다.

'왜 전에는 이런 위험을 진지하게 생각하지 못한 거지?'

처음으로 오만했던 자신들의 태도를 돌아보게 된다.

이제 남은 것은 어떻게 대응할지에 대한 것이다.

'그런데 상대를 알아야 대응을 하지.'

알붐 마탑에 이어 루툼 마탑의 핵심 시설을 박살 낸 세력은 과연 어디일까? 정말 아니테라일까?

세롬은 고개를 흔들었다. 아니테라 시티의 단독 행사라고 보기에는 너무나 강력했다.

'그보다는 옥토 에스트레가 많은 시티를 끌어들였을 가능성이 더 높지.'

세롬은 이름조차 생소한 아니테라 시티가 실제 존재하지 않을 수도 있다고 생각했다.

대신 옥토 에스트레가 콰드라스 카르도의 눈 밖에 난 시티들을 끌어들여서 비밀리에 새로운 타이탄 생산 시설과 타이탄 전력을 양성했다고 보는 것이 타당했다.

콰드라스 카르도는 옥토 에스트레를 대상으로 핵심 마법진 몇 개를 제공하는 대가로 한 기당 5만 골드를 받아 왔다. 그것도 가격이나 생산 대수를 통제한 상태에서 말이다.

그 핵심 마법진도 옥토 에스트레의 역량으로 충분히 개발할 수 있었지만 그들의 마음이 급한 것을 이용해서 마법진 사용을 강제하는 동시에 수익의 태반을 받는 불공평한 계약을 한 것은 사실이다.

거기에 고위급 마법사를 상주시켜서 해당 마법진들을 개발하려는 의도 자체를 차단했고, 핵심 마법진이 개발되었을 때는 자신들의 원천기술을 사용했다는 이유로 막대한 타이탄 전력으로 상대를 압박해서 폐기하도록 만들었으니 오랫동안 이를 갈아 왔을 것이 틀림없었다.

또한 자신들의 견제로 인해서 타이탄을 생산하고 판매하면서도 크게 수익을 올리지 못했던 여덟 마탑도 연합을 하면 자신들을 어느 정도 상대할 전력이 된다.

'하지만 아니야!'

세상에 전혀 알려지지 않은 최상급 소드마스터의 존재를 생각하면 그들도 용의선상에 올릴 수 없었다.

결국 생각은 돌고 돌아서 현재 이런 상황을 벌이는 주체가 아니테라 시티라는 결론으로 끝났다.

'후유! 앞으로 어떻게 해야 하나?'

무력으로 보복을 하고 싶어도 적의 정체를 알 수 없는 상황이고, 설사 아니테라 시티라고 특정해서 상대하려고 해도 그쪽에 대한 정보가 거의 없기 때문에 마땅히 쓸 수 있는 방법이 없었다.

'아니테라의 위치를 안다고 해도 그들의 전력을 제대로 모르니 우리가 우세하다고 자신할 수도 없어.'

아니테라는 베타급 20기, 알파급 100기, 기가스 200기로 연합전단을 궤멸시켰다. 아무리 폭발하는 화살이라는 신무기를 사용했다지만 감마급 13기를 포함해서 1천 기가 넘는 타이탄 전력이 짧은 시간에 박살이 나 버린 것이다.

'아주 철저하게 당했어! 이렇게 되면 레이트의 말대로 어떻게든 협상을 하는 수밖에 없군.'

남은 두 마탑의 도움을 받아서 생산 시설을 재건한다고 해도 또다시 공격을 감행하지 않을 거라고 누가 장담한단 말인가.

오늘은 알붐 마탑의 사례 덕분에 피해를 최소화할 수 있었지만 느닷없이 이와 동일한 기습을 당하면 손 놓고 당하는 수밖에 없었다.

'이런 상대가 작정하고 공격을 한다면 시티를 버리고 도망칠 수밖에 없어!'

한 원로의 말대로 화염 덩어리를 더 넓게 떨어뜨린다면 100만 명이 넘게 살아가는 이 큰 메가시티가 잿더미로 변하는 것은 순식간이다. 막기도 어렵고 피하기는 더욱더 어려웠다.

이를 악문 세롬은 마지막으로 남은 수단을 쓰기로 결심하고 목에 차고 있는 통신석을 쥐고 의념을 보냈다.

'스승님, 위급한 상황입니다. 제발 도와주십시오!'

자신의 능력으로는 정체를 알 수 없는 적의 공격을 도저히 막을 수 없는 상황이었다.

영인의 등장

　시티의 방호막은 물론 마탑의 중요 시설을 보호하는 배리어들을 모두 부순 가온은 잠시 숨을 돌리고 다시 공격을 하려는 순간 누군가 자신을 훑어보는 것을 느끼고 그쪽을 노려보았다. 그러자 그곳의 공간이 파르르 떨리며 의념이 전해졌다.

　─이 정도로 만족하고 돌아가는 것이 어떻겠소?

　'흥! 그럴 생각이었다면 아예 찾아오지도 않았을 것이다!'

　누군지는 알 수 없지만 전해지는 의념만으로도 상대의 강력한 힘을 느낄 수 있었다. 하지만 그 정도로 보복을 멈출 수는 없었다.

　가온은 의념에 영력과 함께 살기를 실어서 상대를 향해 화살처럼 쏘아 보냈다. 의념에 마나를 담는 것은 불가능하지만 영력은 가능했다. 게다가 이젠 의념을 마치 화살처럼 유형화시키는 것이 가능했다.

ㅡ허억! 그랜드마스터! 염파를 유형화시키는 것도 어렵거늘 이렇게 강대한 힘을 담다니!

가온과 100무 정도 떨어진 허공에 홀연히 한 인영이 나타났는데 희뿌연 안개와 같은 막 속에 모습을 감추고 있었지만 가온의 심안에는 잠시 비틀거리다가 곧 자세를 바로잡는 모습을 볼 수 있었다.

그런데 잠깐 드러난 상대의 모습이 무척 괴이했다. 이목구비가 흐릿해서 외모를 전혀 알아볼 수 없었을뿐더러 마치 연기처럼 형상 자체가 모호한 것이다.

가온은 상대의 모습을 보고 그 혹은 그녀가 영인이 아닐까 의심했다.

'루툼 마탑의 마법사인가?'

ㅡ나는 레겐탈이라고 하네. 루툼 마탑의 전대 탑주지. 그대는 아니테라의 전사겠지?

'우리가 굳이 대화를 나눌 사이는 아닌 것 같은데.'

가온은 굳이 상대와 대화를 나누고 싶은 생각이 없었다. 그래서 의념으로 아공간을 열곤 꺼낸 단검 세 자루를 염력을 사용해서 신형이 모호한 인물을 향해 던졌다.

너무 빨라서 허공에 선을 그은 것처럼 날아간 단검 세 자루는 순식간에 레겐탈이라는 인물의 모호한 신형을 꿰뚫었다. 상대는 뒤늦게 실드로 보이는 마법을 펼쳤지만 이미 단검들은 목표의 몸을 파고들었다.

그런데 놀라운 일이 벌어졌다. 상대의 마법 경지와 반응 속도를 확인하기 위해서 마나를 주입하지는 않았지만 원래 상품이라 무척 단단하고 날카로운 단검이었는데, 아무것도 없는 허공을 가른 것처럼 상대의 몸을 통과해서 날아간 것이다.

순간 가온의 눈매가 좁아졌다. 분명히 단검들이 레겐탈이라는 인물의 머리와 심장 그리고 아랫배 부위를 꿰뚫었는데 상대는 아무런 반응이 없었다.

'단순히 신형이 모호한 것이 아니라 물리적인 충격을 전혀 받지 않는 건가?'

대검의 끝에 열매처럼 새빨간 구슬이 생기는가 싶더니 무서운 속도로 튀어 나갔다.

파앙!

대기를 가르는 파공성이 뒤를 따랐다.

"허억!"

당황한 상대가 놀라 경호성을 지르더니 순간적으로 연기처럼 모호한 몸 주위에 몇 겹의 방어막을 만들었지만 검환과 충돌하더니 환한 빛을 방출하며 사라졌다.

빛무리가 사라진 곳에는 모호한 인물은 보이지 않았고 빛이 바랜 검환이 잠시 주위를 날아다니다가 가온이 의지를 발휘한 순간 공간을 넘어서 그의 눈앞에 나타났다.

검환을 손에 쥔 가온이 내부를 살펴보다가 이내 검환을 흡수했다.

'역시 영력을 섞으니 의지에 즉각적으로 반응하는군. 음양기의 손실은 별로 없지만 영력은 절반 이상 소실되었어.'

이렇게 되면 지금처럼 상대를 격중시키지 못하더라도 다시 사용할 수 있어서 영력은 몰라도 음양기의 소모는 크게 줄어들 것이다.

그때 200무 정도 떨어진 서쪽에서 모호한 인영이 모습을 드러냈다.

가온은 주저하지 않고 다시 검환을 만들었다. 검과 같은 매개체가 없더라도 검환과 비슷한 물체를 만들어 내는 것은 가능했지만 이쪽이 훨씬 더 빠르고 쉬웠다.

이번에 만들어 낸 검환은 한 개가 아니었다. 흡수했던 검환과 마찬가지로 음양기에 영력을 혼합해서 만든 검환이 다섯 개까지 늘어나더니 허공으로 흩어져서 작은 오망성을 형성했다.

그간 검환을 활용하는 새로운 공격기를 고민하다가 만든 스킬로 검환에 염력을 적용해서 속도 조절과 방향 전환이 가능해졌는데, 지금 만든 오망성은 스노족의 결계술 중 하나를 응용한 것이다.

가온은 상대가 비록 영인이라고 해도 이번 공격은 막아 내거나 피할 수 없을 거라고 자신했다. 오망성을 이룬 검환들은 즉각적으로 의념에 반응하는 영력이 포함되어 있기 때문에 놀라운 속도로 상대를 추격할 수 있었다.

-자, 잠깐만 손을 멈춰 주시오!

'내가 왜?'

파앗!

오망성을 이룬 검환들이 순간 이동을 하듯 가온의 눈앞에서 사라졌다가 순식간에 레겐탈을 포위했는데 금방이라도 폭발할 것처럼 위험한 기운을 방출하고 있었다.

레겐탈은 급하게 몸 주위에 세 겹의 배리어를 추가하는 동시에 자신이 사용할 수 있는 가장 강력한 마법인 블리자드를 구현하기 시작했다.

그러는 동안 다섯 검환이 만든 오망성은 레켄탈을 포위한 상태로 빠르게 축소되는가 싶더니 어느 순간 폭발했다.

꽈아앙!

화르르르.

폭음과 함께 오망성 안의 공간을 부수었고 이내 초고열의 화염이 그 공간을 태워 버릴 듯 가득 채웠다. 가온의 의식에 따라서 화염은 오망성의 내부로만 향한 것이다.

"블리자드!"

화염이 세 겹의 배리어로 몸을 보호한 레겐탈 앞까지 뻗어

갔을 때 순간적으로 생성된 차가운 바람이 태풍에 날리는 치맛자락처럼 펄럭이며 사방으로 날아가며 화염을 밀어냈다.

얼음처럼 차가운 바람은 엄청난 기세로 불었지만 잠깐 바깥으로 밀려 나갔던 화기로 이루어진 화염의 기세도 만만치 않았다.

초고열의 화염은 마치 살아 있는 것처럼 순식간에 차가운 바람을 잡아먹으면서 안쪽에 있는 레겐탈을 향해 밀려가고 있었다.

파아앙!

맹렬한 기세로 부딪힌 블리자드의 본류와 화염은 기이한 소리와 함께 강렬한 빛을 방출했는데 잠시 후 그 자리에는 아무것도 남아 있지 않았다.

찬 바람과 화염은 물론 레겐탈의 모습까지도 홀연히 자취를 감춘 것이다.

'이건 마법이 아닌데.'

상대가 비록 멀티 캐스팅이 가능한 고위급 마법사이기는 하지만 그가 시전한 공간 이동은 텔레포트와 같은 마법은 아니었다. 아직 의식과 연결된 검환의 잔재를 통해서 해당 마법에 당연히 수반되어야 할 마력의 파동을 느낄 수 없었다.

가온은 기감을 확장해서 레겐탈이 100무 정도 떨어진 다른 공간에 나타났다는 것을 확인하고 이번에는 공간 이동이 가능한 나인테일을 착용하는 한편 선와술을 펼칠 준비를 했다.

"헉! 정말 영기(靈器)에 영력을 사용하다니!"

나인테일의 존재와 가온의 주위로 농후한 영력의 움직임을 감지한 레겐탈의 신형이 파르르 떨렸다.

─잠깐만! 다른 차원에서 왔다면 잠깐만 내게 대화할 기회를 주시게!

상대의 반응과 상관없이 손을 쓰려고 했던 가온은 레겐탈이 말한 '다른 차원'이라는 단어에 일단 손을 멈추기로 했다.

'무슨 대화를 하고 싶다는 거지?'

─혹시 아니테라 시티가 이곳 아이테르가 아니라 다른 차원에 존재하는 것이오?

가온은 상대가 처음으로 진실에 접근했다는 사실에 내심 놀랐다.

'그렇다면?'

─내 예상이 맞았군. 꼭 해야 할 얘기가 있소.

상대의 의념에는 간절함이 가득했다. 선와술을 발동하려던 가온은 잠깐 고민하다가 결국 손을 멈출 수밖에 없었다.

'좋소. 만약 시답지 않은 얘기라면 애초 생각했던 것보다 더 루툼을 철저하게 파괴하겠소.'

─이쪽으로 오시오.

레겐탈이 초대한 곳은 제련소 근처에 있는 낡지만 큰 건물의 옥상이었다.

　가온은 날아내리는 도중에 아니테라에서 소환한 시르네아를 포함한 대전사장 네 명과 함께 옥상으로 날아내렸다. 대전사장들도 그리핀 날개를 장착하고 있었다.

　가온 일행은 일체형 방어구를 착용하고 있어서 몸에서 드러난 곳은 눈과 코 그리고 입밖에 없었는데 대전사장들은 소드마스터의 기세를 전혀 숨기지 않고 있었다.

　가온 일행을 맞이한 두 마법사는 전혀 감지할 수 없었던 네 명이 더 추가로 나타나자 경악한 표정을 숨기지 못했지만 이내 침착하게 입을 열었다.

　"초대에 응해 주어서 고맙소. 루툼 마탑의 전대 탑주인 레겐탈이라고 하오."

　음성에서 정중함이 느껴지는 레겐탈은 아까 봤던 것처럼 여전히 모호한 형상을 하고 있었다. 마치 연기로 이루어진 몸을 가진 것 같은데 어떤 마법으로 몸을 가린 것이 아니라 원래 이런 모양이다.

　"루툼 마탑의 탑주 세롬이오."

　"우리에 대해서는 굳이 소개할 필요가 없을 것 같습니다. 우리가 화기애애하게 인사를 나눌 사이는 아니니 바로 본론으로 들어갑시다."

　가온은 차마 자신보다 한참 더 나이가 많은 두 사람에게 거칠게 말할 수 없어서 예의는 지켰지만 차갑게 말했다.

잠시 레겐탈 쪽을 보던 세롬이 입을 열었다.

"두 번이나 공격을 당한 그쪽 입장을 이해하오. 하지만 두 차례에 걸친 공격은 우리 루툼 마탑의 본의가 아니었다는 점만은 알려 주고 싶소."

"세력이나 힘에 밀려서 어쩔 수 없이 알붐의 강요에 따를 수밖에 없었다는 변명을 하는 겁니까?"

가온의 차가운 말에 세롬이 놀란 표정을 떠올리더니 이내 제 낯빛을 되찾았다.

"어떻게 그런 극비 정보를 파악했는지 모르겠지만 맞소. 알붐의 주장에 동조한 부분은 책임을 져야만 하지만 그건 아니테라가 다른 차원에서 건너왔다는 사실을 몰랐기에 저지른 실수요."

"우리가 다른 차원 출신이라는 사실을 알았다면 대응이 달라졌을 거란 말입니까?"

"당연히 달라졌을 것이오."

이번에는 레겐탈이 모호한 형태의 입을 움직여 대답했다.

"혹시 어느 차원 출신인지 알 수 있겠소?"

"그보다 당신은 혹시 영인입니까?"

가온은 레겐탈의 모호한 외형에 이전에 들었던 얘기를 떠올리고 그렇게 물었다.

"으음. 어떻게 대답을 해야 할지 모르겠지만 지금 모습만 보면 영인이라고 할 수 있소."

"놀라운 일이군요. 그럼 1천 년 이상을 살아온 겁니까?"

가온은 상대의 대답에 경악한 얼굴을 숨기지 못했다. 말만 들었지 실제로 존재할 거라고는 전혀 생각하지 않았다.

"그건 아니오. 그저 조상님들이 남긴 영술을 모아서 꾸준히 수련해 온 덕분에 최근에야 작은 성취를 얻었을 뿐이오."

"영술요?"

가온은 영술이라는 단어에 호기심을 드러냈다.

"영력을 쌓고 사용하는 모든 것을 영술이라고 하는데 그대도 영술을 사용하는 거 아니었소?"

레겐탈은 가온의 질문에 대답을 하면서도 의아한 모양이지만 그의 대답에 가온의 심장은 터질 것처럼 급격하게 뛰었다.

당장이라도 레겐탈이 말하는 영술에 대해서 알고 싶었지만 그 전에 확인해야 할 것이 몇 가지 있었다.

"우리는 영술이 아니라 선술이라고 부릅니다."

"아! 차원이 다르니 그럴 수 있겠소."

"말이 나와서 말인데 묻고 싶은 것이 몇 가지 있습니다."

"내가 알고 있는 것이라면 뭐든 대답해 주겠소."

잠시 고민하던 가온이 입을 열었다.

"내가 아이테르 차원에 건너온 이래 영인의 후예를 몇 명 만나 봤는데 그들 중 영술을 쓸 수 있는 존재는 없었습니다. 당신과 같은 존재가 아직 많습니까?"

레겐탈은 대답을 하기도 전에 고개를 저었다.

"아니오. 말이 영인의 후예지 지금 제대로 된 영술을 쓸 수 있는 존재는 나밖에 남지 않았소. 물론 나 역시 단거리 공간 이동 등 몇 가지밖에 쓸 수 없고."

"그렇게 된 이유가 있습니까?"

"얘기가 무척 긴데……."

"괜찮습니다."

"음. 그 전에 확인하고 싶은 게 하나 있소."

"말씀하십시오."

"혹시 귀하는 아르테미 차원에서 왔소?"

가온은 레겐탈의 질문에 순간 깜짝 놀랐다.

"그 이름을 어떻게 알고 있습니까?"

가온은 그렇게 반문하면서 대답을 회피했다.

다음 권으로 이어집니다

꿈의 도약, 로크에서 하십시오
(주)로크미디어에서 신인 작가를 모십니다

즐거운 세상, (주)로크미디어는 꿈을 사랑하고 도전을 두려워하지 않는 작가분들의 참신한 작품을 기다리고 있습니다. 21세기 장르 문학계를 이끌어 갈 차세대 선두 주자 (주)로크미디어에서 여러분의 나래를 활짝 펴 보시길 바랍니다.

모집 분야 판타지와 무협을 포함한 장르 문학
모집 대상 아마추어 작가, 인터넷 작가
모집 기한 수시 모집
작품 접수 시 유의 사항
1. 파일명은 작가명_작품명.hwp 형식을 갖춰 주십시오.
1. 파일에 들어갈 내용은 다음과 같습니다.
   − 성명(필명인 경우 실명을 밝혀 주세요), 연락처, 이메일 주소.
   − 제목, 기획 의도.
   − A4용지 1장 분량의 등장인물 소개.
   − A4용지 2장 분량의 전체 줄거리.
   − 본문.
1. 작품이 인터넷에 연재되고 있다면, 게시판명과 사이트의 구체적이고 정확한 주소를 기재해 주십시오.

선택된 작품은 정식 계약 후 출판물로 간행되어 전국 서점에 유통됩니다.
작가분은 (주)로크미디어의 전폭적인 지원하에 전속 작가로 활동하시게 됩니다.
※ 자세한 내용은 로크미디어 홈페이지(rokmedia.com)를 참조하세요.

(04167)서울시 마포구 마포대로 45 일진빌딩 6층
(주)로크미디어 편집부 신간 기획 담당자 앞
전화 : 02)3273-5135
www.rokmedia.com   이메일 : rokmedia@empas.com